Rattrape cet homme !

Les yeux rivés sur lui, Sasha se fraya un chemin parmi les passagers dans le hall de l'aéroport, prit un escalator et longea un couloir, pressée de le rattraper avant que la foule le happe. Ce qui était peu probable. L'homme était un Afro-Américain très grand et d'une beauté frappante. Mais il marchait vite, slalomant adroitement entre les passagers tout en tirant un sac de voyage à roulettes élégant derrière lui. Sasha peinait à suivre le rythme, ralentie par sa grosse valise remplie de vêtements pour un mois. Était-ce raisonnable de poursuivre un inconnu dans un aéroport ? Non. Mais elle n'avait pas le choix. Elle venait de survivre à un atterrissage forcé à bord d'un avion semblant composé de bric et de broc. Et elle ne supportait pas l'idée de camper dans une salle d'embarquement bondée en attendant l'arrivée du vol suivant. Cet homme était sa solution miracle pour sortir d'ici.

Oh Seigneur, où était-il passé ?

Arrivée devant une rangée d'ascenseurs, Sasha le chercha des yeux. En vain. Une crampe noua son estomac vide et barbouillé. Elle avait envie de crier, mais n'en avait plus la force. Démoralisée, elle renonça à sa poursuite.

De toute façon, c'était une idée stupide. Il ne lui restait plus qu'à prendre un petit déjeuner et trouver une solution.

Elle repéra la cafétéria la plus proche sur le plan de l'aéroport et tira sa lourde valise jusqu'au Hot Cup of Joe. Soudain, elle aperçut l'homme assis à une table haute, un gobelet dans une main, son téléphone dans l'autre.

Elle le rejoignit et posa son sac de voyage sur un siège vacant.

L'homme releva la tête, et leurs yeux se croisèrent.

Oh ! oui, il était splendide.

Ce n'était pas cette pensée qui aurait dû traverser en premier son esprit mais, puisque tel était le cas, elle l'assumerait. Non seulement il était *très* beau, mais il lui faisait bonne impression. Il avait une belle peau brune, des traits bien dessinés, les yeux marron les plus clairs qu'elle ait jamais vus et les cheveux coupés court.

Il haussa un sourcil interrogateur.

Elle se redressa et repoussa ses longues tresses africaines.

— Vous souvenez-vous de moi ? Nous étions dans le même avion et dans la même rangée. Vous m'avez aidée à caser mon sac avec mon appareil-photo dans le compartiment de rangement.

En réalité, il avait fait davantage. Alors que l'avion perdait dangereusement de l'altitude et qu'elle regagnait en hâte sa place après une crise de panique aux toilettes – sans lien avec les problèmes de l'appareil –, il avait remarqué que ses mains tremblaient et l'avait aidée à boucler sa ceinture. Bon. Il avait aussi rattrapé les lunettes de l'homme âgé assis entre eux alors qu'il ajustait hâtivement son masque à oxygène. Avec le recul, Sasha se rendait compte qu'il avait été la seule personne dans ce fichu avion, avec le pilote, à garder son sang-froid durant cette rude épreuve.

L'homme posa son téléphone.

— Je me souviens de vous, dit-il d'une voix grave.

— Vous avez quelque chose dont j'ai besoin.

Il la considéra, l'air soupçonneux.

— Vraiment ?

— Oui. Une voiture.

Sasha leva un doigt pour lui imposer silence alors même qu'il n'avait pas ouvert la bouche.

— Avant que vous me suggériez de louer une voiture, sachez que j'ai essayé. Vous vous êtes procuré la dernière à l'agence de location. Comment je le sais ? Je me trouvais dans la file d'attente quand un employé a affiché le panneau : « PLUS AUCUN VÉHICULE DISPONIBLE ». Vous étiez leur dernier client. Et si vous vous demandez pourquoi cela ferait de vous mon chauffeur, je vous répondrai que je me retrouve en rade au milieu de nulle part et que vous avez loué la dernière voiture disponible.

Elle marqua une pause, soudain prise de vertige.

— Vous vous sentez bien ? s'enquit-il.

Non. Elle n'allait pas bien. Le traumatisme provoqué par l'atterrissage forcé était le cadet de ses soucis. Une vague de désespoir l'avait suivie, tel un mauvais présage, depuis la Californie jusqu'en Géorgie où elle avait fait une brève halte pour son travail. Qui sait si elle n'était pas, d'une façon ou d'une autre, responsable de l'avarie de l'avion ?

Il s'empara de sa main et pressa deux doigts à la base de son poignet. Elle sentit son pouls s'affoler à son contact.

— Attendez-moi ici. Je vais vous chercher de l'eau.

— Et aussi un café. Et un biscuit !

Sasha le regarda s'éloigner, toujours aussi maître de lui. Rien de ce qu'elle avait dit ou fait ne l'avait déconcerté. Que devait-il penser d'elle ? Qu'elle était bouleversée, fébrile, voire déséquilibrée ? Il n'aurait pas tout à fait tort. Vêtu d'un blouson en daim et d'un jean impeccablement coupés, il avait l'allure d'un voyageur raffiné. En revanche, avec son sweat-shirt ample, son leggings et son casque autour du cou, elle ressemblait à une étudiante stressée par ses examens de fin d'études.

Il revint et posa une petite bouteille d'eau et un grand gobelet de café fumant devant elle.

— Merci.

— De rien.

Il déposa un brownie au caramel sur une serviette.

— Désolé, il n'y avait pas de biscuit.

Elle lui adressa un sourire reconnaissant.

— C'est parfait.

Elle appréciait le calme rassurant de cet homme. Le café aussi lui faisait du bien.

— L'agence de location prépare la voiture, dit-il. Quand vous serez prête, je vous conduirai où vous voulez.

Pour la première fois de la journée, Sasha se détendit. Tout se passait plus facilement qu'elle ne l'avait craint.

— Merci, répéta-t-elle. Je me rends à Royal. Vous n'aurez qu'à me déposer en centre-ville. Ensuite, je me débrouillerai.

Il lui décocha un sourire spontané qui finit de la rassurer.

— Je vous conduirai jusque chez vous.

— Je ne réside pas à Royal, dit-elle.

— Où habitez-vous ?

Le téléphone de son bon samaritain vibra, lui évitant de répondre. Il lut le SMS et rempocha son smartphone.

— La voiture nous attend.

Nous. Ce simple mot lui réchauffa le cœur. Tout se passerait bien, désormais. Elle pouvait se reposer sur quelqu'un. Non qu'elle ait besoin d'un homme pour cet usage. Les neuf dixièmes du temps, elle était indépendante et autonome. Hélas, s'ils ne se revoyaient pas, il garderait d'elle le souvenir d'une femme capable de se noyer dans un verre d'eau.

Sasha finit son brownie et tendit le bras pour récupérer son sac de voyage, mais il la prit de vitesse.

— Je m'en charge.

Son petit cœur meurtri tressauta de joie.

2

Tu les aimes rebelles.

Alors que Nik s'apprêtait à riposter au message de sa cousine, la jeune femme aux longues tresses africaines et aux yeux de félin l'avait effrontément accosté dans la cafétéria. *Tu les aimes rebelles*... Comment le nier ?

Nik ralentit pour s'accorder au pas de la jeune femme.

— Je n'ai pas saisi votre nom.

— Je me prénomme Sasha.

— Bonjour, Sasha. Moi, c'est Nik.

— Je vous remercie encore d'avoir accepté de m'emmener.

— Je vous en prie.

Sur le parking, un employé de l'agence lui remit les clés du dernier SUV compact disponible. Nik avait eu de la chance d'être arrivé à temps. Puis, remarquant un rayon de soleil sur les longs cils de Sasha, il songea qu'il était doublement chanceux.

Alors qu'il casait les bagages dans le coffre, Sasha se dandina nerveusement à côté de lui.

— Le trajet jusqu'à Royal dure six heures, dit-elle. Nous pourrions conduire à tour de rôle. Je propose de prendre le premier tour... Et avant que vous fassiez une plaisanterie douteuse au sujet des femmes au volant...

— Pourquoi ferais-je ça ? l'interrompit-il. Nous ne sommes plus dans les années 1970.

— Bien sûr. Mais vous ne seriez pas le premier homme à...

Nik referma le coffre.

— Faites-vous toujours ça ?

— Quoi ?

— Réfuter des arguments que personne n'a émis.

— Peut-être, dit-elle contrite.

Nik s'adossa contre le SUV.

— J'ai grandi sans mon père, dit-il. C'était ma mère qui me conduisait avec mes coéquipiers de la Little League à travers la Floride dans un monospace rouillé. Elle savait tout faire : changer un pneu crevé, recharger une batterie. Voilà pourquoi je ne fais jamais de plaisanteries douteuses au sujet des femmes au volant.

Elle hocha la tête.

— Entendu.

Ce fut à son tour de se sentir penaud. Tout allait trop loin, trop vite. Qu'est-ce qui lui avait pris de se confier ainsi ?

— Mon offre tient toujours, dit-elle.

— Je l'accepte, mais plus tard. J'aurai besoin de vérifier mes mails professionnels.

— Je promets de ne pas vous interrompre. N'hésitez pas à passer des coups de fil. J'ai un casque antibruit. Vous ne vous rendrez même pas compte de ma présence. Je sais que vous devez arriver à temps pour le dîner. Nous éviterons donc de nous arrêter pour acheter des sandwichs ou autre.

Ce fut seulement une fois installé derrière le volant qu'il prit conscience des paroles de Sasha.

— Comment savez-vous que je dois être à Royal à l'heure du dîner ?

— N'est-ce pas le souhait de tout le monde ? demanda-t-elle dans un haussement d'épaules désinvolte.

— Je ne réside pas à Royal, dit-il, reprenant à son compte les mots de Sasha.

— Eh bien…, nous avons ce point en commun.

Il attendit. Ils n'iraient nulle part tant qu'elle ne serait pas passée aux aveux. Au bout d'un moment, elle finit par céder.

— Je vous ai entendu quand vous étiez au téléphone. Vous demandiez à votre interlocuteur de remplacer le déjeuner initialement prévu par un dîner.

— Ah.

Nik récupéra une paire de lunettes de soleil dans la poche de son blouson et déposa celui-ci sur la banquette arrière.

— Je vais vous poser une question. Ne vous vexez pas.

Elle laissa échapper un rire nerveux.

— Je ne peux rien vous promettre, mais je vais essayer.

— Est-ce que vous me traquez, Sasha ?

Elle soutint son regard.

— Oui. D'habitude, je suis plus discrète, mais aujourd'hui, je ne suis pas en forme.

— Vraiment ?

— Non, je plaisante. Je suis reporter-photographe. Mon métier consiste à observer les gens. Je remarque les détails que les autres ne voient pas. C'est mon super pouvoir.

Voilà qui était intéressant.

— Que savez-vous d'autre à mon sujet ?

Elle repoussa ses longues tresses, prête à relever le défi.

— Nous avons embarqué à Atlanta. Mais quand vous vous êtes levé pour m'aider à caser mon sac de voyage, j'ai aperçu votre carte d'embarquement. Vous venez de Floride. Puis, vous avez lu le *Royal Financial Times* durant presque tout le vol. J'en déduis que vous voyagez pour affaires. J'imagine mal qu'on puisse lire ce journal pour le plaisir. Par ailleurs, vous ne portez pas d'alliance. Mais je doute que vous soyez célibataire. Vous êtes le genre d'homme qui privilégie une relation stable et durable.

— Excellent, dit-il, impressionné. Batman et Sherlock Holmes seraient fiers de vous.

Elle soutint son regard.

— Dites-moi si je me suis trompée.

Elle avait vu juste, excepté sur le dernier point qui était une révélation pour lui. Mais, ne lui en déplaise, il était certain de l'avoir remarquée le premier, dans la salle d'embarquement à Atlanta. Elle était assise au milieu de la foule anxieuse, son casque sur les oreilles, une expression lointaine sur son visage en forme de cœur. Un simple observateur aurait pu croire qu'elle écoutait un livre audio ou un podcast, mais il avait noté la façon dont ses yeux de félin suivaient tous les mouvements et scrutaient les personnes alentour. De même, quand elle avait pris place dans l'avion, il avait senti son regard posé sur lui, l'évaluant et enregistrant toutes les informations qu'elle glanait sur lui.

— Vous avez raison au sujet du *RFT*, admit-il. Personne ne le lit pour le plaisir.

Elle le considéra un instant, son expression indéchiffrable.

— Avant que j'oublie, j'ai besoin de connaître vos nom et prénom.

— Je m'étonne que vous ne les connaissiez pas déjà, ainsi que mes codes confidentiels et mes mots de passe.

Elle lui adressa un sourire malicieux.

— Ce n'est pas faute d'avoir essayé, croyez-moi.

— Pourquoi avez-vous besoin de cette information ?

Elle leva son téléphone.

— J'envoie votre nom ainsi que la photo de la plaque d'immatriculation de la voiture à ma sœur.

— Au cas où *je* serais un harceleur et un détraqué ?

— Vous croyez que je monterais dans la voiture d'un inconnu sans prendre mes précautions ? répliqua-t-elle. Et avant que vous me traitiez de paranoïaque…

— Je m'en garderai bien. S'il vous plaît, dites à votre sœur que je ne vous ai pas attirée en vous promettant Dieu sait quoi. C'est *vous* qui m'avez demandé de vous servir de chauffeur.

— Peut-être, mais je suis prudente. Vos nom et prénom, s'il vous plaît ?

— Nikolai Williams.

— Nikolai… Comme Gogol ?

— Oui. Mais appelez-moi Nik.

Elle rédigea le SMS, joignit la photo et appuya sur la touche Envoi.

— Voilà, c'est fait.

Quand elle leva les yeux vers lui, elle semblait plus calme.

— Écoutez, au fond de moi, je sais que vous êtes un homme charmant et digne de confiance. Mais dans ce monde de cinglés, on n'est jamais trop prudent, vous ne croyez pas ?

— Si, répondit-il. Je me demandais justement à qui je devrais envoyer un SMS au sujet de la femme qui m'a kidnappé.

— À votre petite amie ? suggéra-t-elle.

Elle allait à la pêche aux informations. Elle avait déjà deviné qu'il n'était pas marié et elle voulait savoir s'il vivait seul. Mais il ne lui faciliterait pas la tâche. Elle devrait recourir à ses talents de détective pour le découvrir.

— Tout bien réfléchi, j'accepte de voyager avec vous à mes risques et périls, déclara-t-il, pince-sans-rire.

— Faisons plutôt en sorte d'arriver à bon port de bonne humeur et en bonne santé.

— Excellente suggestion, dit-il. Cependant, j'aimerais ajouter une dernière chose, si vous le permettez.

— Bien sûr. Vous souhaiteriez peut-être qu'on écoute un podcast ou qu'on chante en chœur pour passer le temps ?

Elle sortit de son sac un baume à lèvres qu'elle appliqua sur les siennes avec la pulpe de son doigt.

— Non, répondit-il, peinant à détacher son regard de sa bouche sensuelle. Mais quand vous m'avez demandé de ranger votre sac dans l'avion...

— Je me remettais d'une blessure à l'épaule et...

— Je comprends. Mais vous souvenez-vous de ce que vous m'avez dit à ce moment-là ?

— Non. Quelque chose comme : « Voudriez-vous m'aider, s'il vous plaît ? »

— Non. Vous m'avez dit : « Aidez-moi à caser mon sac et je ne vous demanderai plus jamais rien. »

— Peut-être... Mais comment pouvais-je savoir que l'avion perdrait de l'altitude...

— Sasha, ce n'est pas ce que je veux dire.

— Ah ? Et que dois-je comprendre ?

— Durant les six prochaines heures, il n'y aura que vous et moi dans cette voiture. Je veux que vous vous sentiez à l'aise et en sécurité. Si vous avez besoin de quelque chose – acheter un sandwich ou vous étirer –, n'hésitez pas à me le demander. Ne marchandez pas ou ne me faites pas de promesse que vous ne pourrez pas tenir. Contentez-vous de demander. Ma réponse sera oui. D'accord ?

Nik était pressé par le temps. Son détour par Miami pour conclure la vente de son appartement n'était pas censé perturber son emploi du temps. Il avait assuré à son associé qu'il serait de retour à temps pour rencontrer un nouveau client autour d'un déjeuner au club local. Hélas, l'atterrissage forcé de son avion et l'irruption de Sasha dans sa vie avaient changé la donne. Il devrait s'en accommoder.

Après un moment de silence, Sasha le contempla avec un regard neuf, comme si elle lui accordait enfin sa confiance. Puis un sourire malicieux étira ses lèvres.

— Attention. Je pourrais te demander la lune.

— Chiche ! répondit-il en mettant le contact. Je trouverai un moyen de te l'obtenir.

3

Casque sur les oreilles, Sasha fixait l'étroit ruban asphalté qui s'étirait devant eux. Sur un côté de la route s'étendaient à perte de vue des champs de céréales formant des vagues ambrées. Elle aurait aimé s'arrêter pour prendre des photos, mais elle s'abstiendrait de le demander par égard pour Nik. Il devait arriver à Royal à temps pour le dîner. S'agissait-il d'un rendez-vous professionnel ou romantique ? Il était tellement discret à ce sujet. Une chose était sûre : Nikolai Williams n'était pas simplement un bel homme accommodant, comme elle l'avait cru au départ. Son attitude calme dissimulait une volonté d'acier. Quand il la tenait prisonnière de son regard, elle se sentait toute chavirée.

Elle s'agita nerveusement sur son siège et ôta son casque.

— La compagnie aérienne a intérêt à nous rembourser, dit-elle. J'ai utilisé mes points avion pour régler mon billet. J'en aurai besoin pour partir en vacances un peu plus tard.

— Où iras-tu ? s'enquit-il.

— N'importe où du moment qu'il y a une belle plage.

— Oh ! oui, j'en rêve aussi.

Sa voix rauque de désir troubla Sasha. À cet instant, elle lui aurait donné tout ce qu'il voulait et qu'il ne demandait pas. Elle l'aurait emmené loin d'ici pour qu'il se détende, allongé sur le sable chaud. Sa petite amie pourrait s'en charger, s'il en avait une. Pourquoi s'obstinait-il à lui dissimuler cette information ? Non que ce soit important. Son psychothérapeute lui déconseillait d'entamer une relation amoureuse tant qu'elle n'aurait pas clarifié certaines choses.

Elle repoussa donc l'image de Nik presque nu sur le sable.

— À défaut d'une plage, un endroit où on s'amuse, dit-elle.

— On s'amuse à Royal.

— Vraiment ?

— En réalité, je ne m'y rends que pour le travail. Mais les gens ont l'air de prendre du bon temps.

Sa curiosité éveillée, Sasha ne put s'empêcher de l'interroger à nouveau.

— Tu habites où ? Tu fais quel métier ?

— Je suis originaire de Floride. J'ai vécu à Miami durant les dix dernières années. Je viens de vendre mon appartement car je l'occupe rarement. Et je travaille dans le marketing.

— La ville de Miami n'est-elle pas la meilleure agence de publicité pour le tourisme avec ses plages idylliques, ses cocotiers et la proximité des Everglades avec ses marécages et ses alligators ?

Il rit, et elle ressentit un étrange sentiment de bien-être. Allons, c'était ridicule.

— Et si tu me parlais plutôt de toi ?

— Comme je te l'ai dit, je suis reporter-photographe.

— Et tu traites quels sujets ?

— Des sujets très divers. Mon dernier job consistait à photographier les suites des inondations en Géorgie.

Soudain, la sonnerie d'un téléphone provenant de la banquette arrière retentit. Nik jura entre ses dents, se reprochant d'avoir oublié de connecter son portable à l'ordinateur de bord du véhicule via Bluetooth.

— Tu veux que je le récupère ? demanda-t-elle.

— Ça ne doit pas être important, répondit-il, les sourcils froncés.

La sonnerie continuait de résonner dans l'habitacle.

— Alors, pourquoi es-tu nerveux ? répliqua-t-elle.

— Je ne le suis pas.

Malgré ses dénégations, un nerf tressautait au coin de son

œil. La sonnerie s'arrêta avant de reprendre de plus belle. Sasha se rendait compte qu'elle le torturait.

— Je le récupère.

Elle détacha sa ceinture et rampa sur la console centrale.

— Qu'est-ce qui te prend ? cria-t-il. Fais attention !

— C'est bon.

La sonnerie provenait de la poche du blouson de Nik. Elle s'arrêta juste au moment où Sasha récupérait le portable. Elle consulta l'écran.

— Tu as deux appels manqués d'un certain Oliver et un SMS de Krystal disant...

Elle écarquilla les yeux, interloquée.

— Disant que tu les aimes rebelles et que ce n'était pas étonnant si tu n'avais pas de cavalière...

À cet instant, Nik lui enserra la taille et freina brutalement. Puis, la voiture plongea dans un fossé en bordure de route.

Reprenant ses esprits, Sasha se retrouva sur les genoux de Nik. Elle se raccrocha à lui, hébétée, le souffle court. Que s'était-il passé ? Ils roulaient tranquillement quand soudain ils avaient fait une sortie de route. Paniquée, elle prit le visage de Nik entre ses mains.

— Est-ce que tu respires ? Tu vas bien ?

Nik la serra contre lui.

— Ne t'en fais pas pour moi. Tu es blessée ?

Elle perçut une inquiétude tellement sincère dans son regard, sa voix et ses gestes qu'elle ne put s'empêcher de nouer les bras autour de son cou, l'étouffant presque.

— Je vais bien. Que s'est-il passé ?

— J'ai été distrait par la sonnerie du téléphone. Puis, un chevreuil a surgi de nulle part.

— Oh ! non ! Est-il blessé ? s'écria Sasha, bouleversée.

Il repoussa ses tresses de sa figure.

— Non, Bambi va bien. Il pourra provoquer un autre accident.

— Quoi ?

Sasha scruta le visage de Nik. Il était sérieux, comme toujours. Puis, elle éclata de rire.

— Tu as un sens de l'humour très noir !

— Ne ris pas. C'est ma faute. Je n'aurais pas dû te mettre en danger à cause des appels manqués de mon associé.

Elle se remémora brusquement le SMS. *Tu les aimes rebelles.* Qu'est-ce que cela signifiait ?

— Cesse de culpabiliser, dit-elle. Tu as ignoré les appels. C'est moi qui ai voulu récupérer le téléphone. Comble de malchance, Bambi est venu jouer les trouble-fêtes.

Nik lui adressa un sourire crispé.

— Tu as raison. Bambi était l'élément imprévisible.

Elle s'écarta de Nik, regrettant aussitôt sa chaleur.

— C'est peut-être le moment approprié pour te dire que je suis maudite.

Il la considéra avec attention.

— Tu peux répéter ?

— Je suis maudite. C'est probablement ma faute si l'avion s'est écrasé.

— Il ne s'est pas écrasé. Il a atterri en catastrophe à la suite d'une perte de carburant.

— Il a plongé...

— Le vol a été un peu mouvementé, je l'admets.

Un peu mouvementé ? Elle avait eu le cœur au bord des lèvres durant ces affreux instants !

— Comment peux-tu rester aussi calme dans ces circonstances ?

— J'ai été dans l'armée de l'air.

— Vraiment ? Tu étais pilote de chasse ? s'exclama Sasha.

Nik la contempla avec perplexité.

— Tu entends ce que tu as envie d'entendre, n'est-ce pas ?

— Mais tu viens de dire...

— Je me suis enrôlé après le lycée et j'ai surtout travaillé dans le domaine technologique. Mais j'ai aussi volé.

Cette précision n'entama pas l'enthousiasme de Sasha.

— Tu es tellement sexy !

Une expression embarrassée se peignit sur le visage de Nik. À l'évidence, il était un peu timide, mais cela n'ôtait rien à son charme. *Au contraire*, songea-t-elle, attendrie.

Elle ne put s'empêcher de le taquiner un peu plus.

— Qu'ai-je à faire de mes points de voyage puisque tu peux me transporter au paradis ?

Il repoussa ses tresses et la scruta avec inquiétude.

— Sasha, as-tu heurté ta tête lors de la sortie de route ?

Elle sentait ses doigts effleurer délicatement son visage. Oh ! oui, il se souciait sincèrement de son bien-être. Elle lui avait fait confiance dès le début, et cette confiance s'était renforcée au fil des heures.

— Nous ferions mieux de sortir d'ici, suggéra-t-elle, troublée. Il ne manquerait plus qu'on s'enfonce dans des sables mouvants !

— J'en doute. Mais il vaut mieux évaluer les dégâts.

Le SUV penchait dangereusement du côté du passager.

— Je ne pense pas pouvoir ouvrir ma portière.

Nik réussit à ouvrir la sienne. Il mit pied à terre et aida Sasha à sortir. Puis il vérifia les dégâts. Ils semblaient minimes, à l'exception d'un pneu crevé. Ils devraient faire appel à une dépanneuse.

Un pick-up ralentit puis s'arrêta à leur hauteur. Une femme coiffée d'un chapeau de soleil sauta à bas du véhicule.

— Bonjour ! Êtes-vous blessés ?

— Non, uniquement quelques dégâts matériels, répondit Sasha. Voilà le résultat quand ce sont les hommes qui conduisent… !

4

Leur secouriste s'appelait Donna. Elle possédait un petit restaurant-barbecue non loin de là, où ils pourraient attendre tranquillement la dépanneuse. Nik chargea leurs bagages à l'arrière du pick-up et se tourna vers Sasha qui s'était mise à l'ombre, visiblement incommodée.

— Tu vas bien ? demanda-t-il.

— Ne t'inquiète pas pour moi. C'est un simple coup de chaleur, dit-elle en s'éventant avec les mains.

Dans l'avion, son sweat-shirt épais avait été utile, mais maintenant il se transformait en instrument de torture.

— Tu veux te changer ?

— Ce ne sera pas nécessaire. L'astuce, c'est de porter plusieurs couches de vêtements.

Elle fit passer son sweat-shirt par-dessus sa tête, dévoilant un simple débardeur qui moulait ses formes à la perfection. *Une charmante astuce*, songea-t-il en se détournant. Une précaution inutile, car l'image de ses épaules rondes et de sa poitrine généreuse était gravée à jamais dans son esprit.

Désireux de se ressaisir, il récupéra son téléphone en partie responsable de leur situation actuelle. Il avait deux appels manqués et un SMS d'Oliver :

Le client n'est pas disponible pour le dîner. Le déjeuner est reporté à demain, même heure même endroit. Prends ton temps et apprécie le paysage.

Oliver, qui le connaissait bien, l'encourageait à se détendre. Sa cousine Krystal faisait la même chose à sa façon.

— Ta conception extrême de la vie, dans le travail et le plaisir, aura raison de toi, lui avait-elle dit.

Il avait eu la mauvaise idée de passer chez elle pour récupérer son smoking alors qu'elle était à la maison, au lieu d'attendre qu'elle soit partie travailler. L'agent immobilier chargé de la vente de son appartement lui ayant proposé de le rafraîchir pour séduire les acheteurs potentiels, la plupart des vêtements et des affaires de Nik étaient rangés dans la chambre d'amis de l'appartement de Krystal. Elle avait contemplé son porte-habit avec suspicion.

— Pourquoi as-tu besoin d'un smoking ?

— Pour assister à un mariage à Royal.

— Oh ! un mariage *royal* ? plaisanta-t-elle.

— Presque. Celui d'Ariana Ramos et Xavier Noble en juin.

— Non ! Tu es invité à ce mariage ?

— Tout le gratin y est convié.

— Quelle chance tu as ! Qui sera ta cavalière ?

— Tu veux l'être ?

— C'est très gentil à toi, mais je serai en Italie pour perfectionner mon esquisse au fusain de la statue de David.

— Dommage, dit-il.

— Dois-je comprendre que tu n'as pas de cavalière pour le mariage le plus célèbre de l'année ? Où sont passées toutes ces femmes avec qui tu sors ?

— J'habite à Miami, mais je suis constamment sur la côte Ouest pour développer ma société Nexus. Or, le mariage a lieu au Texas. Alors, c'est un peu compliqué.

— De nos jours, les femmes sont habituées à voyager, remarqua Krystal. Une fois, j'ai pris l'avion pour assister à un concert de rock indé dans un petit bar à Austin avec un homme que je n'appréciais même pas.

— Ça en dit long sur toi.

— Tu n'es pas mieux loti que moi ! riposta Krystal. Je comprends ton attirance pour les femmes rebelles, mais ces liaisons torrides se consument comme un feu de paille. Le jour où tu es mal dans ta peau, que tu te sens seul ou que tu éprouves le besoin de parler, il n'y a plus personne.

— Je ne me sens ni seul ni mal dans ma peau. Et je peux parler avec toi.

Elle le considéra d'un air réprobateur.

— Il est 17 heures quelque part. Allons boire une margarita dans mon bar favori. Nous y serons mieux pour discuter.

De fait, ils avaient passé la soirée à boire et à parler. Comme si cela ne suffisait pas, Krystal avait éprouvé le besoin de lui envoyer un SMS, celui que Sasha avait lu à voix haute et qui l'avait déconcentré au point de faire une sortie de route. Certes, le chevreuil avait sa part de responsabilité, mais Nik était un excellent conducteur. Il n'avait jamais eu d'accident de sa vie.

Sasha le rejoignit.

— L'appel manqué était-il important ?

— Non. Oliver est mon associé. Il m'appelait pour me dire que le dîner de ce soir était annulé. Je n'ai donc plus aucune raison de me dépêcher.

— Plus aucune ? demanda Sasha.

— Non. Je suis tout à toi.

Un grand sourire fleurit sur ses lèvres sensuelles.

— Dans ce cas, trouve-moi quelque chose à manger. C'est tout ce que je te demande.

— Vous avez faim ? intervint Donna. Vous avez de la chance. Nos sandwichs garnis de porc effiloché sont très réputés par ici. Pour le plat du jour, je vous propose des côtelettes de porc désossées avec notre sauce maison, accompagnées de frites ou d'une salade de pommes de terre, ainsi que des churros maison en dessert.

— Donna, ne me tentez pas ! gémit Sasha. Tout ce que vous nous proposez a l'air délicieux.

Elle se tourna vers Nik.

— Et toi ? Que préfères-tu ?

— Je mange de tout.

— J'aime ce genre de réponse, remarqua Donna en souriant.

J'espère que ça ne vous dérange pas de vous serrer à côté de moi. Il n'y a pas de banquette arrière à proprement parler.

— Bien sûr que non, répondit Sasha. Et nous sommes très reconnaissants de votre aide.

Nik maintint la portière ouverte pour Sasha, puis il grimpa après elle. Ils étaient si serrés qu'elle se retrouvait pratiquement assise sur ses genoux.

Tandis que Donna se concentrait sur la conduite de son pick-up, Nik ne parvenait pas à détacher son regard de Sasha. Il aimait sa façon d'être, spontanée, affable et accommodante malgré leurs déboires. Il ferait son possible pour que le reste de la journée se passe bien pour elle. Et si elle avait envie de s'attarder ici pour déguster des plats délicieux, il se plierait volontiers à ses désirs.

— J'ai besoin de comprendre, déclara Nik une fois qu'ils furent installés à une table de pique-nique avec des sandwichs et un pichet de thé glacé. Tu es dotée de super pouvoirs, mais tu es aussi maudite ?

Sasha mit une pomme de terre dans sa bouche et lui fit un clin d'œil. Aussitôt, une douce chaleur se diffusa dans la poitrine de Nik. *Tu les aimes rebelles.*

— Comment est-ce possible ? insista-t-il.

— Évitons ce sujet. Je ne veux pas gâcher une aussi belle journée. Si tu me parlais plutôt de ces rebelles qui t'attirent tant ? De quoi s'agit-il au juste ?

— De chats sauvages, répondit-il, pince-sans-rire. Ils sont plus difficiles à apprivoiser que tu ne penses.

Il se doutait qu'elle ferait allusion au SMS de Krystal, mais il n'était pas prêt à aborder ce sujet avec elle.

— Tu as raison, dit-elle. Contentons-nous de sujets plus anodins.

— Entendu. Est-ce que tu te rends à Royal pour ton travail ?

— Non, pour assister au mariage de ma sœur. Parmi tous les endroits au monde, elle a choisi Royal. Je m'installerai donc là pendant quelques semaines pour passer du temps avec elle et faire plus ample connaissance avec mon futur beau-frère.

— Ta sœur ?

Nik l'observa avec attention. Ces yeux, ces pommettes hautes et ce sourire... Comment n'avait-il pas remarqué la ressemblance ?

— Sasha, es-tu la sœur d'Ariana Ramos ?

Elle tiqua.

— Aurais-je dû le mentionner dès le départ ?

— C'est à elle que tu as envoyé mes coordonnées ?

— Je n'ai qu'une sœur, Nik.

— À l'heure actuelle, je dois figurer sur la liste des personnes à surveiller du FBI !

— Si ça peut te rassurer, mon message n'est jamais parti. J'ai vérifié tout à l'heure. Je n'avais pas désactivé le mode avion.

— Ton futur beau-frère est Xavier Noble, et j'ai failli te tuer, remarqua-t-il, consterné. Tu es précieuse, Sasha. Je dois te conduire à Royal saine et sauve.

— Je suis précieuse, quelle que soit la personne à qui je suis apparentée.

— Tu l'es pour moi. Et j'ai intérêt à te confier indemne au comité d'organisation du mariage de ta sœur, sinon je vais être chassé de Royal comme un malpropre.

— Tu as raison, dit-elle, pince-sans-rire. Les membres de ce comité sont inflexibles. Je leur dirai un mot en ta faveur.

— Je n'en reviens pas que tu sois la sœur d'Ariana !

— Ressaisis-toi, Nik. Je ne suis pas aussi fabuleuse que ma sœur. Elle a été découverte dans notre petit théâtre local où elle jouait avec des camarades de l'université. Elle a débuté comme actrice et maintenant elle possède sa propre société de production. Contrairement à moi, elle a l'étoffe d'une star.

— Si elle est une étoile, toi, tu es le soleil.

Sasha détourna le regard. Son compliment l'embarrassait-il ? Pourtant, il était sincère. Ariana, qu'il avait brièvement rencontrée, était brillante. Mais Sasha resplendissait d'un éclat torride. S'il la contemplait trop longtemps, il risquait de prendre feu.

— Est-ce que ça t'ennuie d'avoir une sœur célèbre ?

— Parfois, admit-elle. Notamment quand nous voulons avoir un peu d'intimité. J'adorerais retrouver ma sœur pour boire un verre dans un bar après une longue journée de travail, mais c'est toujours compliqué. Nous sommes obligés de nous rendre dans un établissement très select pour être tranquilles. Mais où est le plaisir ?

Nik était enfant unique. Quand il était à Miami, il discutait volontiers avec Krystal autour de margaritas. Mais ce n'était pas toujours une partie de plaisir, surtout quand elle lui faisait la morale.

— D'autres fois, la célébrité de ma sœur m'est d'une aide précieuse, poursuivit Sasha.

— De quelle façon ?

— Eh bien, si je commets des erreurs et que je me retrouve dans le pétrin, ma sœur superstar agit comme un paratonnerre, attirant l'attention sur elle et la détournant de moi. Une telle protection est inestimable.

— Je te protégerai, dit-il. Tant que tu seras près de moi.

— Des promesses, encore des promesses.

Certes, elle l'éconduisait, mais avec le sourire. Et il retrouvait cet éclat en elle, qui le subjuguait tant.

— Moi aussi, je suis invité au mariage, dit-il.

Elle le contempla, stupéfaite.

— Vraiment ?

— Oui, mais pour des raisons professionnelles. Ma société a racheté l'agence de relations publiques qui gère la stratégie de communication de Xavier Noble. Nous nous sommes rencontrés à quelques reprises pour le travail, et mon associé et moi sommes invités. Inutile de te dire que je fais des envieux autour de moi !

— Un peu comme si tu avais décroché le gros lot, dit-elle en riant.

— Exactement. Tu aimes ces grands mariages ?

Était-ce un effet de son imagination ou avait-elle blêmi sous sa carnation d'une belle couleur chocolat ?

— Non, pas du tout. Et je ne pense pas me marier un jour.

— Pourquoi ?

— À cause de mon travail. Je voyage beaucoup, et la plupart

des hommes s'attendent que leurs épouses soient à la maison à 17 heures pour préparer le dîner.

— Tu as besoin de rencontrer des hommes plus larges d'esprit.

L'expression de Sasha était indéchiffrable. Et Nik s'en voulut de l'avoir bouleversée. Mais son inquiétude se dissipa quand la sonnerie de son téléphone retentit et que Sasha posa une main sur l'écran.

— Je croyais que tu étais tout à moi, dit-elle, une lueur espiègle dans le regard.

Il s'empara instinctivement de sa main. Dans la cafétéria de l'aéroport, le pouls de Sasha était très rapide, et elle paraissait bouleversée. Mais maintenant elle était calme, décontractée, mutine, et il avait envie de croire que c'était grâce à lui, même s'il l'avait conduite dans un fossé.

— Je t'ai procuré un délicieux repas. Que veux-tu de plus ?

Elle retira sa main sans se départir de son sourire.

Nik ne put que s'avouer vaincu. À quoi bon lutter contre ce sentiment qui se développait en lui ? Sasha lui plaisait beaucoup.

Alors qu'il se fichait éperdument que la sonnerie de son téléphone résonne dans le vide, Sasha le houspilla :

— Réponds ! C'est peut-être important.

Il prit l'appel. C'était le conducteur de la dépanneuse qui confirmait son arrivée dans une vingtaine de minutes.

— La pause déjeuner est terminée, annonça Nik.

— Quel dommage. C'est si beau, ici.

— Veux-tu qu'on reste plus longtemps pour profiter de l'endroit ?

— Oh ! non. Ari s'inquiéterait si je n'étais pas à Royal ce soir. Peut-être pourrions-nous revenir une autre fois.

— Peut-être, dit-il, même s'il pensait : *Absolument*.

Elle s'empara de son appareil-photo.

— Tu permets que je prenne quelques clichés ? J'aimerais me souvenir de cet endroit.

— Bien sûr.

L'atelier de fumaison Hillside Smokehouse était installé dans une ancienne grange rénovée au milieu d'un champ, sans la moindre colline à l'horizon. Le lieu était un véritable décor de carte postale, et Nik comprenait que Sasha ait envie de le photographier. Mais, quand elle pointa l'objectif dans sa direction, il fut pris de court.

— Ne bouge pas, dit-elle. Je veux aussi me souvenir de toi.

5

Au moment où elle appuyait sur le déclencheur, Sasha sut qu'elle pourrait tomber amoureuse de cet homme. Non seulement il était intelligent et fiable, mais aussi charmant et attentionné. Personne ne lui avait demandé ce qu'elle ressentait à la perspective d'assister à ce mariage grandiose. Tout le monde s'attendait qu'elle joue son rôle à la perfection, dans un état d'esprit positif. Personne ne savait que la proximité de cet événement avait provoqué chez elle, à l'aéroport, une terrible crise d'anxiété. Pourtant, Nik avait dû percevoir son malaise car il avait changé de sujet avec tact. Sasha avait discerné chez lui quelque chose de rare et précieux, et elle avait envie de mieux le connaître.

Cela étant, elle ne venait pas à Royal avec l'intention d'entamer une relation amoureuse. Nik pourrait être son cavalier pour le mariage. De fait, elle n'avait pas cru bon d'en choisir un, sachant qu'elle serait très occupée en tant que demoiselle d'honneur. L'idée d'avoir Nik comme cavalier l'émoustillait. Devait-elle le lui demander ? Oh ! non. C'était prématuré. Elle ne savait même pas s'il fréquentait quelqu'un. Il était tellement sexy que les femmes devaient se bousculer à sa porte. Et que penser du SMS de Krystal : « Tu les aimes rebelles » ? Il pouvait être interprété de multiples façons. Avec quelle habileté Nik avait éludé sa question en évoquant des chats sauvages ! C'était bien essayé, mais elle n'était pas dupe.

Et s'il était disponible ? Et si Krystal était une éleveuse de chevaux ? C'était possible. Après tout, ils se trouvaient au Texas. Pourquoi ne vivrait-elle pas une brève aventure avec lui ? Elle reprendrait l'avion pour San Francisco dans quelques semaines ; leurs bagages émotionnels respectifs demeureraient à la consigne. C'était tout le charme de ce genre de rencontre.

Pendant que Nik discutait avec le dépanneur, elle prit quelques photos supplémentaires et bavarda avec Donna. Celle-ci lui raconta l'histoire de l'établissement et lui expliqua la technique de fumage de la viande, puis elle lui fit cadeau d'un bocal de sauce barbecue. Quand Nik les rejoignit, Sasha avait suffisamment d'éléments pour écrire un article qu'elle proposerait à un magazine local.

— La voiture est prête et les bagages chargés, annonça Nik. On dirait qu'il va pleuvoir. Nous ferions mieux de partir.

Ils dirent au revoir à Donna et la remercièrent chaleureusement. Juste au moment où ils sortaient, une grosse goutte de pluie tomba sur le nez de Sasha. Nik avait garé le SUV dans le parking du restaurant, à une centaine de mètres. Il lui prit la main, et tous deux se mirent à courir à toutes jambes.

Ils rejoignirent le SUV, essoufflés et trempés, mais riant de bon cœur. Nik déverrouilla les portières, et ils se précipitèrent à l'intérieur.

Sasha avait eu la bonne idée de remettre son sweat-shirt. Quand elle l'ôta à nouveau, son débardeur était sec. Nik ne fut pas aussi chanceux. Jurant entre ses dents, il fit passer son T-shirt trempé par-dessus sa tête.

— Désolé. J'espère que tu n'y vois pas d'inconvénient.

Non, aucun, à moins que cela le gêne qu'elle le reluque, bouche bée.

La pluie diluvienne tambourinait sur le toit et ruisselait le long du pare-brise et des vitres, les coupant du monde extérieur. Tout ce qu'elle voyait, c'était une peau sombre et lisse, des muscles ciselés et des lignes pointant vers le bas.

Quel spectacle torride ! songea-t-elle, comme hypnotisée.

Nik haussa un sourcil interrogateur à son intention, et elle détourna le regard à regret.

Puis il récupéra un sac sur le siège arrière, en retira un T-shirt propre et l'enfila prestement.

— La réponse est oui, dit-il.

— La réponse à quelle question ? demanda-t-elle, perplexe.

— La seule question que tu poses de mille et une façons détournées.

— Dans ce cas, j'ai une question complémentaire. Qui est Krystal ?

Le rire profond de Nik cascada le long de sa colonne vertébrale.

— Ma cousine autoritaire et dominatrice.

Sasha reporta son attention sur Nik. Ses beaux yeux mordorés étincelaient de chaleur et de désir. Cette chaleur se diffusait dans l'habitacle, embuant les vitres et les retenant prisonniers. Le pouls de Sasha s'affola de nouveau. N'y tenant plus, elle attrapa Nik par son T-shirt et l'attira vers elle. Approchant ses lèvres des siennes, elle murmura, mutine :

— C'était tout ce que je voulais savoir.

— Oh ! toi... ! balbutia-t-il d'une voix rauque de désir.

— Embrasse-moi.

Il captura ses lèvres avec fougue, les savourant avec gourmandise, avant de s'écarter, le souffle court.

— Si tu me déconcentres et que nous nous retrouvons à nouveau dans un fossé, ce sera ta faute, Sasha.

— Je ne suis pas inquiète, dit-elle, encore toute chavirée. Je suis entre de bonnes mains.

Un coup sonore frappé à la vitre les fit sursauter et s'écarter. Une bruine avait succédé à la pluie diluvienne, et le monde extérieur devenait plus net. Donna se tenait à la portière, à l'abri sous son parapluie, un bocal de sauce barbecue à la main. Se ressaisissant, Sasha baissa sa vitre.

— Vous avez oublié ceci ! dit Donna en lui tendant le bocal.

— Merci, Donna. Je m'en serais voulu à mort.

— J'en doute ! répondit Donna avec un sourire espiègle. Faites attention sur la route !

Quatre heures et demie plus tard, Nik escortait Sasha dans le hall du gratte-ciel où sa sœur et son futur beau-frère avaient élu domicile. Avec leurs vêtements froissés et leurs cheveux ébouriffés, ils détonnaient dans cet endroit luxueux, mais il s'en fichait. Quand il se trouvait avec Sasha, plus rien ne comptait.

Il proposa de monter ses bagages, mais un concierge se précipita pour s'en occuper. Nik se sentit frustré, comme si le jeune homme lui avait volé son job.

Le concierge appela l'ascenseur, et Sasha se tourna vers lui avec un sourire en coin.

— Merci, Nik. Tu m'as déposée à bon port. Le comité du mariage t'en saura gré, j'en suis sûre.

Il ne lui restait plus qu'à lui dire au revoir.

Durant le trajet, ils avaient parlé de choses et d'autres, depuis leurs films préférés jusqu'à leurs parfums de glace favoris, mais ils n'avaient jamais suggéré de donner une suite éventuelle à leur rencontre.

— J'aimerais te revoir, dit-il, presque timidement. Peux-tu me donner ton numéro ?

Aussitôt, le soulagement métamorphosa Sasha, gommant le pli soucieux entre ses sourcils et illuminant son beau visage. Nik n'en revenait pas. Ne lui avait-il pas exprimé clairement ses sentiments ?

Sasha retira une carte de visite de son sac.

— Voici mon numéro de portable et mon adresse mail. Surtout, contacte-moi.

La carte indiquait : Sasha A. Ramos, reporter-photographe. Il la glissa dans sa poche.

— Je t'enverrai un SMS pour que tu aies mon numéro.

— Entendu.

Les portes de l'ascenseur s'ouvrirent. Sasha suivit le concierge dans la cabine, puis se tourna vers lui en disant :

— Ariana a éloigné Xavier pour quelques jours afin de passer du temps avec moi. Quand il sera de retour, je m'installerai dans un hôtel proche du lieu du mariage. Je serai plus disponible à ce moment-là.

Elle ne cherchait pas à dissimuler son enthousiasme, songea Nik, ravi.

— Entendu, dit-il. Et merci à toi.

Elle stoppa la fermeture des portes avec la main.

— Merci de quoi ?

Les détecteurs de l'ascenseur se déclenchèrent.

— Madame, s'il vous plaît..., intervint le concierge.

Une lueur de regret assombrit le beau visage de Sasha tandis que les portes se refermaient lentement.

Il lui avait promis la lune, mais elle avait réussi à capturer le soleil et à le glisser dans la poche de Nik. Il lui en était infiniment reconnaissant.

Ariana ouvrit la porte en grand.

— Sasha ! Enfin, te voilà !

Elle fut aussitôt enveloppée dans une accolade parfumée.

— Où étais-tu ? Tu n'as pas reçu mes appels ? Pourquoi tu ne m'as pas contactée ?

— C'est une longue histoire, Ari, répondit-elle en soupirant.

— Qu'est-il donc arrivé à ma pauvre petite sœur ?

— L'avion a perdu du carburant en altitude et a dû faire un atterrissage forcé à six heures de route d'ici.

— Comment as-tu fait le reste du trajet ? En car ?

Un car ? Pourquoi n'y avait-elle pas pensé ? Kidnapper un conducteur confiant lui avait alors paru la solution la plus sensée.

— Si tu es encore retardée, quelle que soit la raison, *je t'en prie*, préviens-moi, dit Ari. J'étais morte d'inquiétude !

Ariana resserra son étreinte, et Sasha se laissa faire. Les yeux clos, elle revit Nik et son regard si chaleureux au moment où les portes de l'ascenseur s'étaient refermées.

— Tu vas tout me raconter. Mais avant d'entrer, tu veux bien enlever tes chaussures ? Tu as l'air... un peu crasseuse.

Sasha ôta docilement ses baskets. Nul doute qu'elle détonnait à côté de sa sœur, immaculée dans son pyjama de soie. Avec ses cheveux courts, sa carnation mordorée et sa silhouette de rêve, elle était aussi à l'aise sur les plateaux de cinéma que dans le rôle, bien réel, de la star montante sur le point d'épouser une icône de la littérature américaine.

— Ici, c'est la pièce de vie. Je te ferai visiter plus tard le reste de l'appartement meublé que nous louons avec Xavier, le temps de préparer notre mariage. Il est très confortable.

Ce n'était pas le terme que Sasha aurait choisi pour décrire cette pièce au mobilier minimaliste et moderne, mais très lumineuse grâce à de grandes baies vitrées. Sasha s'installerait dans cet appartement jusqu'au retour de Xavier, parti pêcher avec son cousin Tripp.

Ari lui prit la main.

— Je vais te montrer ta chambre.

La pièce était petite, mais comportait un grand lit à baldaquin. Sasha avait hâte de s'y allonger.

— Prends une bonne douche chaude, lui recommanda Ari. La salle de bains est sur ta droite. Tu trouveras un peignoir derrière la porte et des pantoufles dans le placard.

— Merci.

— Que dirais-tu d'une glace ?

— Oh ! oui ! Quelle bonne idée.

Un dessert en guise d'entrée, c'était réaliser un fantasme de leur enfance. Leur mère leur interdisait de manger ne serait-ce qu'une bouchée de cookie avant un repas. Aujourd'hui, leur acte suprême de rébellion consistait à déguster un gâteau, un entremets ou une glace avant le dîner.

— J'installe le bar à glaces pendant que tu te douches !

— Super !

Après une longue douche chaude, Sasha se sentit ragaillardie. Elle enfila un peignoir moelleux et découvrit la fameuse paire de pantoufles dans le grand placard en partie occupé par les valises d'Ari. Ainsi, sa grande sœur continuait d'empiéter sur son espace de rangement ! Un panneau d'affichage recouvert de collages était posé contre le mur. Sasha s'en empara pour l'examiner. Des photos découpées dans des magazines spécialisés offraient l'image d'un mariage hollywoodien glamour classique.

— C'était mon idée de départ.

Sasha sursauta. Elle n'avait pas entendu sa sœur pénétrer dans sa chambre.

— C'est beau.

Ari lui prit le panneau des mains.

— Nous avons conservé la palette de couleurs, mais en y ajoutant des touches de bleu. Le lupin du Texas est la fleur officielle de l'État. Tu n'imagines pas le mal que nous avons eu pour trouver des accessoires du même bleu que la fleur. Ce genre de détail fait toute la différence.

Sasha enfila les pantoufles.

— On a beau tout prévoir, on ne peut pas empêcher le désastre de se produire.

— Qu'est-ce que tu dis ?

Sasha avait marmonné entre ses dents mais, à en juger par l'expression d'Ari, elle avait saisi chaque mot.

— Désolée, Ari. Tu sais bien que je déteste les mariages.

Sa sœur semblait peinée, comme si elle avait dit qu'elle haïssait les chatons.

— Tu ne *détestes* pas les mariages. Tu es encore hantée par l'annulation du tien, c'est tout.

Sasha laissa échapper un rire amer.

— Tu crois vraiment que c'est aussi simple ?

— Oui. Tu as été suffisamment intelligente pour revenir sur un engagement qui aurait tourné au désastre. Maintenant, tu es libre de trouver le véritable amour de ta vie.

— Tout de même. Tu n'as pas un peu peur ? demanda Sasha d'une voix tremblante.

— Peur de quoi ?

Ari leva un doigt menaçant.

— Ne t'avise pas de prononcer le mot !

Ce fut plus fort que Sasha, le mot jaillit de sa poitrine.

— LA MALÉDICTION !

— Pour l'amour du ciel, Sasha !

Ari l'entraîna vers le lit où elles prirent place côte à côte, épaule contre épaule.

— Il n'y a pas de malédiction. Aucune sorcière ne nous a jeté un sort. Nous ne sommes *pas* les Sorcières de la vallée de San Bernardino.

— Que fais-tu de maman et de grand-mère ? Comment tu expliques ce qui leur est arrivé ?

Ari détourna le regard. Sasha le savait, elle ne devrait pas ressasser ces histoires alors que sa sœur était en pleins préparatifs. Mais pourquoi Ari s'obstinait-elle à minimiser sa malheureuse expérience ! On ne pouvait pas prendre à la légère une malédiction générationnelle. Trois générations de mariées en fuite... Ce n'était pas rien.

— D'accord, admit Ari. Ce phénomène s'est produit à plusieurs reprises dans notre famille, mais il a pris fin. Il est hors de question que je renonce à mon mariage. Xavier est l'amour de ma vie. Alors, cesse de t'inquiéter pour moi.

L'amour de sa vie... Sasha se demandait comment ce serait d'aimer éperdument quelqu'un, d'être sûre de faire le bon choix, d'aller de l'avant sans jamais se retourner.

— Et pour le cas peu probable où la malédiction sèmerait le doute dans mon esprit, poursuivit Ari, il t'incomberait, en tant que demoiselle d'honneur, de me remettre sur le droit chemin en me rappelant qu'une vie de bonheur m'attend avec cet homme merveilleux.

— C'est d'accord, dit Sasha, désireuse de laisser tomber ce sujet. Mais pouvons-nous continuer à être des sorcières ?

Ari éclata de rire.

— Pourquoi pas ? À condition que cela n'affecte pas mon mariage.

Sasha posa sa tête sur l'épaule d'Ari.

— Tu seras la plus belle mariée que Royal ait jamais vue.

— Je l'espère bien ! Et maintenant, allons déguster une glace.

Lovées sur le canapé, tenant chacune une coupelle de glace nappée de sauce au chocolat, elles redevenaient des gamines, à ceci près qu'elles portaient des tenues d'intérieur élégantes au lieu de pyjamas assortis. Désireuse de rattraper sa bévue, Sasha laissa Ari lui raconter par le menu les préparatifs de son mariage, depuis le choix de la salle jusqu'à celui du gâteau et des fleurs. Quand elles eurent épuisé le sujet, elles attaquèrent les potins. Ari lui raconta que Dee, sa meilleure amie venue au Texas pour la seconder quand elle tournait hors studio, était tombée amoureuse du cousin de Xavier prénommé Tripp.

— L'amour est dans l'air ! proclama Ari.

— J'ai intérêt à redoubler de prudence, maugréa Sasha.

— Cesse de râler. Tu trouveras l'amour quand tu seras prête.

Une sonnerie de téléphone retentit quelque part dans l'appartement. Ari sauta sur ses pieds.

— C'est le concierge. Sans doute une livraison. J'ai passé plusieurs commandes.

Sasha lécha le dos de sa cuillère couverte de chocolat.

— Tu devras trouver un autre endroit que mon placard pour ranger tes affaires.

— Ne sois pas mesquine ! lui lança Ari en allant répondre.

Elle revint s'asseoir quelques secondes plus tard et reprit le fil de son récit :

— Au début, Dee était du genre : « Je n'ai pas de temps à consacrer à l'amour. Je me concentre sur mon travail. »

Ari imitait si bien le ton et les manières de son amie que Sasha ne put s'empêcher de rire.

— Maintenant, elle est éperdument amoureuse. À croire que ces cow-boys ont quelque chose de spécial.

On sonna à la porte. Ari alla ouvrir tandis que Sasha retournait à la cuisine pour se resservir en glace. Elle avait absolument besoin de nourriture réconfortante.

Soudain, elle entendit Ari s'exclamer :

— Nik Williams ? Quelle surprise ! Que faites-vous ici ? J'attendais le livreur.

Sasha lâcha sa cuillère. Nik ?

— J'ai quelque chose à remettre à Sasha, dit-il. J'ai expliqué au concierge que j'avais une livraison pour elle.

— Comment connaissez-vous Sasha ? Vous êtes amis ?

La voix d'Ari s'était durcie. Sasha connaissait trop bien ce ton protecteur. Posant sa coupelle, elle se précipita à la rescousse de Nik.

Il se tenait sur le palier, à une distance respectueuse d'Ari. Mais il la dominait de sa haute taille, et son regard mordoré balayait l'intérieur de la pièce jusqu'à ce qu'il s'arrête sur Sasha, se chargeant aussitôt d'intensité. Un frisson d'excitation la parcourut. Le souvenir de leur baiser lui revint en mémoire avec une telle force qu'elle faillit tomber à la renverse. La façon dont il l'avait touchée, dont il avait savouré sa bouche, les doigts dans ses cheveux… C'était si bon qu'elle eut envie de pleurer !

— Laisse-le entrer, dit-elle.

Ariana se tourna vers elle.

— Comment se fait-il que tu le connaisses ? Tu viens juste d'arriver. C'est à peine si *je* le connais !

Sasha fit les gros yeux à sa sœur.

— Tu es très discourtoise.

— Ce n'est pas mon intention. Je suis simplement surprise.

— Bon sang, Ariana ! Cesse de jouer les mères poules et laisse-le entrer !

Quand Sasha avait intégré le lycée et que les garçons avaient commencé à lui tourner autour, Ariana s'était mis en tête de protéger sa vertu. C'était embarrassant à l'époque, et ça l'était encore plus aujourd'hui.

Ari s'effaça pour le laisser passer.

— Entrez, je vous prie.

Nik pénétra dans la pièce de vie qui parut tout de suite plus chaleureuse aux yeux de Sasha.

— Je suis désolé d'interrompre votre soirée.

— Ça ne fait rien, répondit Ari d'une voix radoucie. Vous êtes le bienvenu. Voulez-vous une coupe glacée ?

— Non, merci.

Il était tellement poli et stoïque. Sasha avait envie de le bousculer un peu.

— Tu as quelque chose pour moi ?

— Oui, ton téléphone.

Cette simple déclaration réveilla la suspicion d'Ariana.

— Tu as perdu ton téléphone sans même t'en apercevoir ?

— Apparemment oui, répondit Sasha.

D'habitude, elle l'avait toujours à la main, envoyant des SMS, répondant à des demandes par mail ou actualisant son portfolio sur trois sites de réseaux sociaux. C'était un miracle qu'elle n'ait pas remarqué son absence.

Nik lui tendit son portable.

— Je l'ai retrouvé sur le plancher de la voiture.

Ariana retournait à la cuisine quand cette information attira son attention. Elle fit volte-face.

— Quelle voiture ? Je croyais que tu avais pris le car ?

— Je n'ai jamais dit ça. C'est toi qui l'as supposé.

Ari croisa les bras sur sa poitrine, visiblement furieuse.

— Et qui me l'a laissé supposer ?

— Je dois partir, intervint Nik.

Sasha lui bloqua la sortie.

— Non, ne t'en va pas. Reste dîner avec nous.

Contrairement à elle, Nik n'avait pas eu la chance de se doucher et de changer de vêtements. Il devait être épuisé par le trajet, car il avait conduit tout le temps.

— Dîner ? demanda-t-il, étonné. Je croyais que vous en étiez au dessert.

À ce mot, l'esprit de Sasha s'égara. Oh ! oui, elle aimerait tant qu'il reste pour le plus délicieux des desserts !

— Il s'agit bien d'une invitation à dîner, intervint Ari. La coupe glacée en entrée, c'est simplement une étrange habitude entre Sasha et moi. Nous avons un grand choix de tacos. Lesquels préférez-vous ?

— Il mange de tout, répondit Sasha.

Ari la considéra, muette de surprise, puis elle lui décocha un regard insistant.

— *Vamos a la cocina.*

Super ! Sa sœur la convoquait dans la cuisine.

— *Por qué ? No hace falta.*

Nik s'éclaircit la gorge.

— Je préfère vous prévenir, je parle un peu espagnol.

Étant originaire du sud de la Floride, son espagnol devait être meilleur que le leur, songea Sasha. Sa sœur et elle étaient métisses. Leur père, à moitié Mexicain, s'exprimait principalement en anglais à la maison.

Sasha lui décocha un sourire enjôleur.

— Y a-t-il quelque chose que tu ne sais pas faire ?

Nik réprima un rire. À la place, un sourire timide fleurit sur ses lèvres. Si seulement elle pouvait être seule avec lui !

Ariana exauça son vœu en pénétrant dans la cuisine.

— Tu voudras bien excuser Ari. Elle adore jouer les grandes sœurs protectrices.

— Elle n'a pas l'air de m'apprécier, remarqua Nik.

— Tu devras la charmer, comme tu m'as charmée.

Nik la rejoignit en deux enjambées.

— Est-ce l'effet que je t'ai fait ?

— Oui, et tu le sais.

Il l'attira à lui par la ceinture de son peignoir et déposa un baiser léger sur sa tempe, son souffle caressant sa joue. Elle ferma les yeux, envahie par une délicieuse langueur.

— Reste, murmura-t-elle dans son cou. Dîne avec moi et ma sœur intrusive.

Il resserra son étreinte.

— Je ne peux pas. J'ai pris beaucoup de retard dans mon travail.

Sasha rejeta la tête en arrière pour intercepter son regard.

— À cause de moi ?

— Du chevreuil.

Une exclamation provenant de la cuisine les fit s'écarter. Sasha rajusta le rabat de son peignoir.

— Merci de m'avoir rapporté mon téléphone, dit-elle.

— Arrivé au pied de mon immeuble, je t'ai envoyé mes coordonnées, et ton portable a vibré à mes pieds.

Ariana passa la tête à l'entrée de la cuisine.

— Nik, préférez-vous de la bière ou du vin ?

— Rien, merci. Je dois partir.

— Vraiment ? Xavier a acheté une caisse de bière locale. D'après lui, c'est la meilleure de toutes.

— Je n'en doute pas. Une autre fois, peut-être ?

— Certainement. Vous avez supporté mon enquiquineuse de sœur et l'avez ramenée saine et sauve. Je vous en remercie.

— Ce fut un plaisir, assura Nik.

Ariana retourna dans la cuisine. Sasha ne put retenir un sourire.

— Quel charmeur ! dit-elle en l'entraînant vers le canapé.

6

À peine Nik était-il parti qu'Ariana se ruait sur Sasha.

— Je veux que tu me racontes absolument tout. Je t'écoute.

Sasha entreprit de remplir le lave-vaisselle, histoire de gagner du temps. Elle devait se montrer coopérative tout en omettant certains détails délicats. Elle lui raconta comment ils s'étaient rencontrés dans l'avion, soulignant le sang-froid de Nik face au danger. Puis elle émailla d'anecdotes le récit de leur périple routier, passant sous silence l'accident, le baiser sur le parking et la façon dont Nik la faisait frissonner rien qu'en murmurant son prénom.

— En résumé, déclara Ari, il est beau, intelligent, gentil, héroïque *et* fiable.

— Oui, il est tout cela, insista Sasha en rinçant des ustensiles. Que lui reproches-tu ?

Elle était blessée que sa sœur ne se rende pas compte à quel point Nik était merveilleux.

— Rien, admit Ari. Je l'appréciais avant même que tu le rencontres. Sa société Nexus a racheté l'agence de relations publiques qui s'occupe, entre autres, du lancement des livres d'Ex. Il le trouve très compétent.

— Alors, pourquoi t'es-tu montrée aussi impolie avec lui ?

— Ce n'était pas mon intention, répondit Ari, penaude. J'ai vécu trop longtemps à Hollywood. Je suis obnubilée par la protection de ma vie privée.

— Nik n'est pas un paparazzi !

— Je lui enverrai une caisse de bière ou une bouteille de scotch pour me faire pardonner. Ou mieux, nous irons dîner tous ensemble quand Ex sera de retour. Il est membre du Texas Cattleman's Club. Ce sera sympa.

Sasha hocha la tête, l'air boudeur.

Ari posa les mains sur le comptoir.

— Oh ! mince ! C'est plus compliqué que je ne pensais.

— Qu'est-ce que tu veux dire ? demanda Sasha.

De son point de vue, il n'y avait rien de compliqué dans la façon dont Nik et elle s'étaient rencontrés. Tout avait été facile et amusant.

— Tu l'apprécies beaucoup, remarqua Ari.

— Comment ne pas l'apprécier ?

— Non. Je veux dire, tu es *attirée* par lui.

— C'est vrai, concéda Sasha.

— Lui aussi est attiré par toi. C'est évident.

— Je l'espère.

— Comment tu envisages la suite ? s'enquit Ari.

Sasha éluda la question en riant.

— La suite ? Nous nous sommes rencontrés aujourd'hui !

Ariana la considéra avec scepticisme.

— Le jour où j'ai rencontré Xavier, j'ai su que c'était l'homme de ma vie.

— Nous ne sommes pas aussi vifs d'esprit que toi.

— Allons donc ! Tu es la personne la plus brillante et la plus organisée que je connaisse, riposta Ari. Je suis sûre que tu as déjà des projets pour cette relation naissante.

Sasha ferma le lave-vaisselle avec une brusquerie inutile.

— À quoi bon faire des projets ? Je retournerai à San Francisco dans quelques semaines.

— Ah, je le savais ! Tu recommences.

— J'ignore de quoi tu parles.

Ari la scruta, les paupières plissées.

— Je pense que si.

Prise de panique, Sasha se précipita dans sa chambre et se jeta sur son lit. Ari vint s'allonger à côté d'elle.

— Je n'arriverai pas à me débarrasser de toi ! gémit Sasha.

— Non, en effet. Il faut que nous ayons cette conversation. Si tu m'as prise pour confidente, c'est pour une bonne raison.

— Quand j'ai fait ça ?

— Le soir où tu m'as appelée, en larmes, en m'énumérant les recommandations de ton psy.

Quelle poisse ! Dans un moment de grande détresse, elle avait appelé sa sœur pour lui parler de la raison qui l'avait poussée à entreprendre une psychothérapie. Son analyste lui avait expliqué que si sa vie amoureuse était au point mort, c'était à cause de sa phobie du mariage. En évitant les relations sérieuses, en s'obligeant à ne fréquenter que des hommes fuyant les engagements émotionnels, elle éliminait le risque de recevoir une demande en mariage qu'elle serait amenée à refuser. Son plan était infaillible. Sauf qu'après plusieurs années de relations éphémères et vaines elle avait craqué. Ce fameux soir, elle avait avoué à sa sœur qu'elle se sentait terriblement seule.

— Nik est très différent des hommes que j'ai fréquentés.

Les hommes travaillant dans la haute technologie et la finance étaient légion à San Francisco. Mais Nik n'avait rien en commun avec eux. Il était honorable, généreux et prévenant. Il leur était supérieur en tout point.

— Quelle importance qu'il soit différent des autres si tu envisages de tirer un trait sur lui après mon mariage ?

— Il se peut qu'une aventure sans lendemain lui convienne. Tu as pensé à ça ? Il est ici pour le travail et n'aura peut-être pas le temps de...

— Tu abondes dans mon sens, l'interrompit Ari. Si tu sais qu'il n'est pas disposé à s'engager durablement, quelle est la différence avec tes relations passées ? Je croyais que tu voulais rompre ce cycle infernal.

Sasha se redressa et ramena ses genoux contre sa poitrine. Ariana avait beau être exaspérante, elle avait raison sur ce point. Dans des circonstances normales, une aventure avec un bel inconnu lors du mariage de sa sœur ne tirerait pas à conséquence. Mais sa situation était loin d'être normale. Elle avait entrepris une thérapie pour surmonter les conséquences de l'annulation de son mariage et sa réputation de « mariée en fuite ». Elle avait affronté ses problèmes de manière franche et honnête, allant jusqu'à proposer à sa sœur de lui rendre compte de ses progrès. Mais à peine avait-elle mis le pied sur le sol texan qu'elle oubliait ses bonnes résolutions à cause du sourire ravageur de Nik.

Ari tira sur une de ses tresses.

— Je voudrais tellement que tu sois heureuse, Sasha !

— Je le *suis*, Ari. Inutile de t'inquiéter pour moi. J'adore mon travail. As-tu vu mon reportage-photo dans *New Day*, le mois dernier ? J'ai eu droit à une double page.

— Oui, il était fabuleux. Je suis fière de ta réussite et des efforts que tu fournis pour remettre ta vie sur les rails. Promets-moi de ne pas tout gâcher.

Malgré son cœur en berne, Sasha sourit à sa sœur.

— Je te le promets.

Cette nuit, peinant à trouver le sommeil, Sasha récupéra son journal thérapeutique et relut sa première annotation.

« Rêve n°1

Le voile de mariée en dentelle de ma grand-mère cascade dans mon dos. La chapelle est pleine. Il m'attend au pied de l'autel. Je fais quelques pas vers lui, agrippant mon bouquet si fort que les tiges se brisent. L'organiste joue la marche nuptiale. La musique me porte en avant, pas à pas, jusqu'au milieu de l'allée centrale, mais pas plus loin. Mes pieds s'enfoncent dans le tapis rouge. Paniquée, je cherche de l'aide alentour. Je ne reconnais aucun des invités. Je cherche des yeux l'homme que je vais épouser, mais son visage devient flou.

Mon instinct me dicte de fuir, et je cours.

La musique, le bruissement du taffetas et les cris de l'assemblée forment un bruit horrible. Je sors de la chapelle en trébuchant sur les marches. Dehors, tout est calme. L'air est pur, je peux respirer librement. Je jette le bouquet et marche le long de la route.

Rêve n°2

C'est une scène sortie tout droit d'un film noir. Je suis en larmes dans une cabine téléphonique. Je lui dis que je ne peux pas l'épouser. La vie qu'il souhaite ne ressemble pas à celle dont je rêve pour moi-même. J'ai peur de me perdre en l'épousant. Je lui présente des excuses. Sa voix me parvient, haute et claire. Il est furieux et blessé. Il aurait dû savoir qu'il ne pouvait pas faire confiance à une femme comme moi.

– *Que veux-tu dire ? demandai-je.*

La communication s'interrompt.

Le second rêve est plus proche de la vérité. »

Sasha était fiancée à Terrence Rhodes, un gestionnaire de *hedge fund*. Avec le recul, elle reconnaissait à peine la jeune fille qui avait dit oui à une vie pleine de monotonie. Ils s'étaient rencontrés à l'université. Il était un étudiant brillant, elle avait des dispositions artistiques. Ils étaient sortis ensemble quelques fois, puis ils avaient continué de se fréquenter, et leur cercle d'amis les avait considérés comme un couple. Sasha n'y avait pas attaché trop d'importance. Bien que ses sentiments pour Terrence soient tièdes, cette relation la mettait à l'abri des assiduités des autres étudiants. Elle n'avait jamais envisagé un avenir avec lui et pensait qu'ils se sépareraient après l'obtention de leurs diplômes. Au lieu de cela, ils étaient restés ensemble pendant que Terrence intégrait une école de commerce et qu'elle décrochait une maîtrise en beaux-arts. Leur relation n'avait rien d'inapproprié, mais elle n'avait rien n'exaltant non plus. Ils formaient une image terne, dans une teinte sépia, alors que Sasha avait besoin de couleurs. Ne supportant plus cette situation, elle avait confié son malaise à Terrence. Peu après, il lui avait fait une demande en mariage surprise lors d'une soirée, en présence de tous leurs amis. Qu'aurait-elle dû faire ? L'éconduire en public ?

Ils avaient différé leur mariage de deux ans pour se concentrer sur leurs carrières. Celle de Terrence, dans la finance, avait pris son essor tandis que celle de Sasha végétait. Terrence lui avait alors suggéré de cesser de travailler.

— Tu pourras toujours prendre des photos, créer un blog ou autre. Bientôt, nous aurons des enfants, et tu ne pourras plus beaucoup voyager, voire plus du tout.

Créer un blog ou autre... Ces paroles condescendantes l'avaient blessée.

Ce fut le début de la fin. À mesure que les préparatifs du mariage avançaient, Sasha était assaillie de doutes. Puis, la veille du mariage, quelques heures avant le dîner de répétition, elle avait craqué devant sa mère, sa sœur et sa future belle-famille. Elle s'était effondrée par terre, dans sa robe en tulle rose et avait éclaté en sanglots.

Terrence était entré à cet instant et avait découvert la scène. Le regard horrifié qu'il lui avait adressé continuait de hanter ses rêves.

Sa mère lui avait assuré que tout irait bien. Sa grand-mère lui avait caressé le dos en marmonnant : « C'est à croire que nous sommes maudites. »

Sasha reposa son journal et consulta son téléphone. Elle avait un SMS manqué de Nik :

Désolé de n'avoir pas pu rester. Pourrions-nous nous revoir quand tu seras disponible ?

Ce fut comme si un rayon de soleil pénétrait dans sa chambre pour chasser ses pensées mélancoliques. Nik avait le don de lui faire voir la vie en rose. Et même si une aventure était exclue, aucune loi ne les empêchait de devenir amis. Demain soir, elle devait dîner avec Ari, mais elle s'arrangerait pour prendre un verre avec lui. Elle réprima un sourire en rédigeant sa réponse :

Demain à 19 heures ?

Il était près de minuit. Elle n'attendait pas de réponse avant demain matin. Mais la réaction de Nik fut rapide :

C'est un rendez-vous galant.

7

— Ce n'est pas un rendez-vous galant, annonça-t-elle en arrivant.

Nik l'attendait au bar The Silver Saddle. Il consultait ses messages sur son téléphone tout en surveillant la porte. Pour un homme à qui on avait rabâché durant ses études que le temps, c'était de l'argent, demeurer assis sans rien faire ne lui ressemblait pas. Pourtant, il était là et il s'en fichait. Il n'avait qu'une hâte : la revoir.

Après avoir passé toute la journée d'hier avec Sasha, il trouvait le temps long. Il savait qu'elle serait très occupée avec sa sœur et il ne s'était pas attendu à la revoir avant plusieurs jours. Il avait lancé son invitation uniquement pour rester en contact avec elle. Aussi avait-il été fou de joie de savoir qu'elle était impatiente de le revoir.

Soudain, il la vit apparaître, splendide dans sa robe noire qui épousait ses formes à la perfection, ses longues tresses flottant sur son dos.

Sur les indications de l'hôtesse, Sasha se dirigea vers lui, ses yeux de chat, sublimés par un trait d'eye-liner, rivés aux siens. Il se leva pour l'accueillir, fasciné par son apparition. Il l'avait vue en tenue décontractée et en peignoir, mais ce soir elle était différente, dangereuse. Puis elle prononça ces mots :

— Ce n'est pas un rendez-vous galant. Compris ? Nous ne pouvons qu'être amis.

— Sasha, si nous buvions un verre avant de décider de notre avenir ?

— Tu as raison.

Elle s'installa sur un tabouret de bar et parcourut la liste des cocktails, visiblement nerveuse.

— Que me conseilles-tu ? demanda-t-elle.

— Le Silver Moon. C'est leur margarita emblématique. Mais je te préviens, elle est épicée.

Elle lui coula un regard oblique.

— Ça ne me fait pas peur.

— Vraiment ?

Alors, quelle était cette lueur dans son regard qui ressemblait à s'y méprendre à de la peur ?

Nik fit signe au barman et passa commande.

— De combien de temps disposes-tu ?

Les épaules de Sasha s'affaissèrent.

— Je dois rejoindre Ariana pour dîner à 20 heures.

Nik n'était pas expert en rendez-vous non galant, mais soixante minutes devaient être la durée appropriée pour ce genre de rencontre.

— Très bien. Alors discutons.

Contre toute attente, elle se recroquevilla sur elle-même. Où était passée la jeune femme pleine de fougue qui l'avait embrassé dans une voiture sous une pluie diluvienne ?

— Je t'apprécie, dit-elle doucement.

— Moi aussi.

— Hier, je t'ai envoyé des signaux contradictoires...

— Aucune importance.

— Je ne resterai à Royal que quelques semaines. La moitié du temps, je serai très occupée par les préparatifs du mariage. Dans ces conditions, à quoi bon entamer une relation ?

Pour retrouver ces sensations euphorisantes qu'ils avaient éprouvées dans la voiture et ranimer cette flamme du désir qui avait brûlé entre eux, faillit-il répondre.

— Avant que tu me qualifies d'inconstante, ajouta-t-elle, sache que j'ai beaucoup réfléchi à la question.

— Je me garderai bien d'employer ce qualificatif. Tu as le droit de changer d'avis.

Leurs cocktails furent servis, et Sasha se réfugia dans le sien. Nik la contempla, perplexe, se demandant ce qui avait changé depuis hier soir.

— Salut, Nik !

C'était Oliver qui l'interpellait, accompagnée de Jessica, sa nouvelle petite amie. Nik fit les présentations :

— Jessica, Oliver, voici Sasha Ramos.

Le couple échangea des regards entendus.

— Sasha est une reporter-photographe talentueuse, poursuivit Nik. Son dernier reportage a paru dans *New Day*. Elle est aussi la sœur d'Ariana Ramos.

Sasha le considéra, interloquée.

— Comment es-tu au courant pour ce reportage ?

— Grâce à cette chose qui s'appelle Google.

Il n'avait pas l'intention de lui dissimuler qu'il avait consulté son portfolio en ligne. Elle était vraiment très douée.

— Tu ne m'en as rien dit.

— Je n'en ai pas eu l'occasion.

— Comment vous connaissez-vous ? s'enquit Jessica. Êtes-vous de vieux amis ?

— Non, de nouveaux amis, répondit Nik, s'efforçant de paraître détaché. Sasha est ici pour le mariage de sa sœur. Je lui ai proposé de lui servir de guide, c'est tout.

Sasha se raidit à ses côtés. Malgré tout, elle adressa un grand sourire à Oliver et Jessica.

— Nous nous sommes rencontrés hier dans l'avion.

Cette explication banale effaçait d'un trait de plume tout ce qu'ils avaient vécu ensemble, songea-t-il, déçu.

— D'où veniez-vous ? lança Jessica.

— De Géorgie. Je m'y trouvais pour le travail, répondit Sasha. Oliver, vous devez être le fameux associé dont j'ai beaucoup entendu parler.

Oliver eut un rire crispé.

— Ça dépend. Qu'avez-vous entendu à mon sujet ?

— Peu de choses, admit Sasha. Mais très positives.

— Ainsi, vous êtes de sortie ? demanda Nik, désireux d'écourter la discussion.

Certes, il appréciait beaucoup Oliver, mais il ne disposait que d'une heure avec Sasha. Au train où allaient les choses, qui savait si elle accepterait de le revoir.

— C'est une soirée en amoureux, expliqua Jessica.

Oliver et elle avaient entamé une fausse relation avant de passer à l'étape suivante, celle des soirées romantiques.

— À propos, demanda Oliver. As-tu des nouvelles de Mad Dash ?

Mad Dash était une start-up en pleine expansion, spécialisée dans les livraisons à domicile, qui envisageait de se développer au Texas. Les tentatives de Nik et Oliver pour obtenir un rendez-vous avec sa directrice générale demeuraient infructueuses.

— Non, aucune, répondit Nik.

— C'est à croire qu'ils veulent nous tenir à l'écart.

Jessica s'interposa.

— Sasha, ces deux-là risquent de parler boutique toute la soirée si nous les laissons faire.

Sasha rit.

— Mais comment les en empêcher ?

Ce fut l'hôtesse qui dénoua la situation en annonçant au couple que sa table était prête.

Oliver glissa un bras autour de la taille de Jessica.

— Et si vous nous rejoigniez ? Ce serait un double rendez-vous.

Nik se hâta de répondre :

— Il ne s'agit pas d'un rendez-vous, et Sasha est pressée.

Il la sentit à nouveau se raidir.

— Alors, à une autre fois, dit Jessica.

Ils s'éloignèrent, et le silence s'éternisa entre Sasha et lui.

— Ils sont sympathiques, dit-elle à la fin.

Puis elle consulta son téléphone.

— Nous devons partir d'ici, ajouta-t-elle brusquement.

Il régla l'addition sans discuter.

— Où dois-tu retrouver Ariana ? Je vais t'y conduire.

Elle l'attrapa par le bras et l'entraîna hors du restaurant.

— Ariana vient d'annuler le dîner à cause d'une réunion en visioconférence qui se prolonge avec l'équipe de tournage.

— Veux-tu que je te ramène chez toi ?

Comme elle ne répondait pas, il prit son silence pour un acquiescement. Une vague de déception le submergea.

— Attends-moi ici, je vais chercher ma voiture.

— *Stop !*

Nik s'arrêta net, pris de court.

Sasha se tenait les bras ballants, paumes ouvertes. Le concierge, l'hôtesse et un couple qui était sorti derrière eux leur jetèrent des regards interrogateurs. Sasha s'avança vers lui alors que des gouttes de pluie commençaient à tomber.

— Je ne veux pas rentrer chez moi, murmura-t-elle.

Ce fut plus fort que lui, il enserra son visage et essuya une goutte de pluie sur sa joue.

— Dis-moi ce que tu veux faire.

— Je meurs de faim. Je veux dîner et je n'ai pas envie que nous soyons simplement amis, enfin, pas vraiment. Les choses sont compliquées pour moi en ce moment.

Aussitôt, sa déception céda la place à l'allégresse.

— Une chose à la fois, Sasha. Si tu as faim, nous pouvons rester ici.

— Non. Emmène-moi dans un endroit tranquille où nous pourrons parler.

— Entendu. Il suffit de le demander.

8

Nik l'emmena au Royal Diner pour prendre un petit déjeuner en guise de dîner. Ils s'installèrent dans une alcôve confortable avec une pile de pancakes ainsi que des toasts beurrés. Pour le dessert, ils avaient le choix entre une tourte aux pommes et une aux cerises. Ce petit restaurant était l'endroit idéal, songea Sasha. Elle s'y sentait en sécurité, réconfortée et... encore un peu mal à l'aise.

Sasha respectait trop Nik pour ne pas lui dire la vérité, mais elle redoutait qu'il la voie différemment et qu'il l'apprécie moins. Ce n'était pas une peur irrationnelle. Des années auparavant, la vérité lui avait fait perdre la plupart de ses amis. À ce jour, il lui en restait très peu.

— Mes déclarations risquent de te surprendre, dit-elle. Après tout, nous ne nous connaissons que depuis hier.

Nik coupa un morceau de pancake.

— Sasha, arrête de tergiverser et dis-moi ce qui te tracasse.

Les mots étaient là, coincés dans sa gorge, laquelle s'était asséchée à la vue de Nik maniant habilement ses couverts. Il avait de belles mains. Le regard de Sasha remonta vers son visage. Ses sourcils étaient légèrement froncés et sa mâchoire crispée. Elle s'en voulut de l'avoir perturbé en lui disant qu'ils ne pouvaient qu'être amis.

Il leva les yeux vers elle.

— Sasha, parle-moi.

Elle n'avait pas d'autre choix que de se lancer.

— J'ai entrepris une psychothérapie.

— Intéressant. Moi aussi.

Elle lâcha sa fourchette sous le coup de la surprise.

— Vraiment ?

— Non, pas vraiment, concéda-t-il. Ma psy est ma cousine. La plupart de nos séances ont lieu autour de margaritas.

— Ta fameuse cousine Krystal ?

— Oui, Dr Krystal Ann Williams, dit-il. Elle fait de l'accompagnement psychologique pour les athlètes.

Le psy de Sasha était spécialisé dans les traumatismes. Leurs séances bihebdomadaires avaient lieu via l'application LiveChat et non dans un bar. À chacun sa méthode.

— De quoi lui parles-tu ? demanda-t-elle.

— Concentrons-nous plutôt sur toi.

Trop tard. Sa curiosité était aiguisée. Nik était tellement maître de lui. Elle ne voyait pas ce qui pourrait le perturber.

— J'ai besoin de savoir, Nik. Parle-moi de tes démons.

— Très bien. Je suis invité au mariage de ta sœur.

Cela n'expliquait rien.

— Une bonne partie de Royal doit l'être.

— Je n'ai pas de cavalière, et c'est très bien ainsi. Selon Krystal, mes relations ne résistent pas à l'épreuve du temps.

— Parce que tu aimes les femmes rebelles.

— Oui.

Il la regarda droit dans les yeux, déclenchant un frisson d'alarme le long de son dos.

S'il pensait qu'elle entrait dans cette catégorie, il risquait d'être très déçu. Elle n'était ni une rebelle ni une fêtarde. En dehors de ses voyages professionnels, elle menait une vie sédentaire… pour une sorcière.

Frustrée, Sasha rajouta une couche de beurre sur son toast.

— Parle-moi de ces femmes rebelles.

Une esquisse de sourire éclaira son splendide visage.

— Je ne suis pas un dompteur de lionnes, Sasha. La dernière femme que j'ai fréquentée travaillait dans une boutique de luxe. Elle est partie à Londres à la suite d'une promotion. Elle travaille maintenant dans le magasin phare de sa maison de luxe. Elle a poursuivi ses rêves. Il n'y a rien de sulfureux dans tout cela.

— Tu n'as pas essayé de la retenir ?

— Non. Je chasse mes propres rêves.

Ces mots la laissèrent abasourdie. Nik ne poursuivait personne. Si elle s'enfuyait, il la laisserait partir.

— L'été dernier, j'ai rencontré Tracie, une juricomptable. Elle *était* rebelle, mais très amusante.

— Évidemment, marmonna-t-elle, s'emparant du sirop.

— Et maintenant, Sasha, parle-moi de tes démons. J'ai besoin de comprendre.

— Je suis ce qu'on appelle une mariée en fuite.

Quand il prononçait son prénom avec cette douceur câline, elle aurait avoué n'importe quel acte délictueux.

Il examina ses propos, visiblement perplexe.

— Tu as été fiancée ?

— Oui.

— Et ça n'a pas fonctionné.

— Non.

— Tu... t'es enfuie de l'église ou de la mairie.

— Non. J'ai annulé le mariage la veille au soir.

— En somme, tu as changé d'avis.

— Oui. Mais ce n'est pas aussi simple.

Il trempa un morceau de pancake dans le sirop. Elle le regarda faire, l'appétit coupé par cette conversation.

— Tu l'aimais ? demanda-t-il.

— Pas suffisamment. J'avais vingt-cinq ans et je voulais poursuivre mes propres rêves.

— Tu en éprouves de la culpabilité ?

Elle avait toutes les raisons de s'en vouloir. Elle avait blessé Terrence, humilié sa famille, déçu ses amis et contribué à perpétuer la malédiction familiale.

— Ce n'est pas aussi simple, Nik, répéta-t-elle.

— Je ne vois pas pourquoi. À vingt-cinq ans, on est jeune et pas toujours prêt pour le mariage. Tu avais le droit de changer d'avis, Sasha, même si, je le reconnais, le moment n'était pas idéal.

— Je ne suis pas la première personne de la famille qui change d'avis dans ces circonstances. Ni même la deuxième.

Il marqua une pause, visiblement intrigué.

— Vraiment ?

— Ma mère et ma grand-mère ont annulé leurs mariages.

Elle lui raconta que sa grand-mère avait discrètement mis fin à ses fiançailles avec le fils du voisin. Il n'y avait pas eu de scandale. Elle lui avait rendu la bague, et il n'en avait plus jamais été question. Sa grand-mère considérait cela comme un « faux départ ».

Avec sa mère, les choses s'étaient mal passées. Elle avait plaqué son fiancé, un jeune et beau médecin, au pied de l'autel. Une offense impardonnable qui avait soulevé un tollé général dans leur communauté. Sa mère avait payé son acte de bravoure au prix fort. La grand-mère de Sasha l'avait comprise et soutenue. Mais son grand-père n'avait pas supporté une pareille humiliation. Au lieu de crier et de menacer, il ne lui avait plus adressé la parole et lui avait coupé les vivres afin de couvrir les dépenses qu'il avait engagées pour le mariage. La punition avait été si rude pour sa mère qu'elle avait fui sa petite ville pour s'installer à San Bernardino.

— C'est un schéma familial, remarqua Nik. Est-ce pour cette raison que tu as entrepris une thérapie ?

Son raisonnement paraissait logique, mais elle devait rétablir la vérité.

— Ce n'est pas un schéma, mais une malédiction familiale.

Nik repoussa son assiette.

— Nous avons besoin d'un café.

Sasha grignota un toast en attendant que Nik revienne du comptoir avec leurs boissons, certaine qu'il ne la prendrait pas au sérieux.

— J'ai des questions, déclara-t-il.

Évidemment. Sasha enroula ses mains autour de sa tasse chaude pour se donner du courage.

— Je t'écoute.

— S'il s'agit d'une malédiction, tu ne devrais pas faire appel à un autre genre de professionnel ?

— Nik !

— Qu'en est-il d'Ariana ? Tu crois qu'elle maintiendra son mariage ?

— Oui, elle épousera Xavier quoi qu'il arrive. Elle est l'exception qui confirme la règle.

Nik but une gorgée de café, visiblement perplexe.

— J'aurais mieux fait de me taire, dit-elle, démoralisée.

— En fait, je me demandais ce que cette prétendue malédiction avait à voir avec nous deux.

— Eh bien..., selon mon psy, j'ai échafaudé une stratégie d'évitement dans mes relations avec les hommes. Je privilégie les relations sans engagement de part et d'autre afin d'éviter un nouveau drame. Si je ne suis pas la petite amie de quelqu'un, je ne risque pas de devenir sa fiancée. Ma stratégie est imparable, mais épuisante à la longue. Et je me retrouve seule.

Elle avait fréquenté des hommes charmants. Mais, à force de prétendre qu'elle était trop occupée par son travail pour entamer une relation sérieuse, à force d'être toujours celle qui décevait, elle avait le cœur meurtri. Car elle n'était pas ce genre de personne.

— Je comprends, dit Nik.

— Mon psy me recommande de renoncer à cette stratégie.

Trop nerveuse pour regarder Nik dans les yeux, elle demanda, comme pour elle-même, s'il n'était pas temps de réclamer l'addition.

— Et la tourte aux cerises ?

— Pourquoi pas celle aux pommes ?

— Nous prendrons les deux.

— Bonne idée, dit-elle, cherchant la serveuse des yeux.

— Sasha, regarde-moi.

— Non, je ne peux pas.

— Très bien. Ne me regarde pas, mais mets ta main dans la mienne, dit-il, posant sa main, paume en l'air, sur la table.

Après un moment d'hésitation, elle obtempéra. Les doigts

chauds de Nik s'enroulèrent autour des siens. Elle eut un rire sans joie.

— Tu dois me trouver ridicule.

— Non. Tu veux savoir ce que je pense ?

Sasha finit par lever les yeux vers lui, soulagée de voir qu'il était sincère.

— Je pense que tu as traversé des moments difficiles. Je ne suis pas psy, mais j'imagine que le mariage de ta sœur réveille en toi des mauvais souvenirs et ravive des blessures douloureuses. Alors, en guise de remède, je propose que nous partagions les tourtes et que nous soyons amis.

Sasha accueillit ces paroles avec le sourire, même si elle avait le sentiment que rien n'était résolu.

9

— Réveille-toi !

Sasha fut brutalement tirée du sommeil par Ariana.

— Ari ! Qu'est-ce qui te prend ?

— Désolée, il faut que tu voies cette vidéo.

Sasha enfouit son visage dans l'oreiller en gémissant.

— Il ne fait pas jour. Laisse-moi dormir !

— Il est 10 h 30 et il fait grand jour, riposta Ariana. J'ai fait mes exercices de pilates et préparé des œufs brouillés.

Sasha regarda autour d'elle, stupéfaite.

— 10 h 30 *du matin* ? Comment est-ce possible ?

— À cause des rideaux occultants. Ils sont fabuleux.

Sa sœur appuya sur une touche de la télécommande, et les rideaux s'écartèrent, dévoilant un ciel bleu splendide.

— Cela fait une éternité que je n'ai pas aussi bien dormi, remarqua Sasha.

— C'est grâce à la literie. Elle est très confortable.

Sasha doutait que les oreillers garnis de duvet ou les draps en lin confectionnés en Belgique aient un rapport avec sa qualité de sommeil. C'était sa discussion avec Nik, la veille au soir, qui l'avait apaisée et soulagée d'un grand poids.

Elle s'étira en bâillant.

— Bon. De quoi est-il question dans cette vidéo ?

— D'un individu qui s'infiltre dans les mariages.

— Ari, le tien a lieu dans quelques semaines. Ce genre d'intrus ne s'annonce pas.

— Celui-ci le fait, s'entêta Ari. Il s'appelle Trick MacArthur. Il traque les célébrités pour dénicher le plus d'informations possible sur les préparatifs de leur mariage, puis il les divulgue sur les réseaux sociaux. On l'a vu rôder à Royal. Rylee, mon organisatrice du mariage, est dans tous ses états.

— Tu veux dire qu'il fait tout ça pour s'amuser ?

— Non, il le fait pour l'argent. Ses vidéos cartonnent.

Ari se laissa choir sur le lit et tendit son téléphone à Sasha.

— Regarde ce qu'il a publié ce matin !

Sasha appuya sur la touche Play.

Un bel homme à l'épaisse chevelure brune et aux yeux rieurs saluait ses abonnés :

« Bonjour à tous ! Ce matin, je me trouve dans une charmante boulangerie-pâtisserie à Royal, dans le Texas. Selon mes sources, l'organisatrice du mariage Noble-Ramos fréquente cet établissement. Au cas où le couple commanderait sa pièce montée ici, j'ai quelques suggestions à lui faire. Aux dires du chef pâtissier, c'est le gâteau aux confettis qui a le plus de succès. Pouvez-vous imaginer Ariana Ramos choisir un dessert aussi *festif* ? Moi non. Si j'étais à sa place, j'opterais pour le parfum chocolat framboise ou chocolat cappuccino. Un régal ! Cela dit, j'ai un faible pour le chocolat. Qui sait ce que l'actrice va choisir. Du moment qu'elle n'opte pas pour la bonne vieille vanille ! Salut à tous. N'oubliez pas de liker et de vous abonner. »

Sasha appuya sur Pause. Le silence régna dans la chambre. Elle se tourna vers Ari recroquevillée à côté d'elle.

— Tu as choisi la bonne vieille vanille, n'est-ce pas ?

— La grand-mère de Xavier est allergique au chocolat ! gémit Ari. Nous avons choisi un gâteau à la vanille de Tahiti, parfumé au bourbon provenant d'une production locale.

Sasha se retint de rire.

— Ce sera délicieux.

Ariana prit un oreiller et se lova en position fœtale.

— J'aime le gâteau aux confettis comme tout le monde ! Comment ose-t-il prétendre le contraire ?

— Quel toupet ! acquiesça Sasha.

— Notre pièce montée sera recouverte de lupins bleus en sucre en l'honneur du Texas. Tu penses qu'on devrait ajouter un gâteau aux confettis... pour les enfants ?

— Non, répondit Sasha en frottant le dos de sa sœur. Et tu n'as pas à justifier tes choix vis-à-vis de ce plaisantin.

— Il ne s'arrêtera pas au gâteau. Il est capable de tout. Figure-toi qu'il a divulgué des photos des robes des demoiselles d'honneur de Chelsea Carlisle et révélé la chanson qu'elle avait choisie pour sa danse avec son père.

— Comment l'a-t-il su ? A-t-il piraté l'ordinateur du DJ ?

— Qu'est-ce que j'en sais ? gémit Ari. Il est dangereux.

— Calme-toi, Ariana. Ce n'est pas si grave.

— C'est facile pour toi de dire ça ! Je suis paniquée. Et Rylee est au bord de la crise de nerfs.

Sasha prit sa sœur dans ses bras.

— Ce type est exaspérant, mais ce n'est pas une raison pour te laisser abattre.

— Que dois-je faire ?

Ce n'était pas tous les jours que sa fabuleuse sœur aînée lui demandait conseil. Mais elle était à court d'idées.

— Qu'a fait Chelsea Carlisle ?

— Rien.

— C'est sans doute la meilleure solution. Si tu demandes une injonction d'éloignement, tu lui feras encore plus de publicité.

— C'est ce que dit Xavier.

— Écoute-moi, Ari. Depuis quand nous soucions-nous de l'opinion d'autrui ? Nous sommes les Sorcières de la vallée de San Bernardino. Tu t'en souviens, n'est-ce pas ? Dans notre famille, nous sommes habituées aux péripéties et autres drames concernant les mariages.

— Tu as raison, déclara Ari avec une sombre détermination. Notre grand-mère, notre mère et toi avez assumé courageusement vos décisions. Tu t'en es très bien sortie.

— Je n'irais pas jusque-là. Je suis vulnérable.

— C'est faux. Tu es radieuse, sûre de toi et prospère.

— Ari, si je suis en thérapie, ce n'est pas pour rien.

— Tu as pris conscience qu'il valait mieux analyser tes problèmes que de les enfouir au fond de toi.

— Évidemment, vu sous cet angle, ma situation n'est pas si catastrophique.

— Tu es sur la bonne voie, Sasha. Tu dois croire en toi.

Ari s'écarta d'elle.

— Maintenant, dis-moi la vérité. Mon gâteau est-il trop conventionnel ?

— Tu plaisantes ! Si je n'ai pas un lupin en sucre sur ma part, je piquerai une crise. Au diable Trick MacArthur !

— Je suis si contente que tu sois ici ! Tu m'aides à garder les pieds sur terre.

— Et toi, tu m'aides à demeurer saine d'esprit, répondit Sasha. Nous nous en sortirons ensemble.

Ari renifla, très émue.

— Serre-moi fort.

Sasha obtempéra en riant. Sa sœur tira sur une de ses tresses.

— Désolée de t'avoir fait faux bond, hier soir.

— Ne t'en fais pas pour ça.

— En guise de compensation, tu m'accompagneras ce soir à une soirée cocktail au Texas Cattleman's Club.

— C'est comme ça que tu veux te faire pardonner ? En me traînant à une soirée ? Tu sais que je déteste ces réceptions.

— Allons, Sasha, c'est pour une bonne cause. Nous ne resterons pas longtemps, c'est promis. Puis nous irons au bar à vins du club. Ce sera amusant.

— Tu veux dire, comme le gâteau aux confettis ?

— Ah, très drôle ! Que porteras-tu pour le cocktail ?

— Une petite robe noire. J'en ai amené plusieurs.

Ari fronça les sourcils.

— Ça n'ira pas. Les invités sont censés porter du blanc.

— Tu fais vraiment tout pour me contrarier !

— Pourquoi ? Tu n'as pas apporté une petite robe blanche ?

— Non, Ariana. Et sais-tu pourquoi ? Parce que je ne voulais pas faire de l'ombre à la mariée.

— Je suis très touchée, mais tu n'avais pas besoin de pousser le zèle aussi loin. Je serai radieuse, quoi qu'il arrive.

— Je n'en doute pas, marmonna Sasha.

— Cesse de ronchonner. Je te prêterai une robe bain de soleil blanche hyper sexy.

— Merci.

Ariana se leva.

— Il est temps que tu te lèves. Le petit déjeuner sera froid.

Elle sortit de la chambre, laissant Sasha frustrée. Décidément, elle détestait les mariages. Elle récupéra son téléphone et s'aperçut qu'elle avait deux SMS de Nik.

Merci pour hier soir.

Je n'ai jamais autant apprécié les pancakes.

Sasha retrouva sa bonne humeur. *Voilà* comment elle était censée commencer sa journée. Elle se hâta de répondre :

Je n'ai jamais eu une séance de thérapie aussi efficace.

Si elle avait su qu'une conversation avec un ami était capable de chasser ses idées noires, elle l'aurait eue plus tôt. Elle se sentait tellement plus légère ! Mais personne, en dehors des membres de sa famille, ne lui avait témoigné la même patience et le même respect que Nik hier soir.

Parce qu'elle a eu lieu dans un cadre agréable ?

Non, il faisait fausse route.

Pas seulement. Le psy m'a beaucoup plu.

Trois points apparurent, puis disparurent. Le cœur de Sasha se serra douloureusement tandis que Nik différait sa réponse. Mais comment lui reprocher sa prudence ? Elle passait d'un extrême à l'autre. Un jour, elle l'embrassait dans une voiture de location. Le lendemain, elle lui disait qu'ils ne pouvaient qu'être amis. Pour couronner le tout, elle lui racontait qu'elle était maudite. Que devait-il penser d'elle ? Dans son propre intérêt, il devrait fuir à toutes jambes.

J'aimerais te revoir. Je devrais te laisser tranquille, mais c'est plus fort que moi.

Alors qu'elle avait l'impression de devenir folle, il venait de lui envoyer un SMS sans ambiguïté.

Moi aussi, j'ai envie de te revoir !

Tout de suite, si possible ! songea-t-elle, surexcitée.

As-tu des projets pour ce soir avec Ariana ?

Hélas, oui.

Elle m'emmène à une soirée cocktail au Club.

À nouveau, les trois satanés points apparurent et disparurent. Puis le message s'afficha enfin :

J'ai une soirée identique de prévue. Es-tu censée porter du blanc ?

Quelle chance !

Oui ! S'il te plaît, viens !

Pourvu qu'il accepte !

Je verrai ce que je peux faire.

10

Me voici donc dans le célèbre Texas Cattleman's Club...

Sasha aperçut son reflet dans un des miroirs aux cadres dorés accrochés dans le hall du club. Vêtue d'une robe bain de soleil blanche soulignant ses formes, ses tresses retombant sur son dos nu, elle se trouvait séduisante. Sauf qu'elle n'était pas ici pour s'admirer mais pour retrouver Nik. Bientôt, un maître d'hôtel les conduisit, Ari et elle, vers une terrasse surplombant l'immense parc du club. Elle balaya du regard la foule des invités élégamment vêtus de blanc. En vain. Nik ne se trouvait pas parmi eux.

— C'est très chic, dit-elle à Ariana. Tu peux me rappeler l'objet de cette réception ?

— Sensibiliser les gens à la fonte des calottes glaciaires.

— Je comprends que ce soit une urgence climatique, mais pourquoi tu ne te contentes pas de rédiger un chèque ?

— Ça ne suffit pas. Il faut faire acte de présence et...

Le discours d'Ari fut interrompu par l'arrivée d'une foule d'admirateurs qui s'empressa autour d'elle. Tous voulaient voir de près l'actrice de Hollywood sur le point de rejoindre l'élite de Royal.

Alors que Sasha se tenait à l'écart, ignorée, un serveur s'approcha d'elle.

— Voulez-vous une coupe de champagne, madame ?

— Oui, merci.

Elle en prit une sur le plateau et sirota une gorgée. Voyant que le serveur ne s'en allait pas, elle lui demanda :

— Y a-t-il autre chose ?

— Oui, madame. M. Williams souhaiterait que vous le rejoigniez en bas de l'escalier dans dix minutes.

— Quel escalier ? demanda-t-elle, le cœur battant.

Le serveur lui désigna un escalier en colimaçon conduisant aux jardins tropicaux.

— Merci, dit-elle, lui glissant un billet de vingt dollars.

Faute de porter une montre, Sasha s'écarta pour surveiller discrètement l'heure sur son téléphone. Elle dut attirer l'attention d'Ariana car celle-ci s'excusa et la rejoignit.

— Je suis désolée de t'avoir abandonnée.

— Ne t'inquiète pas pour moi, répliqua Sasha, d'humeur joyeuse. Tes admirateurs t'attendent.

— Viens avec moi.

Elle agrippa le bras de Sasha et l'entraîna vers le groupe.

— Connaissez-vous ma sœur ? C'est une reporter-photographe très talentueuse.

Sasha n'eut pas d'autre choix que d'engager la conversation tout en faisant mentalement le compte à rebours. Dans quelques minutes, elle reverrait Nik ! Elle répondit à des questions sur son travail jusqu'à ce qu'une alarme imaginaire résonne dans sa tête. *Il est temps d'y aller.*

Ariana discutait avec le trésorier d'une organisation à but non lucratif. C'était l'occasion pour Sasha de s'éclipser. Elle se fraya un chemin parmi la foule, le cœur palpitant, et se hâta de descendre l'escalier avant qu'un importun l'arrête. Soudain, elle l'aperçut au pied des marches, le dos tourné, élégant dans son costume gris clair. Elle s'arrêta pour reprendre son souffle, agrippée à la rampe de peur de tomber en pâmoison devant cet homme si sexy.

— Hello ! s'exclama-t-elle.

Il pivota et recula d'un pas, l'air admiratif.

— Tu es très en beauté !

— Et toi, tu ne respectes pas le code vestimentaire. C'est injuste !

Il lui adressa un sourire malicieux qui la fit chavirer.

— Désolé. Je ne possède pas de pantalon blanc et je n'ai pas eu le temps de faire les boutiques.

— Est-ce pour cette raison que tu ne rejoins pas les invités ?

— Je ne leur manquerai pas, j'en suis sûr.

Il souleva un panier de victuailles.

— J'ai soudoyé un serveur. Veux-tu pique-niquer avec moi ?

— Volontiers !

Elle descendit les marches restantes et se jeta dans ses bras.

Il repoussa quelques tresses de son épaule.

— Je m'en veux de t'arracher à ta sœur. Après tout, tu es ici pour passer du temps avec elle.

Mais c'est avec toi que j'ai envie de passer du temps !

Glissant sa main dans la sienne, elle l'entraîna le long de l'allée en briques.

— Cette pause est la bienvenue. Ariana me rend folle avec cet intrus qui rôde à Royal et glane des renseignements sur les préparatifs de son mariage.

— Quel intrus ?

— Il s'appelle Trick MacArthur et publie des vidéos dans lesquelles il divulgue en avant-première des détails sur le déroulement des mariages de célébrités. En réalité, il est très amusant. Si seulement il ne ciblait pas ma sœur !

Ils arrivèrent près d'une fontaine entourée d'arbres.

— Nous serons bien, ici, déclara Nik.

Il étala une couverture sur l'herbe. Sasha s'allongea sur le côté et observa Nik pendant qu'il sortait une bouteille de vin pétillant et un assortiment d'amuse-bouche.

— En parlant de ma sœur...

— Oui ?

Il déboucha la bouteille et remplit le verre de Sasha.

— Elle ne doit pas savoir à propos de nous deux.

Nik se figea, la surprise se peignant sur son visage ciselé.

— Nous deux ?

— Elle... désapprouverait.

Sasha but une gorgée de vin pour se donner du courage.

— Ariana veut que je suive à la lettre les recommandations de mon psy et que j'attende d'être sûre de moi avant de tenter quoi que ce soit. Nous avons eu une longue discussion à ce sujet, et je ne veux pas la perturber en pleins préparatifs de son mariage. Elle est suffisamment stressée comme ça.

— Je ne comprends pas.

Nik choisit une belle fraise et l'approcha de la bouche de Sasha. Elle mordit dans le fruit sucré.

— Nous sommes des amis. Ce n'est pas un crime.

— Des amis ne se regardent pas comme nous le faisons.

— Tu as raison. Je ferai attention à l'avenir.

Il trempa le reste de la fraise dans la crème et l'offrit à Sasha. Se sentant soudain affamée, elle lécha délicatement la crème avant de mordre dans le fruit. Le murmure de la fontaine, le soleil couchant, la senteur de l'herbe fraîchement tondue, tout cela lui montait à la tête. Être ici avec Nik était un luxe incroyable, et elle savourait intensément ce moment.

— Voici ce qui *me* préoccupe, dit-elle. Je n'éprouve pas que des sentiments amicaux à ton égard. Je pense sans cesse à notre baiser dans la voiture. Son souvenir ne s'efface pas.

— Alors, embrasse-moi à nouveau.

Oh ! Seigneur, elle en avait tellement envie ! Rien ne la retenait, excepté un reste de défiance tellement ténu…

— Viens ici, dit-elle, n'y tenant plus.

Nik posa le bol de fraises et la contempla, une lueur torride dans son regard.

— Si je t'embrasse, je serai incapable de m'arrêter, dit-il.

Le rire tremblant de Sasha trahit son tumulte intérieur.

— Nous ne pouvons pas faire grand-chose ici, au risque d'être surpris par des promeneurs.

— Ce n'est pas ce que je veux dire.

Il posa une main sur sa hanche. Sasha ferma les yeux. La chaleur du soleil et celle de Nik se diffusaient dans tout son corps, faisant naître en elle une délicieuse langueur.

Cela mettait un terme au débat « Soyons amis ». *Soyons plutôt amants*, songea-t-elle hardiment. Tout ce qu'elle voulait, c'était découvrir le corps splendide de Nik, goûter à la saveur de ses baisers, connaître le goût de ses caresses. À cet instant, ses pensées n'étaient ni amicales ni sages.

Elle rouvrit les yeux et s'aperçut que Nik l'observait avec attention. Elle l'attira vers elle.

— Je sais ce que tu veux dire. Mais j'ai trop envie que tu m'embrasses.

Elle s'attendait qu'il presse son corps contre le sien et qu'il emprisonne ses lèvres dans un baiser passionné. Au lieu de cela, il prit son temps, remontant sa main pour cueillir un sein au creux de sa paume, lui tirant un frisson d'anticipation, tandis que son autre main se posait sur l'attache de sa robe dos nu, sous ses tresses.

— Sasha, murmura-t-il. Jusqu'où es-tu décidée à jouer la carte de la prudence ?

Elle se sentait en sécurité avec Nik. Visiblement, la chance était de leur côté. Elle leur avait permis d'échapper à deux accidents mortels et à un violent orage.

— Je ne compte pas beaucoup l'utiliser, admit-elle.

D'un petit coup sec, il défit l'attache de sa robe. Sasha abaissa le tissu, offrant sa poitrine au regard de Nik.

— Oh ! ciel ! Combien de fois j'ai eu envie...

— De quoi ?

— De faire *ceci !*

Il effleura son mamelon tendre du bout du doigt. Sasha se raidit, terriblement frustrée. Il y avait trop d'espace entre eux. Posant sa main libre sur sa nuque, elle l'attira vers elle et joignit ses lèvres aux siennes. Leur baiser fut moins urgent que la première fois. Plus profond et plus lent, mais tout aussi délectable. Il scella un pacte silencieux entre eux. Ils pouvaient être amants et amis. Rien n'était exclu.

Il interrompit leur baiser pour promener sa bouche le long de sa gorge et s'emparer de son autre mamelon douloureux. Chaque caresse de sa langue était à la fois une torture et une jouissance. Sasha fit courir ses ongles le long du dos de Nik, brûlant d'envie de lui arracher sa chemise pour savourer le contact de sa peau nue. Elle l'aurait fait si elle n'avait pas perçu un bruit de pas et un rire non loin de là.

Nik s'empressa de rattacher sa robe. Les voix et les pas s'éloignèrent dans la direction opposée, mais Sasha se raccrochait à Nik, riant à la pensée d'être surprise, seins nus, dans les jardins bien entretenus de ce club très select.

Il déposa un baiser sur son épaule.

— Il vaut mieux que je te raccompagne à la réception.

Sasha avait une meilleure idée.

— Délivrons plutôt Ariana des griffes de ses admirateurs.

Ils échafaudèrent un plan pour l'attirer dehors. Nik fit appel au même serveur, mais cette fois il se montra moins accommodant. Préparer un panier de pique-nique et faire passer un message à Sasha, une inconnue, c'était une chose. Interrompre Ariana Ramos au milieu de sa cour d'admirateurs en était une autre, plus ardue.

Sasha lui glissa un billet de vingt dollars.

— Dites-lui que sa sœur veut lui parler d'urgence dans le hall.

— Je ne peux pas faire ça, protesta le serveur. Je risquerai de perdre mon emploi.

— Non. Ma sœur ne vous fera aucun reproche.

— Avec tout le respect que je vous dois, pourquoi ne vous adressez-vous pas directement à elle ?

Nik sortit un billet de cent dollars de son portefeuille.

— Avec tout le respect que je vous dois, ceci compensera-t-il le désagrément ?

Le serveur empocha le billet.

— Oui, merci, monsieur.

Le serveur s'éloigna. Excités comme des enfants, Sasha et Nik observèrent la scène depuis le hall. Le jeune homme se fraya un chemin jusqu'à Ariana et lui transmit le message. Voyant sa mine inquiète, Sasha eut un pincement de regret.

Ariana s'excusa et s'avança dans le hall, sa longue robe blanche tournoyant à chacun de ses pas pressés.

— Sasha ! Où étais-tu ? Quelle est cette urgence ?

Son regard se posa sur Nik.

— Ah, vous revoilà !

— Calme-toi, intervint Sasha. Nous sommes là pour te délivrer.

— Ce club n'est pas une prison, Sasha !

— Ça y ressemble !

Ari leur décocha un regard courroucé.

— Vous êtes pire que des enfants ! Nik, vous êtes un homme sensé. Sasha vous a-t-elle entraîné dans cette histoire ?

Il arborait une expression sérieuse qui soulignait ses pommettes hautes et sa mâchoire volontaire.

— Oui.

— Nik ! s'exclama Sasha, outrée.

— Baisse d'un ton ! intima Ari. Nous sommes au TCC.

Elle dit cela comme s'ils étaient au Vatican.

— Es-tu décidée à venir avec nous ? demanda Sasha.

— Évidemment ! Allons-y.

11

Nik s'estimait chanceux de dîner en compagnie des deux plus belles femmes de Royal.

Sur la suggestion d'Ariana, ils avaient quitté la réception pour se rendre au bar à vins du club. Le menu était simple : burgers, frites et une bouteille de vin millésimé. Nik était assis à côté d'Ariana, en face de Sasha. Il devait faire appel à toute sa volonté pour éviter de dévorer des yeux son beau visage en forme de cœur. Il écoutait religieusement les propos d'Ariana afin de lui prouver qu'il la trouvait aussi intéressante que sa sœur, mais c'était son cœur qui recelait la vérité. Chaque fois que Sasha riait, comme maintenant, quand elle montrait des extraits de vidéos du « saboteur de mariage » rôdant dans Royal, le cœur de Nik s'affolait.

— Admets-le, Ari, c'est très drôle.

— C'est stupide, répliqua-t-elle tout en pouffant de rire. Cesse de regarder ses vidéos. Tu ne fais que l'encourager.

De fait, cet homme avait créé un concept efficace. Nik lui aurait volontiers proposé de gérer sa communication s'il n'avait pas craint de perdre Xavier Noble, son client le plus emblématique.

Le serveur posa le menu des desserts sur la table.

— Je prendrai simplement un café, déclara Ariana. Il faut que je rentre dans ma robe dans quelques semaines.

— Et toi, Sasha ?

C'était la première fois de la soirée qu'il prononçait son prénom.

Il lui fit l'effet d'une caresse sur ses lèvres. Elle le contempla, radieuse. Oh ! oui, elle rayonnait littéralement.

— J'opte pour la tourte aux pommes ou aux cerises.

— Ou les deux, suggéra-t-il. Nous partagerons.

— Pourquoi pas ?

— Je vais vous dire pourquoi c'est non, intervint Ariana. Parce que je ne résiste pas à la vue de tous ces gâteaux !

— C'est la frustration qui fait grossir, plaisanta Nik.

— Absolument. Tu vas prendre un kilo rien qu'en nous regardant manger, ajouta Sasha avec un sourire espiègle.

— Vous êtes diaboliques ! s'exclama Ariana. Nik, je regrette de le dire, mais tu t'es laissé corrompre par ma sœur.

Même si c'était le cas, il s'en ficherait royalement. *Corromps-moi autant que tu veux, Sasha.*

La sonnerie de son téléphone retentit. Il reconnut le numéro de son contact chez Mad Dash, la start-up qu'il espérait compter parmi ses clients.

— Si vous voulez bien m'excuser, je dois prendre cet appel. C'est pour le travail.

Sasha esquissa un sourire malicieux. Il le savait, elle pensait à la dernière fois où il avait manqué un appel similaire et à tout ce qui s'était ensuivi.

— Vas-y, dit Ariana. Nous commanderons ta tourte.

Nik sortit du bar. L'appel ayant atterri dans sa boîte vocale, il rappela son interlocuteur. Tony Collins, un ancien camarade d'université et directeur du développement chez Mad Dash, lui annonça une mauvaise nouvelle.

— Caroline est partie en Arizona pour trois semaines. Elle est en cure de bien-être et ne prend aucun appel.

Caroline Lewis était la directrice générale et la fondatrice de la start-up. Nik souhaitait lui exposer la stratégie de Nexus pour l'aider à s'implanter au Texas. Mais elle éludait ses appels. Il n'était pas du genre à renoncer facilement, mais il commençait à penser qu'il perdait son temps à prospecter cette cliente aussi fuyante qu'une anguille.

— Tony, sais-tu combien d'entretiens elle a acceptés ?

— Trois, à ma connaissance. Pour tout te dire, je ne pense pas qu'elle ait envie de changer d'équipe pour l'instant.

La dernière campagne de financement de la start-up avait été fructueuse. Elle devrait profiter de cette manne financière pour développer ses activités.

— Ça n'a pas de sens !

— L'actuelle responsable du marketing est sa meilleure amie, expliqua Tony. Sans doute n'a-t-elle pas envie de la mettre en porte-à-faux.

Nik songea à Oliver. Pour rien au monde, il ne voudrait changer de collaborateur. Il était dans une impasse.

À peine avait-il raccroché avec Tony qu'il recevait un appel de Krystal.

— Bonsoir, Nik. Je m'envole demain pour l'Italie !

— Je sais. Je comptais t'appeler plus tard.

Psychothérapeute dans un centre de soins le jour, cuisinière autodidacte le soir, Krystal poursuivait ses rêves d'adolescente. Elle avait décroché une place dans un cours de dessin durant l'été. Cette formation était onéreuse et difficile, mais elle y tenait. Nik était fier d'elle.

— Je t'appelle simplement pour te prévenir que j'ai modifié le code d'accès à mon appartement au cas où tu viendrais dormir chez moi en mon absence, dit-elle. Je préfère ne pas l'envoyer par SMS, alors, le voici.

Elle lui répéta plusieurs fois le code à cinq chiffres.

— C'est bon, dit-il. Je le sais par cœur. As-tu autre chose à me dire ? Je dois retourner dîner.

— Non, c'est tout pour le moment. Je te rappellerai.

— Au fait, Krystal, j'ai repensé à ce que tu m'as dit au sujet de mon type de femmes. Je ne pense pas que ce soit un mauvais choix.

Selon la théorie de Krystal, s'il voulait trouver l'amour, le bonheur et l'épanouissement personnel, il devrait sacrifier l'excitation et la spontanéité. Mais il n'était pas prêt à faire ce choix. Pour l'instant, Sasha Ramos incarnait tout ce qu'il aimait chez une femme.

— Il n'y a pas de bon ou de mauvais choix, dit Krystal. Je veux simplement que tu fasses le tien en connaissance de cause.

— Merci, Krystal. Il faut que je raccroche.

Sasha était seule à table quand il retourna à l'intérieur.

— Où est Ariana ? demanda-t-il.

— Aux toilettes. Mais j'ai de la compagnie, répondit-elle, désignant les deux tourtes.

— Ta sœur ne sait pas ce qu'elle rate.

— J'ai passé un excellent moment, ce soir, dit-elle. Je te remercie d'être venu.

Il contempla, émerveillé, ses traits délicats, depuis l'arc gracieux de ses sourcils jusqu'à son arc de Cupidon bien dessiné. Dans sa robe blanche, elle semblait tout droit sortie d'un conte de fées.

— Sasha, tout ce que je veux, c'est être auprès de toi. J'ai envie... de te voir, de te toucher, tout le temps. Je sais que ça n'a pas de sens. Et avant que tu me dises que c'est trop tôt...

Elle lui adressa un grand sourire.

— Ce n'est pas mon intention.

— Tant mieux, dit-il. Parce que je sais ce que je veux.

— J'adore ton assurance. C'est tellement sexy.

— Oh ! ma délicieuse rebelle...

— Et si nous laissions tomber Ari et que nous évacuions toute cette tension sexuelle dans ta voiture ?

L'idée était tentante, mais il jugea plus prudent de refuser.

— Ta sœur ne me fait pas confiance.

— C'est faux ! Elle t'apprécie beaucoup.

— Mais elle se méfie de moi quand je suis avec *toi*.

Sasha considéra ses propos tout en dégustant une bouchée de la tourte aux cerises.

— Non. C'est de *moi* qu'elle se méfie quand je suis avec toi.

À cet instant, Ariana les rejoignit.

— Oh ! Seigneur, ces tourtes semblent délicieuses ! Tant pis, je me laisse tenter par celle aux cerises. Demain matin, nous éliminerons nos calories superflues en courant.

— Nous ? De qui parles-tu ? demanda Sasha.

— De nous deux. Arrange-toi pour être prête de bonne heure.

Notre journée sera chargée. J'ai réservé un soin complet du visage à l'institut de beauté Pure. Après le déjeuner, nous irons voir le calligraphe. Puis nous passerons la soirée entre filles. Ex revient après-demain. Nous devons profiter au maximum de cet intermède.

Le cœur de Nik se serra de déception. Manifestement, il ne verrait pas Sasha durant les deux prochains jours.

— Connaissez-vous les sentiers de North Cove Park ? lâcha-t-il. Ils surplombent une ancienne carrière de granit rose et sont très agréables pour la randonnée.

— Est-ce là que tu vas ? lança Sasha.

— Oui, quand je suis en ville. C'est tranquille.

— Est-ce loin ? s'enquit Ariana.

— Non. Je t'enverrai les coordonnées du site.

— Nous pourrions t'y retrouver demain matin à 7 h 30, suggéra Ariana. Qu'en dis-tu, Nik ?

Il croisa le regard de Sasha et perçut sa supplique silencieuse.

— Entendu. Mon premier rendez-vous n'est qu'à 10 heures.

— Tu nous rejoindras aussi à l'institut de beauté ? demanda Sasha, un sourire espiègle étirant ses lèvres pleines.

— Non, même si ça a l'air sympa.

— Maintenant que tu as accepté de te joindre à nous, je n'aurai aucun mal à tirer Sasha du lit, déclara Ariana, pince-sans-rire.

12

Alors qu'Ari était une lève-tôt, Sasha devait appuyer une ou deux fois sur le bouton d'arrêt momentané du réveil avant de s'extirper du lit. Mais pas ce matin. Elle fut prête avant sa sœur et alla frapper à sa porte.

— Dépêche-toi ! Il est bientôt l'heure de partir !

— Entre, répondit Ari.

Sasha la trouva assise au bord du lit, occupée à attacher ses baskets.

— Allons-y. Je ne veux pas faire attendre Nik trop longtemps.

— Je m'en doute ! Comment ça se passe entre vous deux ?

— Nous sommes amis, répondit Sasha un peu trop rapidement. Que pouvons-nous être d'autre ?

— Je sais que Nik te plaît. Mais tu as raison de ne pas précipiter les choses. Pense d'abord à ton bien-être moral.

Sasha acquiesça en évitant le regard pénétrant de sa sœur.

Ari se leva enfin.

— Je suis prête.

Durant le trajet en direction du parc, Sasha se demandait si elle devait dire la vérité à Ariana. Elle n'avait pas l'intention de privilégier son bien-être et sa paix intérieure au détriment de la passion. En réalité, elle n'avait pas le choix. C'était comme si Nik et elle avaient acheté deux billets pour une folle équipée au moment d'embarquer dans cet avion à Atlanta. Ils ne pouvaient plus faire machine arrière.

Il la désirait. À quand remontait la dernière fois où un homme lui avait exprimé ses sentiments de façon aussi claire ? Elle ne craignait aucune manigance de sa part. Il était franc, sérieux et tellement maître de lui. Si seulement un peu de son assurance pouvait déteindre sur elle !

Lunettes de soleil sur le nez, en short et T-shirt blanc, Nik les attendait à côté de son SUV sur le parking de North Cove. Ses cheveux courts luisaient encore d'humidité après sa douche et sa peau prenait une belle teinte miel foncé au soleil. Sasha brûlait d'envie de jaillir de la Mercedes d'Ariana pour courir vers lui, tel un chiot fou sans laisse.

Il la salua avec un sourire entendu.

— Bonjour, Sasha.

— Bonjour, Nik. Nous allons courir ?

— Nous pouvons nous contenter de marcher, si tu préfères. La vue est splendide par ici.

— S'il te plaît, dis-le à Ariana.

Sa sœur les rejoignit.

— Me dire quoi ?

Sasha se tourna vers Nik pour lui prendre la main, et se reprit juste à temps. Ce geste lui semblait si naturel...

— Alors ? insista Ari.

— Je disais à Sasha que nous devrions commencer doucement, quitte à accélérer le rythme au fur et à mesure.

— Bonne idée.

Ari chaussa des grosses lunettes de soleil, sans doute pour passer inaperçue. Sauf qu'elles la faisaient ressembler encore plus à une star de cinéma.

— Allons-y.

Dix minutes plus tard, la sonnerie du téléphone d'Ariana retentit. Elle consulta l'écran.

— C'est Rylee ! Il faut que je prenne son appel.

Elle s'éloigna pour lui parler en privé.

— Qui est Rylee ? demanda Nik.

— L'organisatrice du mariage. Les préparatifs sont top secret.

— À cause de ce youtubeur qui rôde à Royal ?

— Oui. Et aussi parce que ma sœur veut que tout soit parfait.

— Je comprends. Tu es très belle.

Sasha accueillit son compliment avec une indifférence feinte. Elle n'avait pas choisi son leggings le plus seyant pour rien.

Ils se mirent à l'ombre d'un chêne. Quelqu'un avait gravé un cœur dans l'écorce.

— D'après Oliver, le soir, cet endroit devient la promenade des amoureux, expliqua Nik.

— Tu vas me donner rendez-vous ici, à minuit ? demanda Sasha, plaisantant à moitié.

— Oh ! non ! Si nous dînions ensemble ? Je réserverai dans un endroit agréable.

— J'en ai assez des sorties dans Royal. On ne pourrait pas aller chez toi et commander ?

— Demain soir ?

Demain soir. Deux mots remplis de promesses.

— C'est un rendez-vous galant.

Ariana les rejoignit à cet instant.

— Je viens juste de raccrocher avec Ex !

Sasha détacha à regret son regard de Nik, de cette bouche qu'elle brûlait d'envie d'embrasser, de ces bras robustes qu'elle rêvait de sentir autour de sa taille...

— Je croyais que c'était Rylee qui t'avait téléphoné.

— Oui. Puis j'ai appelé Ex pour l'informer des derniers préparatifs. Je lui ai dit que nous sortions avec Nik.

Sasha faillit corriger sa sœur. C'était *elle* qui sortait avec Nik, et Ari la chaperonnait, comme si elle était l'héroïne d'un roman se déroulant sous la Régence anglaise.

— Il veut que nous allions dîner tous les quatre au Sheen demain soir, ajouta Ariana. Ça te convient, Nik ?

Sasha faillit exploser, surtout quand Nik accepta. Mais que pouvaient-ils faire d'autre ? Xavier était le client le plus important de Nik et le futur beau-frère de Sasha.

— Super ! s'exclama Ari. Accordez-moi une minute, le temps d'envoyer un SMS à Ex.

Tandis qu'elle s'éloignait, Sasha se tourna vers Nik.

— Tu exagères ! Nous avions des projets ! dit-elle.

Il haussa un sourcil interrogateur.

— J'aurais dû lui dire que j'envisageais de te séduire demain soir ? Tu crois que cette explication aurait arrangé nos affaires ?

— Alors, *quand* envisages-tu de me séduire ?

Nik considéra la question un bref instant.

— Je te ferai évader de ta prison dorée ce soir. Rejoins-moi près des ascenseurs de service.

— Connaissant Ari, elle a dû faire installer des détecteurs de mouvements.

Il posa ses lunettes de soleil et se frotta les yeux.

— Je suis à court d'idées. Nous sommes coincés.

Sasha éclata de rire et Nik l'imita.

— Qu'y a-t-il de si amusant ? demanda Ari en les rejoignant.

— Des sottises, expliqua Sasha, hors d'haleine. Il est tard. Remettons-nous en route.

Un peu plus tard, dans la salle d'attente de l'institut de beauté, Sasha reçut un message de la direction de l'hôtel où elle devait séjourner jusqu'au mariage, l'informant qu'elle pouvait se présenter à la réception à partir de midi. Elle en avisa Ari.

— Tu n'es pas obligée de nous quitter, dit-elle. J'ai fait cette réservation il y a plusieurs semaines. J'aimerais te garder auprès de moi.

— Ex et toi avez besoin d'un peu d'intimité, remarqua Sasha. Je n'ai aucune envie de me trouver chez vous quand vous serez très occupés, si tu vois ce que je veux dire.

— Mais, Sasha…

— Non, Ari. Je m'installe à l'hôtel.

— Et si Ex passait encore quelques jours chez son cousin ?

— J'ai dit non ! Cesse de me materner.

Voyant la mine déconfite de sa sœur, elle lui prit la main.

— Qu'est-ce qui te tracasse, Ari ? demanda-t-elle d'un ton radouci.

— Je m'inquiète pour toi. Mon mariage te rappelle trop de douloureux souvenirs.

Les yeux de Sasha s'emplirent de larmes. Elle n'aurait jamais dû évoquer la malédiction devant sa sœur, le soir de son arrivée. Ariana épousait un homme merveilleux et méritait de savourer un bonheur sans nuage.

— Oh ! Ari, j'ai de la chance de t'avoir dans ma vie. Tu es mon étoile. Je serais perdue sans toi.

— Moi aussi je t'adore. Je ferais n'importe quoi pour toi.

Sasha s'agita nerveusement sur son siège.

— Tu *pourrais* faire quelque chose pour moi.

— Quoi ? Tu as besoin d'argent ?

— Non. J'ai besoin de tranquillité.

— Oh ! dit Ariana, déçue.

— Je vis seule depuis longtemps, et cela me convient. J'aimerais travailler sur quelques projets pendant que je suis ici. Mais je serai toujours disponible pour des dégustations de gâteaux et des essayages de robes. Nous nous verrons tous les jours. Je tiens à participer aux préparatifs de ton mariage. Ce jour sera spécial pour moi aussi.

— Entendu. Je te laisserai tranquille.

L'esthéticienne les accompagna dans leurs cabines de soins respectives. Allongée, le visage recouvert d'une épaisse couche de crème, Sasha se sentait tout excitée à l'idée d'annoncer à Nik qu'elle était libre de ses mouvements.

Mais presque aussitôt un frisson de peur doucha son enthousiasme. Ariana n'avait pas tort de lui conseiller de prendre le temps de la réflexion. Après la rupture de ses fiançailles, elle avait traversé une période difficile. Non seulement leurs amis communs avaient pris fait et cause pour Terrence, mais ils avaient adopté des mesures pour le protéger. Ils n'invitaient plus Sasha à des événements festifs auxquels Terrence devait assister, notamment les anniversaires, les brunchs et les escapades le week-end. Elle s'était souvent retrouvée seule, isolée. Elle avait quitté San Bernardino pour San Francisco parce que les perspectives d'emploi étaient plus nombreuses, mais surtout pour fuir les conséquences de son erreur de jugement.

Sauf qu'il ne s'agissait pas d'une erreur de jugement. Elle n'aurait jamais été heureuse avec Terrence.

Quand Ariana l'avait appelée pour l'informer de ses fiançailles avec Xavier, Sasha lui avait demandé si elle était sûre que c'était l'homme de sa vie.

— Oui, avait répondu Ariana. Ça tient à plusieurs choses, à commencer par la façon dont il me regarde. Alors qu'il est sûr de lui, voire arrogant avec les autres, il se montre un peu timide avec moi, et c'est très touchant. Il me procure aussi le merveilleux sentiment d'être protégée et aimée. De même, nous ne sommes jamais à court de sujets de discussion. Nous avons nos plaisanteries stupides. Ses SMS me font sourire. C'est cet ensemble de détails qui me permet de penser que Xavier est l'homme de ma vie.

Les explications d'Ariana avaient dissipé les derniers doutes de Sasha. Terrence n'était *pas* l'homme de sa vie. Son seul regret, c'était d'avoir manqué de discernement et humilié Terrence. À l'époque, elle était prête à prendre des risques, mais depuis ce drame elle n'osait plus en prendre, ce qui s'avérait tout aussi néfaste.

Pourtant, elle appréciait Nik. Elle l'appréciait *vraiment*. Elle se sentait toute chavirée en sa présence. Le feu qu'il mettait à son âme rien qu'en la regardant ne s'éteignait pas. Elle se montrait plus mutine et flirteuse avec lui qu'elle ne s'en serait crue capable. Nik n'était pas Terrence. Il connaissait ses secrets et l'appréciait quand même. Il respectait son travail et lui insufflait un sentiment de sécurité. Elle était convaincue que leur attirance réciproque méritait d'être explorée, même si elle ne les menait nulle part, même si elle menaçait de ruiner tous les progrès que Sasha avait accomplis.

13

À la grande joie d'Ariana, Xavier revint plus tôt que prévu. Sasha buvait sa première tasse de café quand elle vit sa sœur se précipiter vers la porte d'entrée en entendant le bruit d'une clé dans la serrure. Xavier la souleva de terre en riant et la fit tournoyer.

Comme ils sont heureux ! songea-t-elle, mélancolique.

— Eh, Sasha ! cria Ari. Regarde qui est de retour !

Sasha le salua depuis le seuil de la cuisine.

— Bienvenue à la maison, Ex.

Son futur beau-frère était radieux.

— Bonjour, Sasha ! Ariana est si contente que tu sois ici. Vous vous êtes bien amusées ?

— Nous avons fait les quatre cents coups, plaisanta Sasha.

Xavier lui adressa un sourire éblouissant teinté de timidité.

— J'ai hâte d'entendre vos exploits.

— Pas avant que tu aies pris une douche, répliqua Ari.

Ex remua les sourcils d'un air malicieux.

— C'est juste un peu de transpiration. C'est fatigant de pêcher !

— La douche d'abord. Puis, je te préparerai un bon café.

Ex l'embrassa sur le front.

— Merci, chérie.

Sasha retourna dans la cuisine. Quand Ari la rejoignit, elle arborait un petit sourire rêveur.

— Tu veux toujours que je reste ? demanda Sasha, malicieuse.

Ou avez-vous besoin d'un peu d'intimité pour vos retrouvailles torrides ?

Ari choisit une capsule de café parmi les préférées d'Ex, puis sortit le mug qu'elle lui avait acheté en Californie.

— Tu pourrais faire une balade d'une heure environ.

— Tu ne disposes pas d'une pancarte « Ne pas déranger », comme dans les hôtels ?

— Non. Je suspendrai une cravate.

Sasha sourit dans sa tasse et marmonna :

— Entendu. Je prépare ma valise et je file d'ici.

Ari serra Sasha dans ses bras.

— J'ai adoré ces moments passés avec toi.

Sasha se laissa câliner avant de s'éclipser.

Après sa douche, Xavier conduisit Sasha à son hôtel. Il attendit qu'elle se soit enregistrée à la réception et tint à monter lui-même ses bagages dans sa chambre.

— Je veux m'assurer que tu es bien installée, dit-il dans l'ascenseur.

— Je le serai. L'hôtel est splendide. Je commence à penser que Royal est un véritable décor de cinéma.

— C'est une ville où il fait bon vivre.

— Tu as l'intention de t'y installer un jour ?

— Désormais, Ariana est mon chez-moi. Je m'installerai là où elle se sentira bien. Pour l'instant, c'est à Los Angeles.

La réponse d'Ex lui fit chaud au cœur.

— À propos d'Ariana, dit Sasha. Elle est perturbée par la présence en ville de ce youtubeur qui s'intéresse aux mariages des célébrités. Il me paraît plutôt inoffensif, et ses vidéos sont amusantes, mais il donne des sueurs froides à Ari. Si je peux me permettre un conseil, c'est de ne pas minimiser ses craintes.

— Entendu. Je te remercie de lui avoir apporté ton soutien.

Lorsqu'ils furent arrivés au dixième étage, Xavier déverrouilla la porte d'une suite confortable disposant d'une kitchenette et déposa les bagages dans la chambre.

— Alors…, rendez-vous ce soir pour dîner au Sheen ? demanda Ex en se dirigeant vers la sortie.

— Oui.

— Et Nik nous rejoindra ?

— Oui.

Il lui avait confirmé sa présence par SMS. Elle ne lui avait pas dit qu'elle emménageait à l'hôtel. Elle lui en réservait la surprise.

Ex s'attarda dans l'entrée.

— Alors vous êtes amis ?

— C'est tout récent. Nous voyagions dans le même avion.

— C'est quelqu'un de bien, déclara-t-il. Je l'apprécie beaucoup.

L'approbation de Xavier lui alla droit au cœur.

— Il est formidable, notamment dans les situations difficiles, dit-elle.

— Oui, Ari m'a raconté l'atterrissage forcé de votre avion.

— Je m'en doute, fit-elle, le poussant gentiment vers la sortie. À ce soir, Ex.

— Nous passerons te chercher à 19 heures.

— Je serai prête. Merci pour tout.

Elle referma la porte et s'adossa contre le battant, soulagée. Elle commencerait par ranger ses affaires, puis choisirait une belle robe pour séduire un bel homme.

Avec ses parois vitrées, le Sheen ressemblait à une serre rutilante. Alors qu'Ari faisait remarquer qu'on voyait le chef à l'œuvre dans la cuisine depuis la salle à manger, Sasha repéra Nik assis à une table, sublime dans son costume sombre. Délaissant le couple de stars qui passait de table en table pour serrer des mains, elle se dirigea droit vers Nik.

Il se leva à son approche, la parcourant d'un long regard admiratif. Sa voix trembla légèrement quand il la salua.

Et pour cause. Ce soir, Sasha avait sorti son arme secrète : une robe en soie noire aérienne maintenue par de fines bretelles. Elle l'avait mise dans sa valise à la dernière minute, « au cas où ». Elle ne le regrettait pas.

Il lui tira sa chaise en murmurant :

— Ce soir, j'avais l'intention de bien me conduire, mais tu me compliques la tâche.

— Et moi, j'avais l'intention de te faire perdre la tête. D'où le choix de cette robe, dit-elle, mutine.

Ils riaient comme des gamins quand Ari et Ex se dirigèrent vers eux, main dans la main.

— Je suis aussi intimidé que si je rencontrais tes parents, murmura Nik.

— Mes parents sont beaucoup plus décontractés.

— Nikolai ! Je suis ravi de te revoir, lança Ex. Ariana ne tarit pas de louanges à ton sujet.

Nik se leva et serra la main d'Ex. Ari lui donna l'accolade. Le cœur de Sacha tressauta gaiement dans sa poitrine. Elle imaginait sans peine un avenir où les deux couples s'entendraient à la perfection, partageant des soirées comme celles-ci ainsi que des week-ends.

Aussi protecteur qu'Ari vis-à-vis de Sasha, Ex commença par interroger Nik sur son travail. Ex et Ari devaient juger ses réponses satisfaisantes car ils hochaient la tête d'un air approbateur. Sasha avait l'impression qu'ils l'évaluaient et qu'ils allaient le noter, comme à l'école.

— Je suis très impressionné par la façon dont Nexus a mené tambour battant l'acquisition de mon agence de relations publiques, remarqua Ex.

— Merci. Notre tâche n'est pas toujours aussi facile, répondit Nik. En ce moment, nous essayons d'acquérir une start-up du nom de Mad Dash, mais nous piétinons.

— Je faisais appel à cette start-up quand je tournais en Géorgie, intervint Ari. Ses tarifs sont raisonnables. J'ai conservé son application. Est-elle implantée au Texas ?

— Non. C'est la raison pour laquelle nous souhaitons travailler avec elle. Nous estimons qu'elle a un fort potentiel de croissance, mais nos efforts pour obtenir un rendez-vous avec la directrice générale demeurent vains.

Au cours du repas, Ari quitta la table pour prendre un appel du producteur exécutif d'un de ses projets. Puis ce fut Nik qui se leva pour répondre à un appel d'Oliver. Il s'excusa et promit d'éteindre son portable pour le reste de la soirée.

— Aucune importance, déclara Ex. Ma future femme n'éteint jamais le sien.

— Désolée, mais je dois être joignable à tous moments.

Avant de quitter la table, Nik s'était emparé de la main de Sasha sous la table dans un geste possessif. Aussitôt, un million de lucioles avaient papillonné dans son cœur.

Dès qu'il se fut éloigné, Ariana demanda à Sasha :

— Sais-tu qui est la directrice financière de Mad Dash ?

— Comment le saurais-je ?

Contrairement à Nik, elle ne lisait pas le *Royal Financial Times*.

— Ta vieille amie, Teresa Price !

— Vraiment ?

— Pourquoi crois-tu que j'aie téléchargé l'application de cette start-up ? Forbes a publié un article élogieux à son sujet sur Instagram, et ça a éveillé ma curiosité. Il s'avère que j'apprécie ses services. Comment se fait-il que tu ne sois pas au courant ? N'êtes-vous pas restées en contact ?

Non, elles ne se parlaient plus, songea Sacha, désemparée. Teresa avait intégré une école de commerce avec Terrence et pris fait et cause pour lui. Et maintenant, elle était la directrice financière d'une start-up que Nik convoitait. Décidément, le monde était petit.

Au moment du dessert, Ari demanda à Nik s'il avait répondu à l'invitation pour le mariage.

— Oui, et je vous en remercie, dit-il.

— As-tu une cavalière ?

— Ari ! protesta Sasha.

— Quoi ? Nous sommes entre amis.

— Non, je n'en ai pas, répondit Nik.

— Eh bien maintenant, tu en as une ! s'exclama Ari, tout sourire, en désignant Sasha. Elle non plus n'a pas de cavalier.

— Merci pour ton intervention, mais nous aurions pu le décider par nous-mêmes, répliqua Sasha, pince-sans-rire.

— Désolée, mais Rylee a besoin de terminer le plan de table, expliqua Ari.

— C'est Rylee qui gère nos vies, intervint Ex en riant. Il faudra t'y faire.

Sous la table, à l'abri des regards, Nik entrelaça à nouveau ses doigts aux siens.

— Je serai très honoré d'être le cavalier de Sasha.

— Bien répondu, approuva Ex.

Puis il chercha des yeux le serveur pour demander l'addition.

— Inutile, Ex, je m'en suis déjà occupé, déclara Nik.

Ex et Ari le remercièrent. Sasha sirota une autre gorgée de son expresso pour masquer son sourire de satisfaction.

— La prochaine fois, c'est nous qui vous inviterons, dit Ari.

Ils se levèrent de table et sortirent de la salle en discutant avant de s'arrêter net.

L'inconvénient d'un bâtiment vitré, c'était que vous étiez exposé à la vue de tous.

14

À l'extérieur, les paparazzis attendaient de pied ferme la sortie du célèbre couple. Mal à l'aise, Sasha glissa sa main dans celle de Nik. Il la serra, et ce simple geste la rassura.

— Malheureusement, nous ne pouvons rien faire, déclara l'hôtesse. Quelqu'un a dû signaler votre présence ici, ce soir.

Ari se posta derrière Ex, son amoureux et son bouclier.

— Rassurez-vous, expliqua l'hôtesse. Nous pouvons les voir, mais ils ne nous voient pas.

— Tant pis, allons-y, dit Ari, résignée.

— Non, déclara fermement Ex. Ce soir, tu n'es pas en état de subir les assauts de ces fous furieux.

Nik demanda à l'hôtesse d'aller chercher Colin Reynolds, le propriétaire du restaurant, car il avait un plan en tête.

— Sasha restera avec moi, expliqua-t-il. Xavier et Ariana, vous sortirez par la porte de derrière. Votre voiture vous y attendra. Quand vous serez partis, vous enverrez un SMS à Sasha. Nous sortirons à ce moment-là.

C'était le super pouvoir de Nik. Il prenait la direction des opérations et s'assurait que tout le monde était sain et sauf.

— Tu n'es pas obligé de faire ça, protesta mollement Ari.

— C'est la meilleure solution.

Ari se tourna vers Sasha.

— Ça ne te dérange pas ?

— Bien sûr que non.

Sasha serra sa sœur dans ses bras.

— Dépêchez-vous avant qu'ils devinent notre stratagème et bloquent la porte de derrière !

Ex passa un bras protecteur autour des épaules d'Ari, et ils emboîtèrent le pas à l'hôtesse. Sasha les suivit des yeux jusqu'à ce qu'ils disparaissent. Puis elle fixa son téléphone dans l'attente du SMS d'Ariana. Enfin, elle reçut une émoticône avec le pouce levé.

Elle se tourna vers Nik qui observait la foule des photographes. Mieux que quiconque, elle comprenait l'intérêt de saisir la bonne image au bon moment. Pourtant, elle en voulait à ces hommes et à ces femmes de compliquer la vie de sa sœur. Elle prenait conscience du prix élevé qu'Ari payait pour réaliser ses rêves.

Elle toucha le bras de Nik.

— Ils sont partis. Nous pouvons y aller.

Colin revint, accompagné d'un vigile.

— Bill vous escortera jusqu'à votre voiture.

— Entendu. Accordez-nous une minute.

Nik ôta sa veste et la drapa sur les épaules de Sasha.

Elle fut aussitôt enveloppée dans sa senteur.

— Quand la porte s'ouvrira, baisse la tête et blottis-toi contre moi, dit-il. Je te guiderai. Ne t'inquiète pas.

— Je ne suis pas inquiète. Ils ne sont pas ici pour moi.

— Il n'empêche. Tu es la demoiselle d'honneur d'un mariage qui fait couler beaucoup d'encre. Ils seront trop heureux de te prendre en photo.

Sasha contempla la horde de photographes sur le qui-vive. Elle n'avait jamais été l'objet d'une telle attention. Un frisson d'appréhension la saisit.

Bill ouvrit la porte. Nik passa un bras autour de ses épaules, et elle se lova contre son corps robuste. Tête baissée, ses tresses formant un rideau autour de son visage, elle se laissa guider une fois de plus en toute sécurité.

Tout en fixant la route, Nik jetait de temps à autre un coup d'œil inquiet en direction de Sasha.

— Tu vas bien ?

— Oui. Nous avons connu pire.

— C'est vrai, dit-il, lui pressant la main. Tu veux rentrer directement ?

— Oui, c'est préférable.

— Bon, dit-il, visiblement déçu.

Réprimant un sourire, elle le laissa mariner quelques secondes avant de lui révéler son secret.

— Je te communiquerai l'adresse.

— À quoi bon ? Je la connais, dit-il, perplexe.

— Je ne réside plus chez ma sœur, mais à l'hôtel.

— Quoi ? Tu as déménagé ?

— Oui, ce matin. J'étais de trop depuis le retour d'Ex.

— Et tu as attendu jusqu'à maintenant pour me le dire ?

— Ne le prends pas mal, mais j'ai eu une journée chargée. Si ça ne t'ennuie pas, conduis-moi directement à mon hôtel. Je t'invite à me suivre, mais je ne pourrai pas t'offrir à boire. Mon réfrigérateur est vide.

— Je n'en ai pas besoin.

— Parfait.

Elle glissa une carte magnétique dans sa poche.

— Cascade Suites se trouve sur Tenth et Lexington.

Pendant que Nik garait la voiture, Sasha monta dans sa suite. Elle rangea les affaires qu'elle avait laissées traîner pendant qu'elle se préparait pour le dîner, puis elle se refit une beauté dans la salle de bains. Au bout de vingt minutes, Nik n'était toujours pas là. Qu'est-ce qui pouvait le retarder ?

Enfin, on frappa à la porte. Elle se précipita pour ouvrir.

— Tu en as mis du temps ! Tu avais perdu la carte ?

Il leva une bouteille de vin et deux verres.

Elle rit.

— Qui as-tu soudoyé, cette fois ?

— Peu importe.

Avant de refermer la porte, elle suspendit la pancarte « Ne

pas déranger » à la poignée. Cette soirée avait un délicieux goût d'interdit, même s'ils étaient des adultes consentants.

Nik était déjà dans la cuisine en train d'ôter la capsule métallique de la bouteille.

— Arrête ! dit-elle, lui prenant la bouteille des mains. Nous n'avons pas le temps de nous adonner au grand jeu de la séduction.

— Ne me dis pas que ta sœur va te rendre visite !

— Grands dieux, non !

Elle rangea la bouteille au réfrigérateur.

— Mais tu n'as pas besoin de déployer ton arsenal de séduction. Je suis déjà conquise, ajouta-t-elle avec un sourire mutin.

Il la couva d'un regard torride.

— Tant mieux. Parce que je brûle de désir pour toi, murmura-t-il d'une voix enrouée.

Comme pour prouver ses dires, il entreprit de déboutonner sa chemise.

— Laisse-moi faire, dit-elle tandis qu'une irrésistible chaleur se formait au creux de ses cuisses.

Lui écartant les mains, elle défit les petits boutons blancs en commençant par le col. Arrivée à mi-parcours, n'y tenant plus, elle pressa les lèvres à la base de son cou. Nik poussa un grognement sourd et resserra ses bras autour d'elle. Ils s'embrassèrent avidement dans la cuisine, se savourant et attisant la flamme de leur désir mutuel. Puis il promena la bouche le long de son cou en murmurant :

— Tu sens si bon !

Sasha se lova contre son corps robuste, exultant de sentir la preuve de son désir contre son ventre.

— Et moi, je me sens si bien dans tes bras.

Nik saisit l'ourlet de sa robe.

— Enlève-la vite. J'ai envie de te voir nue.

Elle s'écarta de lui en riant.

— Bonne idée. Ça ira plus vite si chacun se déshabille. Le strip-tease érotique sera pour une autre fois.

Nik ôta prestement sa chemise.

— J'ai apprécié ta tentative de me dévêtir, mais tu es trop facilement distraite.

Elle rit, le cœur empli de bonheur, et fit passer sa robe par-dessus sa tête. Pouvait-il lui reprocher son excitation ?

Sous sa robe, elle portait un soutien-gorge bandeau et une culotte dont la couleur caramel s'harmonisait avec sa carnation. Adossé au comptoir, Nik la dévorait des yeux.

— Oh ! Sasha, je n'arrive pas à croire à ma chance.

Elle laissa choir sa robe par terre et entreprit de s'attaquer à la boucle de ceinture de Nik.

— Tu te rends compte ? Si nous n'avions pas voyagé à bord de ce maudit avion, nous ne nous serions peut-être jamais rencontrés.

— Ça aurait été une tragédie !

Il joua avec ses tresses tandis qu'elle s'évertuait à défaire sa ceinture.

— Embrasse-moi, Sasha. Je m'occupe du reste.

Se dressant sur la pointe des pieds, elle captura ses lèvres avec passion. Nik agrippa ses fesses pour la plaquer contre lui et approfondit leur baiser. À quoi bon boire du vin si ses baisers avaient le pouvoir de la griser ?

— Emmène-moi dans ta chambre, murmura-t-il contre sa bouche. Sinon, je vais te prendre ici même.

— Oh ! oui, prends-moi ici, dit-elle, consumée de désir.

Il l'embrassa avec une telle avidité qu'elle ressentit des palpitations dans tout son corps. Puis il glissa une main entre ses cuisses.

— Je peux ?

Elle lui mordilla la lèvre inférieure.

— Cesse de me faire languir !

Il écarta sa culotte et enfonça les doigts dans son intimité moite. Elle se resserra autour de lui, les yeux clos, la tête rejetée en arrière, tandis qu'une lame de plaisir déferlait dans chaque cellule de son corps.

Il se retira et maintint Sasha par les hanches, le temps qu'elle reprenne ses esprits. Puis il lui ôta sa culotte.

— C'est injuste ! Tu es à moitié habillé.

— Ce qui est injuste, c'est que je n'ai pas encore vu tes seins splendides. Il est temps de les libérer de leur carcan.

Il l'adossa contre le réfrigérateur, puis il détacha son soutien-gorge et prit goulûment un téton dans sa bouche, le titillant délicatement avec les dents. Sasha haleta et s'arc-bouta contre l'acier froid tandis que les doigts de Nik s'activaient en elle et que sa bouche suçait sa pointe durcie. Elle se trémoussa en gémissant, doutant de pouvoir en supporter davantage. Elle posa la main sur son érection, stupéfaite d'en découvrir l'ampleur.

— Oh ! Nik... !

Elle agrippa frénétiquement la ceinture de son boxer.

— Attends, chérie.

Il sortit un préservatif de la poche de son pantalon.

— Pourquoi crois-tu que j'aie autant tardé à te rejoindre ? J'ai dû faire une halte dans un drugstore.

Dieu merci, l'un d'eux avait eu la présence d'esprit de les protéger.

Nik ôta le reste de ses vêtements et enfila le préservatif. Puis il l'agrippa par la taille et l'installa sur le comptoir.

— Désolée, dit-elle. J'ai changé d'avis.

Nik recula, interloqué.

— Tu veux tout arrêter ?

— NON !

Frissonnant de désir, elle l'attira entre ses jambes.

— J'ai changé d'avis au sujet de la cuisine. Faire l'amour ici ne me semble plus aussi... approprié.

— Nous sommes trop sobres, acquiesça-t-il.

— Oui. Il vaut mieux choisir un endroit plus traditionnel.

— Allons dans ta chambre ! décréta Nik.

La soulevant du comptoir, il la hissa sur son épaule, comme un vulgaire sac de pommes de terre.

— Pose-moi par terre ! Nous ne sommes plus au temps des cavernes !

— Indique-moi le chemin au lieu de te plaindre.

— La porte à gauche ! Ma gauche !

L'homme des cavernes déposa Sasha sur le lit. Elle ne put

s'empêcher de rire en le voyant, debout au pied du lit, satisfait de sa prouesse, son érection fièrement dressée.

— Viens, dit-elle, tendant les bras vers lui.

Il obtempéra, et elle reprit son sérieux quand il repoussa ses tresses et qu'il enserra sa joue au creux de sa paume.

— Cette force d'attraction, dit-il. Je l'ai ressentie dès que je t'ai vue. Dis-moi que tu l'as ressentie, toi aussi.

Elle hocha la tête, trop émue pour parler.

Nik effleura ses lèvres avec les siennes.

— Dis-le-moi.

— Oui, moi aussi, je l'ai ressentie, murmura-t-elle.

— Dans l'avion ?

— Non, pas dans l'avion.

— Alors, quand ?

— Quand je t'ai retrouvé à la cafétéria de l'aéroport.

Il l'embrassa avec ferveur.

— Tu m'as retrouvé.

— Oui.

Sasha noua ses jambes autour de la taille de Nik.

— Et maintenant, c'est à ton tour de me rejoindre.

Il la pénétra d'un mouvement souple, et elle ne put s'empêcher de se resserrer autour de lui, ivre de désir.

— Oh ! Sasha..., souffla-t-il, l'air extasié.

À partir de ce moment, il perdit sa fabuleuse maîtrise de soi. Il s'enfonça profondément en elle, et ils commencèrent à se mouvoir sans effort, trouvant un rythme qui leur convenait. Elle s'agrippa à ses bras, et quand la tension devint trop forte, elle lui mordilla l'épaule. Nik la taquina, l'appelant sa beauté rebelle. Puis la vague du plaisir enfla en elle, et elle se concentra sur les sensations exquises qu'il faisait naître en elle.

Rejoins-moi.

Elle resserra ses jambes autour de Nik, et il accéléra le rythme, la rapprochant du bord du précipice. Elle aurait volontiers plongé dans un abîme de plaisirs mais, la prenant de court, Nik se retira, bascula sur le dos et l'installa à califourchon sur ses hanches.

— Tu veux donc que je prenne les commandes.

Le rire de Nik résonna dans la pénombre de la chambre.

— Non, chérie. Si j'ai changé de position, c'est pour mieux te contempler.

— Et c'est tout ?

Elle rit à son tour. Cet homme méritait une leçon. Elle allait le chevaucher jusqu'à ce qu'il demande grâce.

Mais ce fut un vœu pieux. La tension se resserrait inexorablement autour d'elle jusqu'à ce qu'elle plonge enfin dans cet abîme de plaisirs qu'elle avait appelé de ses vœux.

15

Le souffle court, le corps vibrant encore du plaisir que Sasha lui avait procuré, Nik fixait le plafond.

— Sasha…, pourquoi avons-nous attendu si longtemps pour faire l'amour ?

— Nous avons attendu trois jours. Ce n'est pas très long d'après la plupart des critères.

— À quels critères fais-tu référence ?

— Aux critères sociaux ?

— Je les déteste, marmonna-t-il.

— Moi aussi, ils gâchent tout.

Sasha se lova contre lui et posa la main sur son ventre.

— T'ai-je dit que j'aimais ton corps ?

Il promena une main le long de son flanc.

— T'ai-je dit que j'étais obsédé par le tien ?

— Tu as raison, dit-elle en riant. Nous aurions dû faire l'amour dans l'avion tandis qu'il menaçait de s'écraser.

— Quelle belle histoire à raconter à nos petits-enfants !

Sasha se rembrunit, et il regretta aussitôt sa plaisanterie.

— C'était une simple boutade, Sasha.

— Je le sais bien !

Il enserra son visage entre ses paumes pour la rassurer alors même que l'image se précisait dans son esprit : des enfants, des petits-enfants, une vie pleine d'aventures avec cette beauté rebelle. Hélas, elle ne voudrait rien de tout cela.

Le voilà revenu à son point de départ. Il aimait les femmes rebelles, mais elles avaient besoin de liberté pour s'épanouir.

Il se remémora l'explication que lui avait fournie Krystal sur son attirance pour ces femmes, le soir où ils avaient discuté de sa vie personnelle en buvant des margaritas.

— Le facteur déclenchant a été le départ de ton père...

— Je te rappelle qu'il est parti sans jamais se retourner, avait-il protesté. Pourquoi serais-je attiré par ce genre de personne ? C'est ma mère que j'admire. Fidèle, courageuse, toujours présente pour moi. Elle est mon héroïne.

— Excuse-moi de te dire ça, mais ta mère, qui est aussi ma tante et ma marraine chérie, était fatiguée, surmenée, se plaignant sans arrêt du manque d'argent...

— Comment peux-tu le lui reprocher ?

— Je ne lui reproche rien ! Tu déformes mes propos. Bien sûr, c'est normal que tu admires son courage et son esprit de sacrifice, mais ton père s'est libéré de toute entrave. Inconsciemment, il est devenu une sorte de rock star à tes yeux. C'est cette liberté que tu recherches chez une femme.

Peut-être avait-il trop bu, ce soir-là, mais ce concept lui avait paru trop abstrait.

— Désolé, Krystal, avait-il dit. Mais je ne te suis pas.

— Je pense que tu n'es pas encore prêt à l'admettre, mais un jour tu comprendras.

De fait, il venait de le comprendre à l'instant, dans le lit de Sasha. Bouleversé, il se passa une main sur le visage.

— Qu'est-ce qui ne va pas ? demanda Sasha.

— Rien.

— Si tu t'inquiètes à cause de ta boutade, rassure-toi, je sais faire la part des choses.

— Je sais, chérie. Ce n'est pas à cause de ça. Il vaut mieux que je parte.

— Demain, c'est samedi. Tu as des rendez-vous ?

— Non.

— Alors, pourquoi tu veux partir ? Nous avons tellement de temps perdu à rattraper.

Elle leva vers lui des yeux suppliants. Il n'avait aucune envie de partir. Mais, s'il restait, il redoutait de rêver à leurs enfants et petits-enfants. Tout allait beaucoup trop vite. Ils ne se connaissaient que depuis trois jours...

— Tu tiens à ce que je reste ? demanda-t-il, désorienté.

— Oh ! oui. *S'il te plaît* !

— Entendu. À condition de commander de quoi manger. Ton réfrigérateur ne contient qu'une bouteille de vin.

— Tu oublies les glaçons, dit-elle en riant.

Il se redressa sur un coude.

— Établissons une liste de courses, dit-il.

Sasha se leva et s'étira voluptueusement avant de se diriger vers la salle de bains.

— Passe commande pour deux jours. Je n'ai pas l'intention de te laisser partir.

Nik leva les yeux de son téléphone.

— La plupart des femmes me demandent simplement de passer la nuit avec elles.

— Je ne suis pas la plupart des femmes, Nik !

Debout sur le seuil de la salle de bains, dans sa glorieuse nudité, elle paraissait irréelle et tellement sexy.

— Ces femmes sont plus équilibrées et plus sûres d'elles que moi, Nik. J'ai besoin que tu m'accordes un peu de temps et d'attentions. Passe le week-end avec moi.

À ce stade, même une meute de chiens enragés n'aurait pu le faire sortir d'ici. Mais elle n'avait pas besoin de le savoir.

— Je reste, promit-il. Et je commande des glaces.

— Fais pour le mieux !

Au moment de fermer la porte, elle se tourna vers lui :

— Ce week-end nous appartient. Nous pouvons dire et faire ce qui nous plaît. Je ne veux plus voir cet air soucieux sur ton visage !

Nik contempla la porte fermée. Au lieu de se réjouir que Sasha le retienne prisonnier dans sa chambre, il analysait son passé et rêvait de petits-enfants ! Il avait intérêt à se ressaisir.

16

Certaines choses ne pouvaient pas faire l'objet d'une commande, notamment les sous-vêtements de rechange. Pour cette raison seulement, Sasha accepta que Nik retourne chez lui le lendemain matin pour prendre quelques affaires. Ce n'était pas dans ses habitudes de se montrer aussi quémandeuse, mais elle avait besoin de lui. Elle le désirait de tout son être, et il la désirait aussi, elle n'en doutait pas un instant. Cette boutade stupide à propos de petits-enfants l'avait bouleversée, mais il s'était mépris sur sa réaction.

Sasha savait qu'il plaisantait. Nik était quelqu'un de raisonnable. Il ne rêvait pas à des petits-enfants ou à un avenir avec elle après leur premier rapport sexuel, mais elle, si. Comme au restaurant lorsqu'elle avait imaginé un avenir pour eux deux, incluant une nichée d'enfants tyranniques et têtus. C'était cette aspiration au bonheur conjugal aux côtés de Nik qui l'avait bouleversée.

Il l'embrassa au moment de partir.

— Je ne serai pas long.

Elle noua les bras autour de son cou.

— Tu ne vas pas plutôt t'enfuir à toutes jambes ?

— Non, c'est promis. Je fais un aller-retour rapide pour que tu puisses verrouiller cette porte et me retenir prisonnier pendant les prochaines quarante-huit heures.

— Ce programme me plaît beaucoup.

— Pas autant qu'à moi. À tout de suite.

Il l'embrassa à nouveau et disparut. Sasha était si excitée qu'elle ne tenait pas en place. Nik et elle auraient tout le week-end pour eux. Elle ferait en sorte qu'ils passent de merveilleux moments ensemble. Ils discuteraient, cuisineraient, feraient l'amour, regarderaient la télévision. Oh ! oui, ce serait fabuleux.

Un coup frappé à la porte la ramena à la réalité.

Elle ouvrit, pensant qu'il s'agissait de Nik.

— As-tu oublié quelque chose ?

— Que veux-tu dire ? As-tu laissé quelque chose dans l'appartement ?

C'était Ari, arborant une robe en lin noir et des lunettes de soleil. Sasha la fixa, déconcertée. Étaient-elles censées se retrouver aujourd'hui ?

— Mon sèche-cheveux, répondit-elle distraitement.

— Tu n'en as pas besoin avec tes tresses. Écoute, Sasha, je voudrais que tu m'accompagnes. Ce ne sera pas long.

— Où allons-nous ? Et pourquoi es-tu aussi mystérieuse ?

— Je t'expliquerai. Et je promets de te ramener ici très vite.

Mince ! Elle n'avait aucune échappatoire.

— Entendu. Accorde-moi une minute, le temps d'enfiler mes baskets et de récupérer mon téléphone.

Ariana les conduisit en centre-ville et se gara en face de la boutique d'un fleuriste.

— Pourquoi sommes-nous ici ? demanda Sasha, intriguée. Y aurait-il pénurie de lupins du Texas ?

Ariana détacha sa ceinture et inclina son siège.

— Fais comme moi. Nous sommes ici incognito.

— Vraiment ?

Elles étaient à bord d'une Mercedes noire que la plupart des gens étaient en mesure d'identifier comme étant celle de Xavier. Elles ne dupaient personne.

— Nous n'allons pas entrer dans la boutique ?

— Non. Nous faisons le guet.

— Tu plaisantes !

— Non. Le saboteur de mariage est à l'intérieur.

— Juste ciel !

Sasha ouvrit sa portière.

— Je vais lui parler.

Ari l'agrippa par le bras et l'obligea à reprendre sa place.

— Reste ici ! Je ne suis pas sûre qu'il y soit. J'ai reçu une info et je voulais la vérifier par moi-même.

Incroyable !

— S'il est à l'intérieur, que peux-tu y faire ? demanda Sasha. Il a le droit de se trouver dans un lieu public. Qui sait ? Il achète peut-être des fleurs à sa petite amie.

— Non, il essaye de soutirer des informations à Corynna, notre fleuriste. C'est sa façon de procéder. Il pose des questions innocentes à la caissière ou à une employée sans méfiance. Et à partir de leurs réponses, il bâtit son histoire.

— Comment se fait-il que le FBI n'ait pas encore recruté un homme aussi doué ?

— Tu peux plaisanter tant que tu veux, Sasha, mais *mon* mariage est une affaire très rentable pour cet individu.

— *Mon* problème, Ari, c'est que tu m'as promis que ce ne serait pas long. Or, si j'en juge par les films ou les séries policières, les planques peuvent durer des heures. Ce n'est pas ce que nous avions convenu.

— Je parie qu'il va bientôt sortir. Il ne peut pas rester des heures dans la boutique ! argua Ari.

— Et s'il en était déjà sorti ?

Cette fois, Ari fut à court d'arguments.

— Je vais jeter un coup d'œil dans la boutique, proposa Sasha. Je ne m'approcherai pas de lui. J'utiliserai mes super pouvoirs pour savoir ce qu'il manigance.

— Ils ne fonctionneront pas dans le cas présent à cause de la clochette au-dessus de la porte d'entrée. Il sera aussitôt alerté de ta présence.

Sasha leva les mains en signe d'impuissance.

— Désolée, Ari, mais notre présence ici ne rime à rien. Et la prochaine fois que nous irons en planque, je te conseille de m'offrir un café glacé, pour commencer.

— Tu as raison, cette idée de planque était stupide. C'est

Rylee qui m'a prévenue qu'il tournait autour de la boutique de fleurs, et j'ai foncé sans réfléchir, folle de rage.

— Ex n'a pas essayé de te dissuader ?

Où son beau-frère avait-il la tête ? Certes, elle lui avait demandé de ne pas minimiser les craintes d'Ari, mais ce n'était pas une raison pour la laisser faire n'importe quoi.

Ari soupira, l'air penaud.

— Ex n'est pas au courant. Il travaillait quand j'ai quitté l'appartement. Tout ce que je veux c'est que ce mariage soit parfait, tu comprends ?

— Il ne pourra pas l'être, Ari. Nos oncles et nos tantes y assisteront ainsi que nos cousins. Ils ne sont pas aussi policés que les membres du TCC. Ils risquent de semer une belle pagaille. Alors, tu ferais mieux d'ignorer cet homme.

— Oh ! Seigneur ! gémit Ari. Tu as raison. Quand le DJ va passer de la *house*, ils vont être déchaînés.

— Exactement.

— Mais j'y pense ! s'exclama Ari. Tu me suggères de lâcher prise avec cet individu. Mais pourquoi n'en ferais-tu pas autant avec tes propres problèmes ?

— Que veux-tu dire ?

— Il serait temps que tu tournes la page du passé et que tu ailles de l'avant en fréquentant quelqu'un. Tu as réfléchi à ce que je t'ai dit au sujet de Nik ?

— Euh... Tu m'as conseillé de rester loin de lui.

Ari s'agita sur son siège.

— Ce n'est pas ce que je voulais dire.

— Ah bon ?

— Nik est très attiré par toi, c'est l'évidence même. Ce que je te demandais, c'était de ne pas brûler les étapes, de prendre votre relation au sérieux au lieu de vous contenter d'une simple aventure sans lendemain.

À cet instant, Sasha aurait dû dire à sa sœur que Nik et elle avaient brûlé les étapes et grillé tous les feux rouges. Mais ce n'était pas ce qu'Ari avait envie d'entendre. Même si Sasha considérait que leur relation était exceptionnelle et réelle, elle avait toutes les apparences d'une liaison éphémère. Ils n'avaient pas parlé de l'avenir, pas même de l'avenir immédiat au-delà de ce week-end. Aussi, préféra-t-elle garder le silence.

— Nous ferions mieux de rentrer, soupira Ari. Mon idée était stupide. Je ne recommencerai pas.

— Tant mieux.

— Que dois-je dire à Ex ? Il va penser que j'ai perdu l'esprit.

— Ne lui dis rien. Ce sera notre petit secret.

— Tu as raison, admit Ari. Dans cinq ans, tu raconteras cette histoire à toute la famille lors de la réunion de Noël.

Sasha lui fit un clin d'œil.

— Pourquoi pas l'année prochaine, histoire de rire ?

Nik rangeait les produits d'épicerie quand Sasha rentra.

— Eh ! Où étais-tu ? demanda-t-il. Je t'ai envoyé un SMS.

À la vue de Nik dans la kitchenette, elle se remémora la merveilleuse nuit d'amour qu'ils avaient passée.

— Sasha, tu vas bien ?

— Non. J'ai été kidnappée par ma sœur ! Elle a appris que le youtubeur était chez sa fleuriste et a voulu qu'on planque devant la boutique pour le surveiller.

— C'est une plaisanterie !

— Hélas, non.

Nik déposa un litre de glace dans le congélateur.

— Il a fait quelque chose de grave ? D'après la vidéo que tu m'as montrée, il n'a rien découvert de précis concernant le mariage de ta sœur. Il se perd en conjectures.

— Va dire ça à Ari. Elle est persuadée qu'il est en mesure de gâcher son mariage.

Elle ôta ses baskets et s'avança pieds nus dans le salon.

— Et si nous regardions ses autres vidéos pour voir jusqu'où il peut aller ? lança Nik.

— Bonne idée !

Comment se faisait-il que cette simple suggestion la rende si heureuse ? Elle avait regardé en cachette la chaîne YouTube de

Trick MacArthur et en avait éprouvé un plaisir coupable. Et voilà que Nik proposait de faire la même chose, comme s'il s'agissait d'un travail de recherche destiné à rendre service à Ariana.

Durant la demi-heure suivante, ils s'installèrent sur le canapé, mangeant des chips et regardant les vidéos sur la télévision murale, s'arrêtant de temps à autre pour discuter d'un point ou partager un fou rire au sujet du mariage Carlisle. Nik appuya sur Pause.

— Je n'en reviens pas qu'elle ait choisi une robe si peu seyante.

Sasha sécha ses larmes de rire avec le dos de sa main.

— Ne dis pas ça ! Les mariées sont toujours belles.

— Elle est ravissante, mais sa robe ne l'est *pas*, affirma Nik. Trick a raison.

— Trick a toujours raison. Ariana devrait prendre des notes.

Nik s'étira avec une grâce féline.

— Un mariage est un vrai casse-tête. Il y a tellement de choses à penser !

Sasha replia ses jambes sous elle.

— Quel genre de mariage aimerais-tu avoir ?

— Une petite cérémonie avec la famille et les amis les plus proches, répondit-il sans hésitation.

— Moi aussi. Quand on est riche et célèbre, un mariage devient un événement. Les images sont diffusées dans les médias, et les gens se font un plaisir de commenter le moindre de vos choix. Je suis heureuse de ne pas être célèbre. En revanche, j'aimerais bien être riche.

— Et ta carrière ? Es-tu satisfaite de la façon dont elle se déroule ?

— Oui, avec un bémol. Le métier de photographe n'est pas très rentable tant qu'on n'a pas remporté un Pulitzer.

Il la contempla avec attention.

— Est-ce un prix que tu ambitionnes ?

Elle hocha la tête, incapable de prononcer les mots. Elle en était sûre, Ariana obtiendrait un jour un Oscar en tant qu'actrice ou réalisatrice. Sasha rêvait d'obtenir le prix tant convoité, mais il était encore hors de portée.

— J'aimerais faire un travail digne d'intérêt grâce à mon talent et à mes photos.

— Le reportage que tu as réalisé pour *New Day* était exceptionnel.

— Merci.

— Je suis sincère. Il a dû être exténuant, aussi.

— Oui.

Le magazine l'avait envoyée au Kansas après le passage d'une tornade qui avait ravagé une petite ville. Cette mission avait été poignante, mais nécessaire. Les vidéos étaient efficaces, mais seule une photographie était capable de capturer la charge émotionnelle d'un instant précis.

— Je pense que tu es un génie et une artiste, et que tu gagneras ce Pulitzer, dit-il.

— Et toi ? Comment tu imagines ton avenir ?

— Pour l'instant, je suis un peu entre deux eaux, répondit-il. Je viens de vendre mon appartement à Miami Beach.

Sasha se redressa, vivement intéressée.

— Oui, tu l'avais mentionné.

— Je n'y étais pas particulièrement attaché. Aussi, quand un acquéreur m'en a offert trois fois le montant que j'avais payé, j'ai accepté sa proposition.

— Tu vas rester à Royal ? demanda-t-elle.

— Non, ma présence ici n'est pas nécessaire. Oliver se débrouille très bien. Selon moi, ce n'est pas au Texas que le marché est le plus porteur.

Sasha se demandait quel était cet endroit si attractif. New York, peut-être ?

Nik posa le sac de chips vide et s'essuya les mains.

— Si tu devais te marier, comment tu envisagerais les choses ?

— Je... euh...

Sasha contempla ses mains, désemparée.

— Si ma question te met mal à l'aise, changeons de sujet.

Elle avait envie d'en parler, mais ses erreurs passées l'empêchaient de rêver à l'avenir. Elle croyait au pouvoir de la visualisation mentale. Cette technique lui était utile dans son travail. Pourquoi ne pas y recourir dans sa vie personnelle en se représentant un avenir dans lequel elle serait heureuse et épanouie, histoire de forcer le destin ?

— Je me marierais à l'hôtel de ville de San Francisco, un vendredi après-midi, vêtue d'une minirobe et portant un bouquet de tulipes. Ensuite, j'organiserais un grand dîner familial dans mon loft surplombant le Golden Gate Bridge.

Nik demeura silencieux un moment. Elle se sentait soudain terriblement vulnérable. Elle retint son souffle jusqu'à ce qu'il lui tende les bras.

— Viens sur mes genoux.

17

Si Sasha croyait aux malédictions, Nik avait tout lieu de penser qu'elle lui avait jeté un sort. Quand elle s'était donnée à lui sans retenue, à califourchon sur ses hanches, telle une magnifique amazone, la tête rejetée en arrière, ses tresses cascadant dans son dos, avant de s'effondrer sur lui, pantelante et repue, Nik avait su qu'il était ensorcelé et qu'aucun talisman ni aucune formule magique ne pourraient le désenvoûter. Désormais, chaque fibre de son être était reliée à Sasha.

Le week-end passa bien trop vite. À peine Nik avait-il tenu Sasha endormie dans ses bras, lui avait-il fait l'amour sous la douche et l'avait-il abreuvée de glaces qu'il reprenait le travail.

Ce lundi matin, Nik et Oliver arrivèrent en même temps dans le hall de l'immeuble abritant leur bureau. Ils se saluèrent et montèrent ensemble dans l'ascenseur.

— Comment s'est passé ton week-end ? demanda Oliver. Pour ma part, je n'ai guère avancé dans mon travail. Et toi ?

Nik sirota une gorgée de café. Il lui faudrait plusieurs tasses pour tâcher d'être performant toute la journée.

— Ce week-end, je suis tombé amoureux de Sasha Ramos.

Oliver laissa tomber sa sacoche contenant son ordinateur.

— Comment ?

— Je n'ai rien fait, répondit Nik. Je vais m'enfermer dans mon bureau et mettre les bouchées doubles…

— Non ! Reviens en arrière, quand tu as dit que tu étais tombé amoureux de Sasha Ramos.

— Oh ! mince ! J'ai dit ça ?

Oliver éclata de rire et récupéra sa sacoche.

— Tu comptais me cacher cette nouvelle sensationnelle ?

Les portes de la cabine s'ouvrirent à leur étage. Oliver prit Nik par le bras et l'entraîna dans son bureau. Nik s'affala dans un des deux fauteuils destinés aux clients.

— Ainsi, tu as eu le coup de foudre pour la petite sœur d'Ariana Ramos ?

Nik tiqua. Pourquoi les gens s'obstinaient-ils à cantonner Sasha dans l'ombre d'Ariana ?

— Sasha est une femme à part entière, attachante et talentueuse, répliqua-t-il.

— Et tu en sais quelque chose ! Il n'empêche que je m'inquiète de la réaction de *notre client emblématique*, Xavier Noble.

— Rassure-toi. Vendredi soir, nous avons dîné tous les quatre ensemble.

Oliver parut sceptique.

— Tu as trop la tête dans les nuages pour mesurer les risques que tu prends.

— Tu t'inquiètes pour rien. Sasha est merveilleuse.

— Je n'en doute pas. Mais le jour où les choses tourneront mal entre vous, si elle se plaint de toi à sa sœur, et que sa sœur en parle à son mari..., les choses risquent de se compliquer pour nous. Cela dit, je ne te juge pas. Moi aussi, j'ai commis des erreurs.

Nik contempla tristement son gobelet vide.

— Les choses n'iront pas jusque-là. Sasha retournera chez elle après le mariage, et ce sera la fin de notre relation.

— Oh. Et... quel est ton sentiment à ce sujet ?

Il haussa les épaules, fataliste.

— J'en prendrai mon parti.

Il n'avait pas le choix. Personne ne lui avait demandé de tomber amoureux d'une femme qui fuyait l'amour. Il se remettrait comme il le pourrait de cette séparation. Ce ne serait pas facile, il n'arriverait peut-être jamais à oublier Sasha. Mais tant pis. Il profiterait au maximum des instants qu'il passerait avec elle.

— Quand est-ce arrivé ? demanda Oliver. L'autre soir, quand

nous vous avons rencontrés au bar, tu nous as dit qu'il ne s'agissait *pas* d'un rendez-vous. Je t'ai cru sur parole.

— C'était le cas. Puis les choses se sont précipitées.

Oliver rit.

— Je vois.

— Ce que nous avons vécu ce week-end était merveilleux, digne des plus beaux romans d'amour.

— Arrête ! s'écria Oliver. J'en ai des frissons !

Nik se leva.

— Maintenant, tu sais tout. Je dois me mettre au travail.

— Pas si vite ! Sasha ne vit-elle pas dans la région de la baie de San Francisco ?

Il devinait où Oliver voulait en venir, et il n'aimait pas cela.

— Si.

— Dans ce cas, l'issue n'est pas aussi définitive que tu le laisses entendre, dit Oliver. Tu dois transférer le siège de nos activités de Los Angeles à San Francisco à la fin de l'année.

— Je ne lui en ai pas parlé. Alors, évite de le mentionner.

— Pourquoi ? Ce serait la solution à ton problème.

Nik se rassit, la mine défaite.

— Non. J'aurais dû le lui dire quand nous nous sommes rencontrés. Si je lui en parle maintenant, elle risque de trouver ça bizarre. Elle pensera que je la suis à la trace, voire que je la harcèle.

Pour une personne ayant la phobie des engagements émotionnels, comme Sacha, sa démarche l'angoisserait.

— Ce qu'elle risque de trouver bizarre, c'est de te croiser à l'improviste dans sa cafétéria favorite sans jamais avoir su que tu t'étais installé en ville.

— San Francisco est vaste. Nous pourrions ne jamais nous rencontrer.

— Cesse de te raconter des histoires, protesta Oliver. Tu tomberas très vite sur elle. Il faut que tu le lui dises. La nouvelle la surprendra, mais elle ne réagira pas forcément aussi mal que tu l'imagines. T'installer dans sa ville ne signifie pas emménager dans son appartement. San Francisco est assez grande pour vous deux.

Voyant que Nik contemplait à nouveau son gobelet vide, la mine morose, Oliver s'écria :

— Oh ! je comprends. Tu penses qu'elle n'éprouve pas les mêmes sentiments envers toi.

Nik tressaillit.

— Non, il ne s'agit pas de cela.

— Alors, de quoi s'agit-il ?

— Je ne veux pas l'effrayer.

— Elle ne me donne pas l'impression de s'effrayer facilement. Mais je ne la connais pas aussi bien que toi.

Nik se tassa dans son fauteuil. Pourquoi tout était-il si compliqué ? Son installation dans la Silicon Valley était prévue depuis des mois. Il voulait être au cœur de cet espace d'innovation et de créativité dans le domaine technologique. Son travail occupait une place centrale dans sa vie. Il l'enthousiasmait et le motivait. Il avait envie de partager ses projets avec Sasha sans paraître importun.

— L'honnêteté est la meilleure tactique, poursuivit Oliver. Mais tu peux déformer un peu la vérité. Différer ton installation de deux mois. Il n'y a pas d'urgence. De cette façon, si tu croises Sasha dans sa cafétéria, ce ne sera pas embarrassant. De l'eau aura passé sous les ponts.

Oliver avait raison. S'il différait son installation, il ne lui devrait aucune explication. Mais cette idée le rendait malade. Une partie de lui n'arrivait pas à croire qu'il échafaudait un plan pour amadouer Sasha. Pourtant, il en était là. Quand on aimait quelqu'un, on faisait passer ses besoins en premier. Elle avait traversé trop d'épreuves. Sous des dehors pugnaces, elle était vulnérable. Oliver l'ignorait, il ne comprendrait pas.

Il se leva et se dirigea vers la porte.

— Il faut que je me mette au travail. Merci pour cette discussion. Je réfléchirai à tes conseils.

— Tant mieux ! Sasha est intelligente. Elle comprendra qu'avec toi, elle a tiré le bon numéro.

À la mi-journée, Nik n'était plus capable de se concentrer sur son travail. Sa discussion avec Oliver l'avait déstabilisé. Il envoya un SMS à Krystal :

Que dirais-tu de faire un brin de causette ?

Elle répondit via une application de chat vidéo. Son visage souriant emplit l'écran. Elle leva un verre de Spritz.

— *Buona sera*, cher cousin ! Je déguste un *aperitivo* ! *Cin cin* !

— Tu vas t'amuser comme ça tout l'été ?

— *Assolutamente* !

— Veinarde !

Krystal s'excusa auprès d'un groupe et s'avança sur une terrasse surplombant une rue romaine typique. Elle lui avait envoyé son itinéraire. Après quelques nuits à Rome, elle s'installerait à Milan pour étudier les techniques du dessin classique.

— Est-ce que tu te plais en Italie ?

— Mieux, je vis un rêve éveillé !

Nik était heureux pour elle. Pour faire plaisir à ses parents, elle était allée à l'université au lieu de s'inscrire dans une école de beaux-arts. Elle avait attendu le décès de son père pour enfin réaliser ses ambitions secrètes.

— Tu es radieuse, et je suis fier de toi.

— Merci, Nik. En revanche, tu parais épuisé. Que se passe-t-il ?

— Je t'ai appelée pour te dire que tu avais raison et que j'étais stupide.

— Je le savais déjà, remarqua Krystal, pince-sans-rire. Quoi d'autre ?

J'aime quelqu'un qui fuit l'amour. Il préféra s'en tenir là. Il n'avait pas besoin des encouragements d'Oliver ni du diagnostic clinique de Krystal. Il avait décidé de parler à Sasha, quelle que soit sa réaction.

— Je n'ai rien d'autre à ajouter, dit-il.

— Nik, je reconnais que j'ai été un peu dure avec toi la dernière fois que nous nous sommes parlé. Qui suis-je pour te dire qui tu dois aimer et comment mener ta vie ? De nous deux, c'est toi qui gères le mieux ton existence. Quant à moi, je dépense une fortune pour suivre des cours de dessin en Italie et acquérir un savoir-faire qui ne me sera d'aucune utilité dans mon activité professionnelle. Je préfère ne pas trop y penser, sinon je vais éclater en sanglots.

— Krystal, si c'est la pratique d'une activité artistique qui te rend heureuse, continue dans cette voie. Et si un membre de la famille émet des critiques à ton sujet, je lui expliquerai que tu es libre de mener ta vie comme tu l'entends.

Elle essuya une larme qui perlait au coin de son œil.

— Tu ferais ça ?

— Bien sûr !

— Merci, Nik. J'avais besoin d'entendre des paroles d'encouragement, aujourd'hui.

Pour une fois, les rôles étaient inversés, et s'il pouvait aider sa cousine, il le ferait volontiers.

— Tout va bien ? demanda-t-il.

Krystal prit une profonde inspiration.

— Je ne pense pas pouvoir continuer à conseiller des athlètes et à les encourager à réaliser leurs rêves alors que je fais abstraction des miens.

— Tu as entièrement raison.

— J'exerce un métier qui ne me satisfait pas. J'ai l'impression de m'être complètement fourvoyée.

Nik avait de la peine pour elle. Plus qu'une cousine, Krystal était la sœur qu'il n'avait pas eue. Si elle avait envie d'étudier l'histoire de l'art en Europe et de dessiner des statues antiques, elle méritait de tenter sa chance et de réussir.

De même, s'il voulait poursuivre un amour chimérique, rien ni personne ne pourrait l'en empêcher. Il avait peut-être hérité de certains gènes de son père, mais il avait son libre arbitre. Il tenterait sa chance auprès de Sasha. Il préférait pourchasser une étoile filante que d'attendre patiemment qu'elle tombe dans ses bras.

— Je dois rejoindre mon groupe, dit Krystal.

— Entendu. Nous parlerons plus tard.

— *Ciao, bello* ! Et mets tout en œuvre pour séduire la femme qui fait battre ton cœur !

18

Sasha passait l'après-midi de lundi avec Ariana. Dieu merci, sa sœur était plus détendue que samedi, aussi faisait-elle son possible pour préserver cette bonne ambiance. Dans la boutique de Natalie Valentine, elle essaya pour la première fois sa robe de demoiselle d'honneur, virevolta, posa pour des photos et porta des toasts au champagne sans montrer le moindre signe d'impatience. Puis elles passèrent chez la fleuriste pour entériner un changement de centre de table de dernière minute sans que le nom du tristement célèbre youtubeur soit prononcé.

— Je te remercie de me tenir compagnie, dit Ari.

— Je te l'avais promis, je suis là pour toi. Quel est le programme de demain ?

Ariana sourit.

— On s'amuse. Nous avons rendez-vous avec le mixologue qui nous concocte un cocktail spécial. Ex nous accompagnera.

Elles se trouvaient sur le trottoir, à la vue de tous, comme des gens normaux, ce qui rendait Sasha nerveuse. Ari, au contraire, ne semblait pas y attacher d'importance.

— Je parie que tu te demandes pourquoi je ne fulmine pas contre le saboteur de mariage, dit-elle en souriant.

— C'est vrai.

— Eh bien, hier soir, après une bonne crise de larmes, j'ai décidé de ne plus m'inquiéter à son sujet.

— Tant mieux. Mais peut-être vaudrait-il mieux que nous en discutions dans la voiture.

— Tout va bien, Sasha. Je ne veux plus fuir les paparazzis.

— Pourquoi ce soudain revirement ?

Sasha jeta un coup d'œil inquiet à la ronde au cas où un photographe se serait dissimulé derrière un bac de tri sélectif.

— Parce que je veux suivre le conseil que tu m'as donné.

— Lequel ? demanda Sasha, nullement rassurée.

— Apprécier ces moments avec leurs avantages et leurs inconvénients. M'amuser de tout ce cirque autour de mon mariage. Avec un peu de chance, je ne me marierai qu'une fois.

— Bravo !

— Samedi, je ne sais pas ce qui m'a pris de te demander de faire le guet avec moi. Je tiens à te présenter mes excuses.

— Tu n'as pas à t'excuser, Ari. Par ailleurs, je suis partante pour ce genre d'expédition à condition d'être prévenue à temps. Si tu m'avais dit ce que tu avais en tête, j'aurais emporté mon appareil-photo avec le téléobjectif. À quoi ça sert de faire le guet si on ne prend pas de photos compromettantes ?

— Tu as raison, acquiesça Ari en riant. Cela dit, je voulais que tu te rendes compte par toi-même que j'étais détendue et que tu n'avais plus besoin de t'inquiéter pour moi.

— Eh ! Tu me piques mon rôle ! protesta Sasha. C'est moi, l'âme en peine, et toi, la star rayonnante. Ces rôles nous ont été attribués à la naissance. Ils ne sont pas interchangeables !

— Sottises ! Tu as la plus belle âme que je connaisse.

— Je l'admets, j'ai mes bons côtés.

Ari consulta sa montre Cartier.

— Je dîne avec Ex. Tu veux te joindre à nous ?

— Pas ce soir, merci.

Bien qu'elle n'ait pas de projets précis, elle savait avec qui elle préférerait dîner si elle avait le choix.

— Amusez-vous bien, dit-elle. Je vais rester dans les parages pour faire du lèche-vitrines.

Après le départ d'Ariana, Sasha entra chez un glacier et acheta un esquimau à la vanille enrobé de chocolat parsemé d'éclats de noisette. Il lui tiendrait lieu de dîner, songea-t-elle. Elle lirait ou regarderait un film… ou appellerait Nik.

Ce matin, il était parti de bonne heure après un baiser en guise d'au revoir. Toute la journée, une question l'avait taraudée : quand le reverrait-elle ?

Sasha n'avait pas osé lui poser la question car elle l'avait déjà beaucoup accaparé. Mais elle le regrettait. Ils avaient si peu de temps à passer ensemble. Elle n'avait pas envie de le gâcher en jouant la carte de la prudence.

Elle décida de lui envoyer un selfie. Désireuse de l'émoustiller, elle prit une photo d'elle mordant dans son esquimau.

Question de Nik :

J'adore ! As-tu pris cette photo dans l'après-midi ?

Réponse de Sasha :

Non, à l'instant. Je me trouve dans le quartier commerçant en centre-ville.

Nik :

Je sais exactement où tu es. Accorde-moi cinq minutes.

Elle aurait poussé des cris de joie si elle ne s'était pas trouvée en public. Elle aimait la spontanéité de Nik. Il était prêt à toutes les folies et… il venait à sa rencontre, un grand sourire aux lèvres.

Sasha courut gaiement vers lui.

Il referma ses bras autour de sa taille.

— Je meurs d'envie de mordre dans cette glace !

Et c'est ce qu'il fit. Sasha l'embrassa sur la joue pendant qu'il savourait sa bouchée.

— Admets-le. Tu es venu uniquement pour la glace.

— C'est mon péché mignon !

— Tu as fait vite. Où étais-tu ?

— Mon bureau n'est pas loin. Mon appartement de location non plus. Je t'inviterais volontiers à monter, mais je suis à court de champagne et de caviar.

— Aucune importance. J'ai bu du champagne à la boutique de robes de mariée.

— Dans ce cas, c'est à mon tour de te kidnapper.

— Oh ! quelle bonne idée !

Il prit une autre bouchée de sa glace. Sasha s'apprêtait à

le taquiner sur sa gourmandise quand elle aperçut un jeune homme aux cheveux bruns et ondulés entrer dans une boutique toute proche.

— Le salaud ! marmonna-t-elle entre ses dents.

Nik sursauta.

— Qui ? Moi ?

— Bien sûr que non, chéri !

Elle lui caressa la joue pour le rassurer.

— Je parle de Trick. Je l'ai vu entrer dans cette boutique. Il est sur la piste d'Ariana. Elle se trouvait ici avec moi, il y a un instant. Quelqu'un a dû l'informer de sa présence, et maintenant il est à sa recherche.

— Tu veux que j'aille vérifier ?

— Non. C'est moi qui m'en charge, déclara Sasha. Cette enquête nécessite mes super pouvoirs. S'il pose des questions aux employés, je saurai ce qu'il cherche. Ainsi, Ariana aura un temps d'avance sur lui.

— Désolé de te contredire, mais tes super pouvoirs ne fonctionnent que quand ta cible ignore qui tu es. Or, compte tenu du rôle décisif que tu joues dans ce grand événement, Trick a sûrement des photos de toi.

— Mince ! Tu as raison.

Nik réitéra son offre d'espionner le harceleur de sa sœur.

— Il ne me remarquera pas. Je suis un simple quidam.

Dans le costume qu'il portait pour le dîner au Sheen, Nik était beaucoup plus qu'un simple quidam. Il attirait l'attention par sa beauté et son élégance. Cela étant, il avait raison sur le fait qu'il était un homme d'affaires comme un autre. Trick n'avait aucune raison de se méfier de lui.

— D'accord. Ouvre tes yeux et tes oreilles. Selon Ari, il a le chic pour mettre les gens en confiance et les faire parler.

— J'en prends note, dit-il. En attendant, reste sous l'auvent, en sécurité et hors de sa vue.

— Que crains-tu ? Il n'est pas dangereux.

— On ne sait jamais.

— C’est un créateur de contenus, pas un tueur en série. Mais ne t’inquiète pas, je ferai attention.

Nik se dirigea vers la boutique. Cette fois, Sasha avait emporté un appareil-photo – un dispositif compact avec un zoom plus puissant que celui de son téléphone, mais loin d’égaler un téléobjectif. Elle prit quelques photos de Nik traversant la rue d’une démarche assurée. Elle avait hâte qu’il termine sa mission et qu’il l’emmène dans son appartement. Peut-être y découvrirait-elle des indices de sa vie passée.

Un filet de glace fondue coulant le long de son bras la ramena à la réalité. Elle se rendit compte que sa décision d’espionner le youtubeur était ridicule. Pourtant, Nik s’était lancé dans cette mission sans rechigner. *Quel homme merveilleux !* songea-t-elle, attendrie.

Soudain, Trick sortit de la boutique et s’éloigna dans la direction opposée. Sasha le prit en photo, à tout hasard.

Nik sortit peu après. Elle le photographia à nouveau, sachant précisément ce qu’elle ferait de ces clichés.

Elle lui tendit le reste de sa glace.

— Merci, chérie.

Il la finit en une bouchée.

— Tu ne devineras jamais ce que j’ai découvert.

— Raconte.

Il passa un bras autour de ses épaules, et ils se mirent en marche.

— Trick... souffre de brûlures d’estomac.

— Quoi ?

— Cette boutique est un drugstore. Il a acheté des antiacides en vente libre.

— Et c’est tout ? Il n’a posé aucune question ?

— Non. Pas quand j’étais là.

— Ah bon, dit-elle, mi-déçue mi-rassurée.

— As-tu une autre mission à me confier ?

Elle rit.

— Non. Mais tu es un excellent détective.

— Que ne ferais-je pas pour toi ?

Si seulement il disait vrai, songea Sasha, toute chavirée.

Après avoir fait le tour de l'appartement de deux pièces de Nik, Sasha se tourna vers lui, intriguée :

— Comment peux-tu vivre dans un endroit aussi impersonnel ? Au moins, Ari a apporté divers objets lui appartenant pour se sentir comme chez elle. Mon appartement me manque. Le tien à Miami ne te manque pas ?

Sur le point de commander à dîner, Nik leva les yeux de son téléphone, la mine embarrassée.

— J'ai dit quelque chose qu'il ne fallait pas ? demanda-t-elle.

Nik posa son téléphone sur la table basse et l'attira sur le canapé recouvert d'un tissu grège.

— Il faut qu'on parle.

Oh ! non ! songea Sasha, saisie d'angoisse.

— Que se passe-t-il ?

— Je comptais attendre la fin du dîner pour...

— Non ! Parle maintenant.

Nik prit soudain un air absent, au grand désarroi de Sasha. Elle le secoua par le bras.

— Ne fais pas ça, Nik. Reste avec moi.

— Oh ! chérie. Que vas-tu imaginer ?

— Le pire ! Parle, à la fin !

— J'envisage de m'installer en Californie de façon permanente à la fin de l'année. Nous transférons notre bureau de Los Angeles à la Silicon Valley, et je travaillerai là-bas à plein temps.

Cette nouvelle inattendue la stupéfia.

— Tu connais bien la Californie ? demanda-t-elle.

— Pas vraiment. Je me rends à Los Angeles tous les mois uniquement pour le travail.

Sasha avait l'impression de marcher sur des œufs.

— La Silicon Valley se trouve dans la région de la baie... et c'est là que je vis.

Nik réprima un sourire.

— Je sais.

— Ainsi… nous vivrions dans la même zone géographique.

— En effet.

— Pourquoi tu ne voulais pas me le dire ?

Nik hésita.

— Parce que c'était embarrassant.

— Embarrassant comment ?

Elle percevait sa gêne, mais elle voulait une réponse à sa question. Envisageait-il de cesser de la fréquenter ? Avait-il déjà décidé que leur relation serait éphémère ? Elle s'était souvent demandé si elle pourrait s'attacher à Nik, mais elle ne s'était jamais posé la question de savoir si Nik aurait envie de nouer une relation sérieuse avec elle. Après tout, il s'installait en Californie pour le travail. Peut-être était-ce sa priorité principale.

— Je ne voulais pas que tu penses que j'empiétais sur tes plates-bandes, dit-il.

Ses plates-bandes ? Sérieusement ? Il s'agissait d'une guerre de territoires ?

— Sasha, dit-il en lui prenant les mains. Je m'y prends très mal. Je vais recommencer depuis le début.

Elle attendit qu'il se soit ressaisi, mais son cœur devenait plus douloureux à mesure que les secondes s'écoulaient. Comment se faisait-il qu'elle soit déjà si investie dans leur relation ?

— Tu m'as fait clairement comprendre que c'était une simple aventure, dit-il à la fin.

— Non. Nous n'avons jamais défini notre relation.

Une lueur d'espoir s'alluma dans les yeux de Nik.

— Ça ne t'ennuie pas que je m'installe dans ta ville ?

Sasha secoua la tête avec véhémence.

— Non. J'adorerais t'emmener dans mes restaurants préférés.

Sa réponse ne sembla pas le satisfaire.

— Comprends-moi bien, Sasha. Je n'ai pas besoin que tu me serves de guide touristique. J'aimerais que nous continuions à nous voir.

Cette fois, c'était très clair ! songea-t-elle, soulagée.

— Pourquoi tu ne m'as pas dit les choses aussi simplement ? Tu craignais que je ne m'enfuie à toutes jambes ?

— Oui.

Pour lui prouver qu'il se trompait sur toute la ligne, elle ôta son chemisier en lin et lui décocha un sourire mutin.

— C'est à mon tour d'être explicite. Je t'apprécie et je me sens bien auprès de toi. Et quoi que tu en dises, je te ferai visiter ma ville. Si tu crois que tu peux m'empêcher…

Nik prit son visage entre ses mains et captura ses lèvres. Elle se renversa sur les coussins et l'attira sur elle. Puis elle changea d'avis et le repoussa.

— Pas ici ! Nous avons déjà fait l'amour sur un canapé. Essayons quelque chose de nouveau.

— La douche ? suggéra Nik.

Elle lui lança un regard irrité.

— Tu as déjà oublié ce matin ?

— Ça compte vraiment ?

D'une certaine façon, non. Ils s'étaient simplement embrassés jusqu'à ce que l'eau coule froide.

— Il nous reste la cuisine, dit-il d'une voix rauque de désir. Mais nous pensons que c'est surfait.

— En effet.

— Que décidons-nous ? Nous ne sommes pas obligés de cocher toutes les cases tout de suite. Nous avons le temps.

Oui, il n'y avait plus de date butoir fatidique puisque Nik s'installerait à San Francisco. Ils apprendraient à se connaître. Elle lui ferait de la place dans sa vie.

— Je voulais satisfaire toutes mes envies parce que je pensais que ce serait bientôt fini entre nous, avoua-t-elle.

Nik pressa son front contre le sien.

— Nous satisferons toutes nos envies, c'est promis.

Sasha l'embrassa avec passion, mêlant sa langue à la sienne pour une exploration langoureuse. Quand elle s'écarta, pantelante, son regard se posa sur la table à manger.

— N'y pense même pas, dit Nik en riant. C'est du contreplaqué. Elle se briserait.

Assis par terre sur des coussins, ils mangèrent une pizza en guise de dîner et discutèrent longuement.

Nik lui raconta que sa cousine avait puisé dans son compte épargne-retraite pour financer ses cours de beaux-arts en Europe.

— J'ai envie de l'aider, mais je sais qu'elle refusera. Elle est tellement têtue !

Il mit son assiette de côté et posa la tête sur les genoux de Sasha.

— Je trouve injuste qu'elle se ruine pour réaliser son rêve.

Sasha s'essuya les mains avec sa serviette et enserra le visage de Nik entre ses paumes.

— Tu vas devoir faire preuve d'imagination. Ariana m'a aidée à mes débuts. En guise de cadeau de Noël, elle a payé mon loyer pour l'année. Bien sûr, j'ai protesté, mais j'aurais été stupide de refuser. Je n'aurais jamais réussi à faire carrière sans son aide. Elle m'a permis de quitter ma ville natale à une époque où j'en avais désespérément besoin et de faire un stage non rémunéré dans une des villes les plus onéreuses du pays. Six mois plus tard, j'avais un emploi.

— Pourquoi avais-tu désespérément besoin de quitter ta ville natale ? demanda Nik.

— Là n'est pas la question. L'important est que tu apportes une aide judicieuse à ta cousine.

Nik traça la courbe de sa mâchoire du bout du doigt.

— Pourquoi étais-tu si désespérée, Sasha ?

Elle intercepta sa main et y déposa un baiser. Ils parlaient de sa cousine. À quoi bon évoquer ses problèmes personnels ?

Un pli soucieux se forma entre les sourcils de Nik.

— C'était juste après la rupture avec ton fiancé ?

Elle cligna des yeux pour refouler ses larmes.

— Ce fut une année difficile, admit-elle. Des amis se sont détournés de moi. Certains me plaignaient, d'autres prenaient le parti de mon ex-fiancé. Je me sentais très seule. Exclue. Mon départ de San Bernardino a été la meilleure décision que j'aie prise.

Nik se redressa et la contempla un long moment.

— Je ne veux plus que tu te sentes aussi seule. Jamais.

Il dit cela comme s'il pouvait décider de son destin.

— C'est aussi mon souhait. Mais je me sens bien, maintenant.

Il l'allongea sur les coussins et se positionna au-dessus d'elle.

— Tu veux dire, ici, avec moi ?

Sasha rit.

— Dans la vie en général. Mais surtout avec toi.

— Puis-je te faire l'amour ici ? Ou n'est-ce pas suffisamment novateur ?

— C'est parfait, dit-elle, enroulant les jambes autour de lui. Tu me feras l'amour sur la terrasse plus tard.

Il l'embrassa dans le creux du cou.

— Marché conclu.

Ils firent aussi l'amour dans le lit confortable de Nik. Il lui écarta les genoux, puis elle perdit toute notion du temps au contact de sa langue experte sur son intimité. Quand il s'écarta pour enfiler un préservatif, elle éprouva un sentiment de perte si douloureux qu'elle ne put s'empêcher de l'appeler.

— Je suis là, dit-il pour la rassurer.

En vain. Elle ne fut satisfaite que quand il s'enfonça en elle, son souffle lui caressant la joue, sa voix câline l'encourageant à se donner à lui.

Mais elle n'avait pas besoin d'encouragement. Elle était déjà toute à lui.

19

De retour à son hôtel, le lendemain matin, Sasha se prépara une tasse de café et s'attela à ses retouches d'images. La vue de Nik se préparant dans son appartement pour une journée chargée tout en discutant avec Oliver au téléphone lui avait donné l'envie de se remettre au travail. D'autant qu'elle avait un projet en tête : écrire un article sur l'atelier de fumaison de Donna, qu'elle enverrait à la rédactrice en chef de *Table for two*, un magazine culinaire.

En faisant défiler sur son écran les images de la cuisine de Donna, de la vieille grange et des champs alentour, elle tomba sur une photo de Nik assis, les coudes sur la table, ses prunelles mordorées luisant au soleil. Dire qu'il était un quasi-inconnu pour elle, ce jour-là ! Pourtant, elle avait pris ce cliché quelques minutes seulement avant qu'ils s'embrassent. En l'espace de quelques jours, il avait réussi à embellir sa vie. Il était tellement soucieux de son bien-être qu'il était prêt à faire passer les intérêts de Sasha avant les siens, au point de réexaminer son installation en Californie.

Et elle ? Qu'avait-elle fait pour lui ? Pas grand-chose.

Il était temps d'y remédier.

Ce matin, en s'habillant, elle avait surpris une conversation téléphonique entre Nik et Oliver concernant une autre tentative manquée pour obtenir un rendez-vous avec la directrice générale de Mad Dash. Découragé, Nik était prêt à renoncer à ce projet. Cette idée déplaisait à Sasha. Aussi décida-t-elle de l'aider en sous-main.

Elle ferma son application de retouche d'images et se connecta à son compte sur les réseaux sociaux. Elle n'eut aucun mal à trouver Teresa Price : elles avaient dix amis en commun. Sasha rédigea un court message, lui demandant si elles pouvaient se parler. Dans le champ « objet », elle mentionna :

J'ai besoin d'un service.

À quoi bon tourner autour du pot ? Elle n'avait pas l'intention de lui parler du bon vieux temps. Une demande directe capterait l'attention de Teresa. Elle ne manquerait pas une aussi belle occasion de plastronner.

Sasha avait vu juste. Peu après, elle recevait un message :

D'accord pour un chat vidéo ?

Le cœur de Sasha s'affola. Comment se faisait-il qu'après toutes ces années la perspective de parler avec une amie de son ex-fiancé la bouleverse autant ? C'était ridicule. Elle n'allait pas passer le reste de sa vie à se punir pour avoir rompu avec Terrence et choisi son propre bonheur plutôt que le sien ! Elle aimait la vie qu'elle menait et elle avait enfin trouvé un homme qui l'acceptait telle qu'elle était. C'était précisément le sens de cet appel.

Désireuse de paraître à son avantage, elle libéra ses tresses et appliqua du rouge à lèvres. Puis elle se retrouva face à Teresa, une brune aux yeux sombres, au visage rond et doux – une douceur démentie par ses dents pointues de prédateur.

— Sasha ! Ça fait une éternité qu'on ne s'est pas vues !

Terrence et Teresa étaient unis par une solide amitié. On les surnommait les TNT. Sasha se préparait au pire.

— Je sais. C'est fou, non ?

— Comment vas-tu ? demanda Teresa avec un brin de condescendance.

Sasha ne se départit pas de son sourire.

— Très bien, merci.

— J'ai dû tomber sur une de tes photos dans un magazine, mais je ne sais plus lequel.

Comme elle ne travaillait pas pour les tabloïds, il y avait peu de chance que Teresa ait vu son travail.

— Mes reportages-photos sont publiés dans de nombreux magazines.

— À l'exception d'une photo que tu n'as pas réalisée, dit Teresa. Celle où on te voit sortir d'un restaurant au Texas au bras d'un homme splendide.

Ah. Finalement, elle apparaissait dans les tabloïds.

— En effet. C'était bien moi. Je plaide coupable.

— Le prochain mariage de ta sœur fait couler beaucoup d'encre.

— C'était prévisible. Ari et Ex forment un couple très glamour.

— Si ce mariage a vraiment lieu.

Cette fois, les couteaux étaient sortis.

— Cesse tes médisances, Teresa !

Teresa consulta sa montre.

— Je suis pressée. Quel est ce service dont tu as besoin ?

— Ari m'a dit que tu étais la directrice financière de Mad Dash, répondit Sasha, désireuse d'en finir au plus vite.

— Oh ! vraiment ? Elle est au courant ?

— Elle est même une de vos clientes. Elle apprécie vos services.

— Waouh ! Serait-elle prête à promouvoir notre société ?

— Non, répliqua fermement Sasha. Je t'appelle pour le compte de l'homme splendide sur la photo.

Teresa se pencha en avant, sa curiosité éveillée.

— Il s'appelle Nikolai Williams et codirige Nexus, une société de relations publiques, expliqua Sasha. Il compte Xavier Noble parmi ses clients et il souhaiterait un rendez-vous avec un membre de la direction de Mad Dash.

— Hum... Je ne peux pas te donner une réponse tout de suite.

— Bien sûr, dit Sasha. Renseigne-toi sur sa société et prends le temps de la réflexion. Si tu es intéressée, contacte-le directement. À partir de maintenant, je reste en dehors de cette affaire.

— Entendu. Si Nexus convient à Xavier Noble, il devrait convenir à notre petite start-up.

— Selon Forbes, elle a un potentiel de croissance élevé.

Teresa se rengorgea.

— Si Forbes le dit… Le moment était venu de mettre fin à cet appel.

— Merci de m'avoir accordé un peu de ton temps. Je sais que tu es très occupée.

— Restons en contact, Sasha ! s'écria Teresa tout sourire.

Sasha se déconnecta et se renversa contre le dossier de sa chaise, épuisée. Malgré tout, elle ne regrettait pas d'être intervenue en faveur de Nik. Il travaillait dur et méritait un répit.

Une alarme se déclencha sur son écran. Elle avait rendez-vous avec son psy dans *cinq* minutes. Mince ! Elle l'avait oublié. Elle n'avait pas grand-chose à lui dire sinon qu'elle ne s'était pas sentie aussi bien depuis une éternité. Mais il était trop tard pour annuler. Elle se servit une autre tasse de café et s'installa pour sa séance d'analyse.

Après les salutations d'usage, son psy relut ses notes.

— La dernière fois que nous nous sommes parlé, la proximité du mariage de votre sœur vous angoissait. Il réveillait un traumatisme non résolu. Vous devez être au Texas, actuellement. Comment allez-vous ?

Son psy était un homme d'âge moyen du nom de Jonas Bradford. Il était très consciencieux, mais un peu trop rigide au goût de Sasha. Elle aurait préféré avoir affaire à une femme ayant une approche plus conviviale de la psychothérapie. Mais, comme le lui avait fait remarquer Ari, il devait garder une certaine distance face à son patient.

— Je vais très bien, répondit-elle.

— Tant mieux. Soyez plus explicite, voulez-vous ?

— J'ai rencontré quelqu'un, dit-elle. Il est parfait.

Le Dr Jonas l'observa avec attention.

— Quand avez-vous rencontré cette personne ?

— Le jour de mon arrivée à Royal, dans l'avion. Il se prénomme Nik.

Sasha attendit patiemment pendant que le Dr Jonas prenait des notes sur son bloc-notes numérique.

— Il est au Texas pour affaires, mais il transférera bientôt son bureau de Los Angeles à San Francisco, près de chez moi. N'est-ce pas fantastique ?

À en juger par son expression, le Dr Jonas ne semblait pas de cet avis.

— Le rythme auquel cette nouvelle relation progresse vous convient-il ?

— Oui. Cette fois, je sais que c'est l'homme de ma vie.

Le Dr Jonas peinait à dissimuler son scepticisme.

— Analysons cela plus en détail, voulez-vous ?

Sasha s'agita sur sa chaise, mal à l'aise.

— D'accord.

— Il est important de noter que vous entamez une nouvelle relation quelques semaines avant un élément déclencheur.

Elle préférait ne pas considérer le mariage de sa sœur comme un élément déclencheur, mais elle comprenait le raisonnement de son psy.

— Je l'admets, le moment n'est pas idéal. Mais Nik est tellement merveilleux. Il a le don de dissiper toutes mes craintes.

— Il n'y a pas de moment idéal, expliqua le Dr Jonas. Toutefois, prendre son temps comporte des avantages. Quand le mariage de votre sœur sera terminé et que vous retrouverez le cours normal de votre vie, vous voudrez peut-être vous assurer que vos sentiments envers lui sont inchangés.

— Vous pensez que je me raccroche à Nik comme à une bouée de sauvetage pour éviter de raviver les souvenirs douloureux liés à l'annulation de mon mariage ?

— C'est vous qui le dites. Mais cette théorie mérite d'être explorée.

Longtemps après la fin de la séance, Sasha demeura assise, songeuse. Brûlait-elle les étapes avec Nik pour prouver à Ariana et à elle-même qu'elle avait tiré un trait sur le passé ? Se servait-elle de lui ? La réponse fusa, catégorique : *Non !*

Chaque fois qu'il la touchait, chaque fois que leurs regards se croisaient, elle avait toutes les confirmations dont elle avait besoin. Certes, elle n'avait pas résolu tous ses problèmes, mais la présence de Nik à ses côtés lui faisait un bien fou, surtout dans cette période de grande turbulence. Il était hors de question qu'elle le laisse partir ou qu'elle ralentisse le rythme de leur relation. Si Nik disparaissait de sa vie, elle sombrerait corps et biens.

20

Après un repas d'affaires fructueux avec un client, Oliver et Nik s'attardèrent au restaurant en sirotant un whisky.

— Alors ? Quoi de neuf depuis notre discussion d'hier matin ? Es-tu toujours amoureux ou s'agit-il d'une passade ? demanda Oliver.

Nik fit tourner le liquide ambré dans son verre.

— Je suis toujours amoureux.

— Sasha connaît-elle tes sentiments ?

— Non, pas encore. Mais j'ai progressé. Je l'ai informée du transfert de nos bureaux dans la Silicon Valley.

— Comment a-t-elle réagi ?

Nik se remémora ces instants. Soit il s'était mal exprimé, soit il avait mal interprété les propos de Sasha. Toujours est-il qu'il avait perçu le chagrin et la confusion dans son regard, et il s'était fait l'effet d'un salaud. Finalement, ses craintes s'étaient révélées infondées.

— Elle est enchantée. Elle veut me servir de guide.

Oliver affichait un grand sourire.

— Tu vois ? Tu te faisais des idées. Et maintenant, tu dois lui dire que tu l'aimes.

— Nous n'en sommes pas encore là !

— Qu'en sais-tu ? Il y a fort à parier que tes sentiments sont réciproques.

— Rien ne presse, dit-il.

À cet instant, leurs téléphones vibrèrent à l'unisson. Daria, leur chargée de clientèle, leur envoyait le même message en lettres capitales :

TERESA PRICE, DIRECTRICE FINANCIÈRE DE MAD DASH, SOLLICITE UN RENDEZ-VOUS. QU'EN DITES-VOUS, LES GARS ?

Oliver éclata de rire et répondit dans la foulée :

NOUS DISONS : OUI ! QUAND ELLE VEUT !

Nik n'en revenait pas. Toutes ses démarches étaient demeurées vaines.

— C'est curieux. Pourquoi nous contacte-t-elle maintenant ?

— Parce que tu l'as eue à l'usure, répondit Oliver, hilare. Et maintenant, nous avons un autre succès à fêter.

Il leva son verre.

— Bravo, Nik ! Tu as fait de l'excellent travail ! À nous !

Bien que la victoire lui semble imméritée, il leva son verre.

— À nous !

Sasha se trouvait au TCC en compagnie d'Ari et Ex. Après avoir complimenté le couple, le mixologue leur présenta un cocktail sans alcool qu'il avait créé pour l'occasion.

— Je l'ai conçu pour qu'il plaise à tout le monde.

Ari et Ex validèrent le cocktail.

Sasha acquiesça distraitement tout en sirotant le breuvage à base d'ananas.

Quand le mixologue proposa de leur faire visiter le cellier, Xavier accepta avec empressement. Ari posa une main sur l'épaule de Sasha, la clouant sur son tabouret de bar.

— Sasha et moi restons ici, dit-elle d'un ton péremptoire.

Quand les deux hommes se furent éloignés, Ariana resserra légèrement sa poigne, tirant une grimace à Sasha.

— Qu'est-ce qui te prend ?

— Tu as boudé tout l'après-midi. Pourtant, cette dégustation était l'intermède ludique par excellence.

— Désolée, marmonna Sasha en se tassant sur son siège.

— Dis-moi plutôt ce qui ne va pas. S'agit-il... de Nik ?

Le désarroi de Sasha s'accrut à la mention de son nom.

— Puis-je avoir une boisson plus corsée ?

Ariana récupéra une bouteille de gin laissée sur le comptoir et versa une rasade d'alcool dans le verre de Sasha.

— Dis-moi ce qu'il a fait.

— Rien !

— Je suis sûre qu'il a fait *quelque chose.*

Sasha pivota sur son tabouret pour faire face à sa sœur. Il était temps qu'elle lui dise la vérité.

— Je dois t'avouer quelque chose. Ces derniers jours, Nik et moi nous sommes rapprochés.

— Tu ne m'apprends rien, Sasha. J'ai été témoin de ce *rapprochement*.

— Il envisage d'installer le siège de Nexus à San Francisco dans quelques mois en raison de sa proximité avec la Silicon Valley. Ce sera un nouveau défi pour sa société.

— C'est fantastique ! Est-ce cette nouvelle qui t'effraye ?

— Non, pas du tout.

Au contraire, elle était ravie. Ils pourraient se voir plus facilement.

— J'ai parlé à mon psy, aujourd'hui. Il pense que le rythme auquel progresse ma relation avec Nik est suspect. Que je me sers de lui pour éviter d'affronter les problèmes que ton prochain mariage fait resurgir en moi.

— Et toi, qu'en penses-tu ? s'enquit Ari.

— Je pense qu'il pense la même chose que *toi* !

— Je n'ai plus aucune raison de penser ça maintenant que je sais que Nik va s'installer près de chez toi. Votre relation a davantage de chances de s'épanouir.

— Il n'empêche. Mon psy a semé le doute dans mon esprit. Je me demande s'il n'a pas raison. J'étais terrifiée à l'idée de venir à Royal et de réveiller tous ces mauvais souvenirs liés à la rupture de mon mariage. Et qu'est-ce que je fais ? Je me raccroche au premier homme sur qui je pose les yeux avant même que l'avion atterrisse.

— C'est un hasard providentiel, déclara Ari.

— Tu crois à ce genre de choses ?

— Tu crois bien aux malédictions !

Vu sous cet angle...

— Si je n'avais pas décidé de me marier, tu n'aurais pas entamé une thérapie, tu ne serais pas venue à Royal et tu n'aurais peut-être jamais rencontré Nik.

— En somme, tout est de *ta* faute !

— Ah, très drôle ! Je suis sérieuse, Sasha.

— Moi aussi. Mes sentiments pour Nik sont sérieux...

Ari se pencha vers elle, la fixant droit dans les yeux.

— Tu t'es attachée à Nik ?

— Oui.

— Enfin ! s'écria Ari en faisant mine de s'essuyer le front. J'ai dû t'arracher les mots de la bouche !

— Que veux-tu dire ?

— Dès le début, il m'a paru évident que tu appréciais Nik, expliqua Ari. Mais je voulais être sûre que c'était sérieux entre vous. Maintenant, tu peux dire à ton psy que je t'ai forcée à examiner tes sentiments.

— Merci, docteur Ramos.

Ari lui décocha un sourire effronté.

— De rien.

— Alors..., tu ne penses pas que nous allons trop vite en besogne ? demanda timidement Sasha.

— Non. À moins que tu ne le ressentes ainsi.

— C'est vrai. Tout va très vite entre nous, mais ça me plaît.

— Dans ce cas, portons un toast, proposa Ari. Aux nouveaux commencements !

Sasha n'eut pas le cœur de lui dire que Nik et elle avaient déjà franchi la ligne de départ.

Elle se força à sourire et leva son verre.

— Aux nouveaux commencements !

21

Bonne chance pour ton rendez-vous !

Nik reçut le SMS de Sasha cinq minutes avant l'heure prévue. Il sourit en rédigeant sa réponse :

Pourquoi aurais-je besoin de chance puisque je t'ai ?

Cela faisait deux jours qu'il ne l'avait pas vue. Depuis que Teresa Price avait sollicité un rendez-vous, toute l'équipe était sur le pont. Deux longues journées passées au bureau, les repas pris sur le pouce : c'était leur façon de procéder quand ils devaient convaincre un client potentiel. L'acquisition de Mad Dash ne serait pas déterminante pour Nexus ; ils avaient déjà engrangé de jolis succès, cette année. Mais ils déployaient la même énergie, quel que soit l'enjeu.

Sasha et lui se parlaient chaque soir. Elle s'était montrée encourageante, voire joyeuse, quand il lui avait expliqué la situation. Oh ! oui, il s'estimait chanceux de l'avoir dans sa vie.

À présent, ils se trouvaient dans la salle de conférences. En quelques clics, ils se connectèrent à l'application de chat vidéo. Teresa Price apparut sur l'écran mural.

— Bonsoir ! lança-t-elle gaiement. Ou plutôt, bonjour. Je m'y perds un peu avec le décalage horaire !

Ils échangèrent des plaisanteries et des banalités avant d'entrer dans le vif du sujet. Nik attaqua avec son entrée en matière habituelle :

— Aujourd'hui, nous souhaitons vous convaincre de travailler avec nous pour vous permettre de développer vos activités au Texas, un marché porteur par excellence.

— Est-ce vrai que vous gérez les relations publiques de Xavier Noble ? demanda Teresa.

Étant donné que Xavier suscitait actuellement le buzz sur toutes les plates-formes de réseaux sociaux, cette question n'étonna pas Nik.

— En effet, répondit Oliver. Xavier Noble figure parmi nos nouveaux clients. C'est un romancier qui a des objectifs précis en termes de carrière.

— Mad Dash promeut une nouvelle forme de commerce aux États-Unis, et nous voulons vous aider à devenir un acteur essentiel dans ce domaine, ajouta Nik.

— Je suis toute ouïe, assura Teresa.

Après une brève description de la situation actuelle de Mad Dash, Nik présenta les marchés sur lesquels la start-up était susceptible de se développer.

— Vous obtenez vos meilleurs résultats dans les banlieues étendues où les courses rapides dans une supérette ou chez un petit artisan deviennent compliquées pour les personnes âgées ou en situation de handicap. Bien sûr, le Texas possède des grandes villes, mais aussi de nombreuses localités, comme Royal, où vos services seraient utiles à la population. Ça s'appelle la microsegmentation.

— Un concept intéressant, convint Teresa. Puis-je vous poser une question ?

— Bien sûr, répondit Nik.

— Êtes-vous le nouveau petit ami de Sasha Ramos ?

Nik était tellement abasourdi qu'il ne savait pas quoi répondre. Indépendamment du fait que la nature de ses relations avec Sasha ne regardait pas cette femme, il hésitait à se présenter comme son petit ami, car ils n'avaient pas encore abordé ce sujet ensemble.

— C'est bien vous l'homme sur cette photo qui a fait la une de tous les magazines ?

Bien sûr, il savait que les tabloïds avaient publié la photo de Sasha et lui sortant du Sheen, mais il ne s'attendait pas que ce sujet personnel soit abordé à l'improviste au milieu de sa présentation.

— Oui. Sasha est une amie.

Le sourire de Teresa révéla une rangée de dents pointues.

— Ce n'est pas très poli de ma part de vous avoir interrompu. Continuez, je vous en prie.

Un silence épais régna dans la salle. Oliver le rompit en prenant le relais, soulignant les nombreux marchés où Mad Dash avait le potentiel de croissance le plus élevé au Texas.

— Une fois que vous aurez couvert ces zones, vous n'aurez pas à attendre longtemps avant que les citadins réclament vos services. Vous savez combien ils détestent se sentir exclus.

Ils rirent, ce qui détendit un peu l'atmosphère, avant que Teresa la plombe à nouveau.

— Sasha...

— Oui ? l'interrompit Nik, tendu.

— *Sasha*, répéta-t-elle avec une satisfaction perverse, vous a chaudement recommandé.

— Vous avez parlé de nous avec Sasha ?

— Oui, répondit Teresa en riant. J'aurais dû le mentionner au début. C'est une vieille amie. Elle m'a vivement conseillé de vous accorder ce rendez-vous. De fait, j'apprécie vos propositions. Elles sont intéressantes, mais *insuffisantes*. Quels autres arguments pouvez-vous mettre en avant ?

À ce stade, Oliver dut prendre le relais. Nik était trop atterré pour se comporter de façon professionnelle. Il était furieux contre cette femme qui se jouait clairement d'eux. À un degré moindre, il en voulait à Sasha de les avoir mis dans cette situation. Elle n'avait jamais montré d'intérêt pour son travail, mis à part des paroles d'encouragement, et voilà qu'elle contactait une vieille amie pour organiser cette réunion ! Il se remémora son SMS : « Bonne chance pour ton rendez-vous. » Celui qu'elle avait planifié en secret ?

— Avec Nexus, vous pourrez compter sur une équipe qui vous guidera sur le chemin d'une croissance durable, dit Oliver.

— C'est ce qu'ils disent tous, fit remarquer Teresa en levant les yeux au ciel.

— Nous savons que le Texas vous intéresse, intervint Nik. Mais il n'est pas monolithique. Selon nous, Mad Dash est susceptible de devenir un acteur essentiel dans les petites localités où le manque de commerces de proximité est le plus criant. Ce serait une stratégie plus habile et plus rentable que de proposer indifféremment vos services à l'ensemble du Texas. Mais si vous préférez parler de ma petite amie...

— Ne soyez pas grincheux ! protesta Teresa. En tant que femme d'affaires, je devais vous pousser dans vos retranchements. J'ai pris note de vos propositions et les communiquerai à notre directrice générale. Elle voudra probablement organiser un rendez-vous avec vous, mais pour le moment, elle est absente et injoignable. Il faudra attendre son retour.

— Entendu, dit Oliver. Merci de nous avoir accordé cet entretien.

— Pour être honnête, déclara Teresa, je vous l'ai accordé uniquement dans l'espoir d'obtenir une invitation de dernière minute au mariage royal. Je suis fan d'Ariana ! Je la connaissais avant qu'elle devienne célèbre. Nous sommes originaires de San Bernardino. Cela dit, vous avez développé des arguments judicieux. Si nous voulons conquérir le Texas – façon de parler ! – nous devrons coopérer avec une société locale. Nous ne manquerons pas de vous contacter.

L'entretien terminé, Oliver décocha un regard interrogateur à Nik.

— Qu'est-ce que tout cela signifie ?

Nik ferma son bloc-notes d'un coup sec.

— Je l'ignore, répondit-il entre ses dents serrées.

— Sasha t'a-t-elle dit...

— Non ! Elle ne m'a *rien* dit !

— Du calme, Nik. Elle a dû intervenir en toute bonne foi. Au fond, nous devrions lui être reconnaissants. Sans elle, nous n'aurions sans doute jamais obtenu ce rendez-vous.

Nik était loin d'être aussi indulgent envers Sasha.

— C'est possible, mais...

— Nous avons été pris au dépourvu, et c'était gênant.

— Elle nous a joué un très mauvais tour ! protesta Nik, ulcéré.

Sasha savait que cet entretien était primordial pour Nexus. Qui plus est, ils s'étaient parlé tous les soirs. Pourquoi diable ne l'avait-elle pas prévenu ?

Nik se leva et rassembla ses affaires. Il devait parler à Sasha.

— Où vas-tu ? demanda Oliver.

— À ton avis ?

— Il serait préférable que tu rentres chez toi, que tu fasses du running ou une autre activité pour te calmer avant de lui parler. Éteins ton téléphone, si ça peut t'aider.

Nik suivit son conseil. Il s'apprêtait à sortir de la salle de conférences quand Oliver le héla :

— Une dernière chose ! Tu as dit à Teresa que Sasha était ta petite amie.

— Vraiment ?

— Oui. C'est officiel ! répondit Oliver en souriant.

Pour une fois, Sasha et Ariana passaient la soirée dans l'appartement. Ari avait allumé une bougie odorante et mis un disque de jazz. Ex était dans une autre pièce, occupé à relire un article destiné à un magazine pour hommes. Assise à la table de la salle à manger, Sasha examinait une collection de rubans, à la recherche de la teinte se rapprochant le plus de celle du lupin bleu.

Elle montra un ruban à Ari.

— Que penses-tu de celui-ci ?

— Trop clair.

Elle lui en présenta un autre.

— Trop foncé.

— Oh ! Seigneur ! marmonna Sasha, agacée.

Elle poursuivit distraitement ses recherches. Nik ne l'avait pas contactée depuis son dernier message : « Pourquoi aurais-je besoin de chance puisque je t'ai ? »

Elle avait tenté de le joindre dans la journée, mais ses appels avaient abouti dans sa boîte vocale. Soit il avait éteint son portable en vue de la réunion et oublié de le rallumer, soit il était trop occupé par la suite à donner à sa discussion avec Teresa. Mais cela ne changeait rien au fait qu'elle ne l'avait pas vu depuis deux jours et qu'elle commençait à oublier la saveur de ses baisers.

Au bout d'une demi-heure, elle finit par convaincre Ari d'accepter un ruban de la couleur du bleuet.

Après le dîner, Sasha déclina la proposition d'Ex de la reconduire à son hôtel en voiture.

— Il ne se trouve qu'à quelques pâtés de maisons, insista-t-elle. L'air frais du soir me fera du bien.

Elle avait dû prendre sur elle pour demeurer d'humeur égale chez sa sœur. Elle ne voulait pas qu'Ari pense que quelque chose clochait entre Nik et elle. Il était simplement occupé par son travail à la suite de l'entretien qu'elle avait organisé en sous-main avec Teresa. Et maintenant, elle en subissait les conséquences.

De retour à l'hôtel, elle vérifia sa messagerie en attendant l'ascenseur. Rien, constata-t-elle, déçue. Les portes d'une cabine s'ouvrirent, et plusieurs personnes en sortirent, dont Nik. Et soudain, les nuages qui avaient assombri son humeur tout l'après-midi se dissipèrent d'un coup.

Sasha se précipita vers lui et le repoussa à l'intérieur de la cabine. Les portes se refermèrent sur eux deux.

— Où étais-tu ? Pourquoi ne m'as-tu pas appelée ?

— Je voulais te parler de vive voix, répondit-il.

Saisissant sa cravate, elle l'attira vers elle et l'embrassa. Elle aurait juré qu'il hésitait quelques secondes avant de lui rendre son baiser. Puis elle oublia tout quand il agrippa ses fesses et qu'il la plaqua contre lui.

Deux jours de séparation, c'était trop ! Ils s'embrassaient et se caressaient fiévreusement quand l'ascenseur s'arrêta à un étage intermédiaire. Sasha s'empressa de pivoter et de rabattre sa minirobe droite en lin blanc tandis que Nik, appuyé contre la cloison du fond maintenait Sasha contre lui, une main sur sa hanche, pour dissimuler son érection.

Les portes s'ouvrirent lentement, et une dame d'un certain âge demanda :

— Vous descendez ?

— Non, répondit fermement Sasha. Nous montons.

— Merci. Bonne soirée, dit la dame.

Quand les portes se furent refermées, Sasha s'affala contre le torse de Nik, soulagée. Il écarta ses tresses pour tracer un sillon brûlant de baisers le long de son cou. Elle exhala un gémissement de plaisir et s'empara à tâtons de la main libre de Nik pour la poser sur sa poitrine. Mais il avait une autre idée en tête. Il souleva l'ourlet de sa minirobe et...

L'ascenseur s'arrêta à l'étage de Sasha. Elle agrippa Nik par le bras et l'entraîna dans sa suite. La porte était à peine refermée que la robe de Sasha gisait sur le sol. Nik se déshabilla en un tournemain, souleva Sasha et l'emmena dans... la cuisine.

Ainsi, ils allaient le faire ici.

Après l'avoir déposée sur le comptoir, il récupéra un préservatif. Elle était tellement consumée de désir que l'attente la rendait folle.

— *Dépêche-toi !*

Il la contempla, le regard assombri par la passion.

— Tu vas m'achever !

Elle enroula les jambes autour de sa taille.

— Voyons cela.

Il s'enfonça en elle, et elle ferma les yeux, parcourue par un long frisson de volupté. Sourd aux suppliques de Sasha, Nik maîtrisait le rythme de ses assauts, leur laissant ainsi le temps de savourer l'embrasement de leurs sens et le déluge de sensations exquises qui déferlait sur eux. Puis, quand la jouissance libératrice s'empara d'eux, elle se dit que cette exquise torture de l'attente valait la peine d'être subie.

Quelques instants plus tard, ils étaient assis sur le sol de la cuisine, sirotant le vin que Nik avait apporté le premier soir. Sasha caressa la joue de Nik.

— Comment s'est passé ton rendez-vous ?

Il soutint son regard sans répondre.

Elle prit alors conscience que Nik n'avait presque rien dit de toute la soirée.

— Quelque chose ne va pas ? demanda-t-elle.

— Pourquoi ne m'as-tu pas dit que tu avais organisé ce rendez-vous avec Teresa ?

— Oh..., murmura-t-elle, atterrée.

Elle se releva lentement.

— Installons-nous sur le canapé. Ce sera plus confortable.

Elle essayait de gagner du temps. Pourquoi ne lui avait-elle *rien dit* ? La question ainsi formulée laissait entendre qu'il y avait eu tromperie de sa part. Or, elle n'avait jamais eu l'intention de lui porter préjudice. Au contraire, elle avait voulu lui rendre service.

Nik se leva à son tour. Le désarroi s'empara d'elle quand elle le vit enfiler son pantalon avant de la rejoindre sur le canapé. Se sentant vulnérable, elle se rendit dans la salle de bains pour mettre son peignoir. Quand elle retourna au salon, Nik avait mis sa chemise. Elle était déboutonnée, laissant entrevoir son torse ciselé, mais avait-il l'intention de partir ?

Décidée à se justifier, elle se posta devant lui.

— C'était censé être une surprise. Je voulais te rendre service pour compenser tous les ennuis que je t'avais causés. Quand tu as parlé de Mad Dash au restaurant, Ariana m'a informée que sa directrice financière était une ancienne amie à moi. C'est ainsi que j'ai eu l'idée de lui glisser un mot en ta faveur.

Le visage de Nik demeurait impassible. De plus en plus nerveuse, Sasha s'assit près de lui.

— Le rendez-vous s'est-il mal passé ?

— Teresa Price a commencé par me demander si j'étais ton petit ami et a terminé en disant qu'elle avait espéré recevoir une invitation au mariage de ta sœur, expliqua Nik. Alors, oui, ça s'est mal passé.

Sasha était sous le choc.

— Je suis désolée. Je pensais qu'elle se montrerait plus professionnelle.

— Ce ne fut pas le cas. Je ne comprends pas comment vous avez pu être amies.

— En réalité, elle était l'amie de Terrence, mon ex-fiancé. Ils sont allés à la même école de commerce.

— Tu as contacté une amie de ton ex-fiancé pour me rendre service ?

— Oui !

— Et tu l'as fait pour compenser tous les ennuis que tu m'as causés ?

— Exactement !

— De quels ennuis parles-tu ?

— Le trajet en voiture depuis l'aéroport, pour commencer ! dit-elle, même si elle était bien en peine de trouver un autre exemple.

— Ce fut un plaisir, Sasha. J'ai été ravi de faire ce trajet avec toi.

— Peut-être. Mais tu aurais pu rouler tranquillement sans que je distraie ton attention de la route par mon bavardage.

— Tu penses vraiment que j'avais envie de tranquillité ?

Cette discussion prenait une mauvaise tournure, songea-t-elle, accablée.

— Nik, je suis désolée que ce rendez-vous se soit mal passé, mais j'ai cru bien faire. Je n'ai pas essayé de te piéger.

Il n'écoutait pas ses excuses et poursuivait son propre raisonnement :

— Tu m'as dit que les amis de ton ex-fiancé t'avaient évitée après l'annulation du mariage.

— C'est vrai, dit-elle avec lassitude. Teresa la première.

— Et tu l'as quand même contactée ?

— Oui ! Pour te permettre de conclure un marché avec sa société ! s'écria-t-elle, exaspérée. N'est-ce pas ce que font les hommes et les femmes d'affaires ?

— Bon sang, Sasha !

Nik était aussi exaspéré qu'elle.

— J'aurais préféré renoncer à cette affaire plutôt que de te mettre dans une situation aussi embarrassante !

Au fond d'elle-même, Sasha comprenait pourquoi il était

furieux. Elle n'avait pas contacté Teresa de gaieté de cœur, tant s'en fallait. C'était sans doute la raison pour laquelle elle n'avait rien dit à Nik.

— Tu t'es donné toute cette peine pour rien, dit-il. Je ne suis même pas sûr de vouloir travailler avec cette start-up. Elle a un fort potentiel de croissance, mais ses dirigeants ne semblent pas sérieux. La directrice générale est absente et injoignable, et la directrice financière n'aspire qu'à être invitée au mariage de ta sœur !

Sasha hocha la tête.

— Je comprends. Surtout, ne te sens pas obligé de poursuivre les discussions avec elle à cause de moi.

— Ne la recontacte plus. Ce n'est pas quelqu'un de bien.

— Oui. Je t'en prie, ne te fâche pas contre moi.

— Je ne...

Nik laissa sa phrase en suspens et soupira. Puis il se leva et reboutonna sa chemise. Sasha le regardait faire, médusée :

— Tu t'en vas ?

— Oui. Je ne veux pas me disputer avec toi. La journée a été longue, et je suis épuisé.

Une bouffée de colère monta au visage de Sasha. S'il était venu pour lui faire l'amour, boire son vin, l'accuser de s'ingérer dans son travail et partir... Eh bien, soit. Elle ne le retiendrait pas. Elle le reconduirait même jusqu'à la porte !

— J'ai parlé de nous à Jonas, dit-elle. Il pense que nous brûlons les étapes.

Nik recula d'un pas.

— Qui est Jonas ?

— Mon psy !

Qu'est-ce qui lui avait pris de prononcer ce mot comme une menace ?

— Tu lui as parlé de moi ? demanda-t-il, stupéfait.

— Oui. Et je commence à croire qu'il a raison quand il dit que nous allons trop vite.

Nik passa une main dans ses cheveux courts.

— Parce que nous avons un désaccord ?

— Parce que tu ne me connais pas ! répliqua-t-elle, ulcérée. Je fonce, tête baissée, je me rends compte tardivement de mon erreur et je fais machine arrière à la dernière minute.

— Que vient faire ton psy dans notre conversation ? Nous parlions de Teresa Price.

— Nous parlons de tout ! cria-t-elle.

Une petite voix intérieure lui soufflait : *Calme-toi, tu vas tout gâcher.* Mais elle était trop remontée pour l'écouter.

— Et pour ta gouverne, il ne s'agit pas d'un *désaccord*, mais d'une dispute. Et tu n'auras pas le dernier mot.

Le choc, le chagrin et la colère se peignirent tour à tour sur le visage de Nik. À sa grande consternation, elle se rendit compte qu'elle avait le mauvais rôle. Elle avait mis Nik en difficulté vis-à-vis de Teresa, elle avait aggravé la situation en lui parlant de Jonas, et maintenant elle allait tout gâcher en lui désignant la porte et en lui demandant de partir.

— Bonne nuit, Nik.

Elle se tassa sur le canapé, dépitée, pendant qu'il cherchait le reste de ses vêtements. Après lui avoir ordonné de partir, elle ne pouvait quand même pas le supplier de rester. Pourtant, elle ne voulait pas qu'il s'en aille fâché. S'ils continuaient à se parler, ils réussiraient à se réconcilier.

— J'ai une question, dit-il.

Sasha bondit sur ses pieds.

— Oui ?

Il enroula sa cravate autour de son poing. D'habitude, il n'en portait pas. Il avait mis tous les atouts de son côté pour que ce fichu rendez-vous soit une réussite, et il avait tourné au fiasco par sa faute à elle.

— Au début, tu disais que c'était ta sœur qui ne voulait pas que nous entamions une relation. Et maintenant, c'est ton psy qui te le déconseille. Quand vas-tu admettre que c'est toi qui ne veux pas de cette relation ? Tu n'as pas besoin de te cacher derrière les opinions d'autrui. Il te suffit de me dire les choses en face.

Cette accusation piqua Sasha au vif.

— Je suis parfaitement capable de m'exprimer en mon nom ! Tu devrais pourtant le savoir.

— Une chose est sûre, tu es spontanée, et ça me plaît. Mais ce que tu as fait là est tout sauf spontané. Tu as contacté l'amie de ton ex-fiancé. Tu as gardé le silence durant deux jours pendant que je préparais activement le rendez-vous organisé par tes soins. Ce n'était pas une attitude spontanée, mais une décision mûrement réfléchie de ta part.

Sasha suffoquait de rage.

— As-tu autre chose à dire ?

— Oui. Je doute que tu aies fait tout cela pour moi.

— Pour quelle raison l'aurais-je fait ?

Sasha criait à nouveau, c'était plus fort qu'elle. Il l'avait poussée à bout. Après tout, peut-être la connaissait-il mieux qu'elle ne pensait.

— Pour renouer avec ton fiancé, ou du moins avec ses amis, répondit-il, fourrant la cravate dans sa poche. Je me dis que si tu ne parviens pas à aller de l'avant, c'est peut-être parce que tu n'en as pas terminé avec lui. Parce que tu l'aimes.

— Si je l'aimais, je l'aurais épousé !

— Pas si tu te crois maudite.

— Sors d'ici ! hurla-t-elle. DEHORS !

Un éclair de chagrin traversa son regard, mais il obtempéra, posant en passant la carte magnétique sur la console.

22

Sasha but au goulot une autre gorgée de vin tiède. Il était 1 heure du matin, et sa colère n'était pas retombée. Si quelqu'un l'observait par la fenêtre de l'hôtel, il verrait une femme échevelée, tournant en rond, buvant et parlant toute seule.

Nik, son protecteur, son preux chevalier, avait *trahi* sa confiance. Elle n'en revenait pas. Comment avait-elle pu se méprendre à ce point sur son compte ? Il pensait qu'elle n'en avait pas terminé avec Terrence ? Ah ! Elle allait lui montrer à quelle vitesse elle en terminerait avec lui ! Tout irait si vite qu'il en aurait le tournis.

Pourquoi le salon tourne-t-il ?

C'était la confirmation qu'ils avaient brûlé les étapes. Où avait-elle eu la tête ? Parce qu'elle avait rencontré un bel inconnu dans l'avion, elle avait cru qu'ils tomberaient éperdument amoureux l'un de l'autre et qu'ils vivraient heureux jusqu'à la fin des temps, comme dans ces fichus contes de fées ?

Pourquoi mon crâne se fend-il en deux ?

En fait, ils s'étaient laissé emporter par l'aventure et s'étaient follement amusés jusqu'à ce que la réalité reprenne ses droits.

Sasha pénétra en titubant dans sa chambre et s'affala sur le lit, la bouteille de vin atterrissant sur la moquette.

Pourquoi mon cœur se brise-t-il en mille morceaux ?

Le lendemain, ces questions continuaient de la tarauder. Elle avait vainement tenté de soigner la douleur dans sa poitrine avec des antiacides. Du moins, elle s'était levée et installée sur le canapé avec une tasse de café en regardant des vidéos, son téléphone à portée de main, au cas où.

Dieu savait combien de temps elle serait restée ainsi si on n'avait pas tambouriné à la porte.

— Une minute ! cria-t-elle.

Elle resserra la ceinture de son peignoir et ouvrit sans hésitation. Il ne pouvait s'agir que de sa sœur.

Ariana eut un mouvement de recul devant son apparence.

— Grands dieux, Sasha ! Que se passe-t-il ?

— Entre et calme-toi.

Comme si Ari pouvait se tenir tranquille ! Elle examina le chaos alentour et se tourna vers Sasha.

— Pourquoi n'as-tu pas répondu à mes messages ? Nous avons rendez-vous à la papeterie, cet après-midi.

— Désolée, mais je ne suis pas en état de t'accompagner.

— Que t'arrive-t-il ?

— Tout est fini entre Nik et moi, et ça me rend malade.

À peine avait-elle prononcé ces mots que la douleur dans sa poitrine devenait plus aiguë. Comme si la vérité avait essayé de se faire jour durant tout ce temps. *Tout est fini. Ça me rend malade.*

— Quand est-ce arrivé ? demanda Ari. Hier, tout allait bien.

Sasha s'affala sur le canapé.

— Quelle importance ?

Ari s'assit à côté d'elle.

— Commence par le début.

Elle en était bien incapable. Il n'y avait plus de début, de milieu ou de fin. Comme si une bombe avait fait voler son cœur en éclats. C'était à cause de Teresa Price que tout était parti à vau-l'eau. Autant commencer par là.

Ari l'écouta et fit la grimace.

— Est-ce vraiment si terrible ? demanda Sasha. Pourtant, j'étais animée des meilleures intentions.

— Ex et moi avons passé un accord : nous évitons de nous ingérer dans la carrière de l'autre et de donner des avis non sollicités. Comment réagirais-tu si je faisais jouer mes relations pour t'obtenir des contrats ?

Sasha le prendrait très mal.

— Mais ça n'excuse pas Teresa, poursuivit Ari. Qui aurait cru qu'elle pouvait se comporter comme une garce ?

Sasha leva une main.

— Moi.

Ari saisit son téléphone.

— Tu sais quoi ? Je supprime son application.

— Non, ne fais pas ça !

— Trop tard, dit Ari en rempochant son portable. Est-ce la seule raison de votre dispute ?

Elles n'avaient pas encore abordé le cœur du problème.

— Non. Nik pense que je n'en ai pas terminé avec Terrence.

— C'est ridicule ! Toute la famille a tourné la page. Comment cette idée saugrenue lui est-elle venue ?

— Il trouve que j'évoque trop souvent mon sentiment de culpabilité et mes regrets sur la façon dont les choses se sont terminées entre Terrence et moi, expliqua Sasha.

Ari réfléchit un instant.

— Il se pourrait qu'il ait raison.

— Ari ! Ne t'avise pas de prendre son parti !

— Calme-toi. Je lui donne raison dans la mesure où il est grand temps que tu tournes la page et que tu ailles de l'avant. Terrence est fiancé, tout de même !

— *Quoi ?*

Heureusement qu'elle était assise, sinon elle serait tombée à la renverse !

Ari la contemplait, étonnée.

— Comment se fait-il que tu ne sois pas au courant ? Tu n'as gardé aucun contact avec tes anciens amis ?

— Non.

Après avoir quitté San Bernardino, désireuse de prendre un nouveau départ, elle avait supprimé et bloqué ses anciens contacts.

— Pourquoi ? demanda Ari. Si je fais une belle carrière, c'est en partie grâce à Dee et...

— Tu oublies que mes amis étaient aussi ceux de Terrence. Nous ne nous sommes pas séparés dans les meilleurs termes.

— Oh ! chérie... Ils ont été durs avec toi ?

— Et après ? Tu vas exercer des représailles contre eux ?

— Pourquoi pas ? répondit Ari. Je suis ta grande sœur. Mon rôle est de te protéger.

— Oublions tout ça. C'est du passé, maintenant.

Sauf qu'elle avait exhumé ce passé avec Nik, et qu'il l'avait retourné contre elle.

— Ainsi, Terrence est fiancé... Je n'en reviens pas !

— Oui. Il a fait sa demande en mariage à Hawaï. Il a publié les photos sur les réseaux sociaux.

— Cette fois, il n'a pas pris sa fiancée au dépourvu lors d'une réception devant tous leurs amis ?

— Sans doute a-t-il retenu la leçon. Maintenant que tu sais qu'il a tourné la page du passé, tu devrais te sentir soulagée d'un grand poids.

— Oui, admit Sasha. Je lui souhaite d'être heureux.

— Bien. Il est temps que tu cesses de te punir et de te croire maudite.

Peut-être ne l'était-elle pas, mais quelque chose clochait chez elle. Nik l'avait compris hier soir. Sa prétendue spontanéité était en réalité un défaut majeur. Elle fonçait sans réfléchir en espérant que les choses tourneraient à son avantage. Et, quand ce n'était pas le cas, elle n'assumait pas ses erreurs. Elle avait intérêt à corriger ce défaut, car sa grande sœur ne viendrait pas toujours à sa rescousse.

Démoralisée, Sasha se tassa un peu plus sur le canapé.

— Merci de me supporter.

— Je t'aime. C'est différent.

Ari ôta ses sandales et posa les pieds sur la table basse à côté de l'ordinateur allumé. Elle fronça les sourcils en voyant le visage de Trick MacArthur figé sur l'écran.

— Cesse de regarder ses vidéos ! Tu ne fais que l'encourager.

— Je croyais que tu avais tourné la page, dit Sasha.

— Mon indifférence n'a duré que deux jours. Je suis à nouveau furieuse contre lui. Je voudrais qu'il disparaisse !

Joignant le geste à la parole, elle réduisit la fenêtre du site web, révélant la photo agrandie de Nik, superbe et sérieux, au Hillside Smokehouse. Les yeux clos, Sasha se remémora ses prunelles mordorées et sa peau satinée luisant au soleil.

Ari poussa une exclamation de surprise.

— Où cette photo a-t-elle été prise ?

— Après l'accident.

— Comment ? Vous avez eu un accident ? Quand ?

— En venant à Royal depuis l'aéroport.

— Pourquoi ne m'en as-tu jamais parlé ?

— Tu te serais fait un sang d'encre.

De fait, Ari avait blêmi.

— Ce voyage a été un véritable enfer ! D'abord, un atterrissage forcé, puis un accident de la route.

— Oui. Ce fut épique, admit Sasha. Mais nous avons survécu.

— Dans ce cas, peut-être pourrez-vous surmonter ce différend entre vous.

Les dernières braises de l'espoir se ravivèrent dans le cœur de Sasha, mais elle s'empressa de les éteindre.

— Va prendre une douche, dit Ari.

— Tu es obsédée par les douches ! Tu l'as remarqué ?

— Une bonne douche chaude te débarrassera de tes pensées négatives, expliqua Ari. Entre-temps, je vais mettre un peu d'ordre et préparer un déjeuner.

— Bonne chance ! Mon réfrigérateur est vide.

— Dieu merci, il y a le *room service*.

Après une douche et un déjeuner, Sasha s'installa devant son ordinateur, non pas pour regarder les vidéos du youtubeur, mais parce qu'elle avait pris un rendez-vous en urgence avec son psy.

Après les salutations d'usage, le Dr Jonas entama la séance.

— Est-ce que tout va bien ?

— Si c'était le cas, je ne vous aurais pas appelé.

— La thérapie ne sert pas qu'à gérer des crises, vous savez.

— Je tâcherai de m'en souvenir.

— Qu'est-ce qui vous perturbe ?

— La situation a changé depuis notre dernier entretien.

Sasha cligna des yeux pour refouler ses larmes.

— Nik et moi avons rompu.

— Je suis désolé de l'apprendre.

— Mais vous disiez que nous allions trop vite et…

— Excusez-moi de vous interrompre, Sasha, mais ce n'est pas ce que j'ai dit.

— Si, insista-t-elle amèrement.

Le Dr Jonas ouvrit son bloc-notes et relut ses notes.

— Je vous ai demandé si le rythme auquel cette nouvelle relation progressait vous convenait. Vous m'avez répondu par l'affirmative tout en admettant que le moment n'était pas idéal. Je vous ai alors dit qu'il n'y avait pas de moment idéal, mais que prendre son temps comportait des avantages.

Évidemment, il avait la preuve de ce qu'il avançait !

— Voici les mots que vous avez utilisés pour décrire Nik : « Il est parfait… Il est merveilleux. »

Le Dr Jonas repoussa son bloc-notes.

— Généralement, quand on utilise ce genre de termes pour décrire une personne, c'est parce qu'on n'a pas approfondi l'étude de son caractère. Rien ni personne n'est parfait, mais vous avez choisi de voir Nik comme tel. Appelons cela un mirage. Vous ne voyez que ce que vous avez envie de voir.

— Une chose est sûre, il n'est pas parfait !

— Voulez-vous me raconter ce qui s'est passé ?

Elle fit de son mieux pour lui relater les événements.

— J'essayais de l'aider, mais il s'est montré d'une telle ingratitude !

— En essayant de l'aider, expliqua prudemment le Dr Jonas, vous l'avez mis, sans le vouloir, dans une position délicate sur son lieu de travail et avec ses collègues.

De fait, Oliver participait à cette réunion. Sasha se massa les tempes, embarrassée.

— Oui, je m'en rends compte, maintenant.

— Que pensez-vous faire ? demanda le Dr Jonas.

— Je suis dans une impasse. Je l'ai flanqué dehors.

— Je vois.

— Il m'a accusée de me cacher derrière les opinions d'autrui, en l'occurrence celle de ma sœur et la vôtre.

— Est-ce ce que vous faites ?

— C'est possible, admit Sasha, mal à l'aise.

— Ses reproches sont justifiés, déclara le Dr Jonas. Est-il demeuré calme et respectueux durant votre dispute ?

Sasha contempla ses mains, le cœur meurtri. Ils ne se seraient pas disputés si elle avait su se maîtriser. Il avait voulu partir pour se calmer, mais elle l'avait très mal pris.

— Avez-vous votre journal ? demanda le Dr Jonas.

Elle le leva pour le lui présenter.

— Je veux que vous écriviez une lettre à votre ex-fiancé pour lui expliquer comment vous avez vécu ces dernières années, avec leurs hauts et leurs bas. Puis vous lui demanderez comment il va.

— Je le sais. J'ai appris que...

— Ce que vous avez appris importe peu. Personne ne sait ce que ressent une personne à moins de le lui demander.

Oh ! oui, il avait raison !

— Écrivez cette lettre. Vous verrez bien ce qu'il en résultera. Nous en parlerons la prochaine fois.

Cher Terrence,

T'ai-je jamais dit que j'étais désolée de ce que j'avais fait ?

Non pas d'avoir mis fin à nos fiançailles, je ne le regrette pas, mais d'avoir accepté de me fiancer avec toi. Tu n'étais pas l'homme qu'il me fallait. Tu ne me donnais pas le sentiment d'être en sécurité, respectée, aimée.

Pendant des années, j'ai vécu avec le poids de ta déception, de la désapprobation de tes parents et du rejet de nos amis communs. J'ai vécu dans la honte, au point de croire que quelque chose clochait chez moi, que j'étais maudite.

Désormais, j'en ai terminé avec tout cela et avec toi.

Malgré tout, je te fais mes amitiés.

Ton ex pour toujours,

Sasha.

23. Rejoins-moi à 7 heures sur le sentier de randonnée.

Nik se trouvait au Royal Diner après une longue et éprouvante journée de travail. Il avait dit à Oliver qu'il n'avait plus envie d'acquérir Mad Dash et il avait été soulagé de savoir que son ami et associé était du même avis.

— Ne penses-tu pas qu'il serait temps de concentrer tes efforts sur la Silicon Valley ? avait demandé Oliver. C'est le secteur d'avenir par excellence.

— Pour l'instant, je ne suis bon à rien, avait-il admis.

— Prends une semaine de vacances. Occupe-toi de choses qui t'importent.

Oliver faisait référence à Sasha, évidemment. Elle était tout ce qui comptait pour lui en ce moment. Il était incapable de conclure une affaire ou d'envisager un avenir sans elle. Cela faisait quatre jours qu'ils ne s'étaient pas parlé, et Nik était forcé d'admettre que sa vie partait à vau-l'eau.

Il était venu dans ce restaurant parce qu'il était empreint du souvenir de Sasha. Il était assis dans la même alcôve qu'ils avaient partagée, devant une pile de pancakes, quand il avait reçu le SMS. Il fixa son téléphone, incrédule, puis repoussa son assiette et demanda l'addition.

Il avait quelque part où aller demain matin.

Tôt le lendemain, Nik roulait en direction de North Cove Park. Il se sentait fébrile. Son cœur tambourinait dans sa poitrine. À son arrivée, le parking était désert. Il accueillit avec reconnaissance la paix qui se dégageait du lieu. Il n'avait pas encore décidé de ce qu'il allait dire.

Puis il aperçut la Mercedes noire qui gravissait la route sinueuse. Quelques minutes plus tard, elle se garait à côté de sa voiture de location.

Ariana porta sa main en visière pour se protéger du soleil. Ce geste lui rappela Sasha sur le bord de la route après l'accident. Parfois, il ne remarquait pas la ressemblance entre elles, mais d'autres fois, comme aujourd'hui, elle était frappante.

— Bonjour, Ariana.

— Bonjour, Nik. Marchons.

Ils suivirent le même sentier qu'ils avaient emprunté tous les trois dans des temps plus heureux. Ariana, peu loquace, avançait, tête baissée. Nik cherchait désespérément quoi dire tandis que le silence s'éternisait entre eux. Finalement, n'y tenant plus, il demanda :

— Comment va-t-elle ?

Ariana lui décocha un regard courroucé.

— Votre rupture la rend malade. Ce sont ses mots.

Le cœur de Nik se serra douloureusement à l'idée que Sasha était seule et malheureuse.

— Quand l'as-tu vue pour la dernière fois ?

— Peu importe. As-*tu* essayé de la voir ?

— Non, je ne serais pas le bienvenu, dit-il tristement. Elle m'a flanqué dehors.

Ariana sursauta, visiblement surprise.

— Je l'ignorais, dit-elle.

— J'étais certain qu'elle avait tiré un trait sur moi.

— Bien sûr que non !

— Vraiment ? demanda-t-il, reprenant espoir. Je camperais devant sa porte si je pensais que ça ferait une différence. Mais elle doute que nous soyons faits l'un pour l'autre.

— Vous vous êtes rencontrés tout récemment. Laisse-lui le temps de la réflexion.

— Nous avons eu une dispute, et elle a saisi cette occasion pour mettre fin à notre relation.

— C'est un mécanisme d'autodéfense. Sasha est très sensible. À vrai dire, vous vous êtes rencontrés au mauvais moment. Elle ne s'était pas encore remise des épreuves qu'elle avait traversées.

Nik trouvait cet argument spécieux. Les circonstances dans lesquelles ils s'étaient rencontrés étaient exceptionnelles, uniques en leur genre. Ce n'était pas comme s'il était entré dans un bar et qu'il l'avait draguée. Leurs vies étaient véritablement entrées en collision.

— Mais je te rassure, elle a définitivement tourné la page de Terrence, déclara Ari.

— Elle t'en a parlé ?

— Un peu. Je comprends que tu aies des doutes à ce sujet. Si je suis ici aujourd'hui, c'est pour les lever. Sasha n'a jamais été amoureuse de Terrence, c'était le problème. Leur relation aurait dû mourir d'une mort naturelle. À la place, Terrence l'a relancée en demandant Sasha en mariage. Leur rupture s'est mal passée, et Sasha n'a pas supporté le chagrin et l'humiliation qu'elle a causés à Terrence. Depuis ce jour, elle est accablée de remords. Au lieu de se raccrocher à un mythe, comme la malédiction familiale, elle s'en veut d'avoir fait du tort à Terrence.

Ils arrivèrent au bord de la falaise surplombant la carrière. Ariana fit face à Nik.

— Es-tu prêt à te battre pour elle ? demanda-t-elle. Si ce n'est pas le cas, dis-le-moi maintenant. Nous n'en parlerons plus jamais.

Nik contemplait la pierre rose luisant au soleil matinal.

— J'étais persuadé que tu ne voulais pas que nous soyons ensemble.

— Allons, Nik. J'ai vu la façon dont elle te regardait ce premier soir et j'ai su qu'elle était amoureuse de toi. Tout ce que je voulais, c'était qu'elle prenne son temps, qu'elle soit attentive à l'évolution de votre relation et qu'elle y croie. Alors, maintenant, je te le demande, quels sont tes sentiments envers Sasha ?

— Je l'aime.

Cela lui paraissait la chose la plus naturelle au monde. Pourquoi diable ne l'avait-il pas dit à Sasha ?

— Oh ! s'exclama Ariana. Je ne m'attendais pas à ça.

— Je ne sais pas à quoi tu t'attendais, mais je suis éperdument amoureux d'elle et ma vie part à vau-l'eau sans elle.

Ariana arbora un large sourire.

— Maintenant, il ne me reste plus qu'à vous rabibocher.

Elle glissa son bras sous celui de Nik et l'entraîna sur le chemin du retour.

— Élaborons un plan, dit-elle.

Nik n'avait pensé qu'à cela depuis leur séparation.

— J'en ai déjà un.

— Parfait, répondit-elle. Alors, réfléchissons à la façon de le rendre encore plus grandiose.

— Tu n'es pas obligée de faire ça.

— Si ce plan fonctionne, je serai aussi ta grande sœur.

— Je suis plus âgé que toi.

— Peu importe. Tu devras t'y faire, j'adore mener mon petit monde à la baguette.

24

— Nous adorons votre article sur l'atelier de fumaison ! s'exclama au téléphone Roxanne, directrice de la rédaction au magazine culinaire *Table for two*. Au point que nous envisageons de le faire paraître dans notre numéro de juillet plutôt que sur notre blog.

— J'en suis ravie !

Sasha était sortie de la papeterie pour prendre l'appel pendant qu'Ari examinait les modèles de cartes de remerciements et les différentes polices de caractères.

— Nous avons besoin d'élargir nos centres d'intérêt et laisser de côté les chefs célèbres du Michelin, poursuivit Roxanne. Hillside Smokehouse évoque parfaitement le mode de vie simple, typique de nos campagnes. Qui plus est, vos photos sont incroyables ! L'une d'elles, en particulier, pourrait faire une excellente couverture.

— Je suis partante !

— Parfait. Nous avons contacté la propriétaire de l'atelier, et elle aussi est partante.

Bien sûr, comme tous les journalistes, Sasha était ravie de voir ses photos en couverture d'un magazine, mais pour l'instant elle était prête à accepter n'importe quel job pour occuper son temps. Elle n'avait plus de nouvelles de Nik depuis son départ de l'appartement. Les journées étaient longues et vides sans lui, et les nuits déprimantes.

— Nous aurons besoin de photos supplémentaires, déclara

Roxanne. La grange est charmante, mais ce ne sera pas suffisant. Il faudrait montrer Donna à l'œuvre, si elle accepte, présenter ses spécialités. Avec éventuellement une photo de votre sœur et de son futur mari en train de déguster les produits maison.

— Non. Pas de photo de ma sœur et de son fiancé.

C'était toujours la même chose. Tout le monde voulait une photo d'eux ou un article les concernant. Si la proposition de Roxanne était une simple ruse pour que le couple figure sur la couverture, Sasha déclinerait l'offre.

— Entendu, répondit aussitôt Roxanne.

— Êtes-vous toujours intéressée par cet article ?

— Absolument ! Comprenez-moi, en tant que directrice de la rédaction, je me devais de poser la question.

— Pour que les choses soient claires, l'article et les photos concerneront uniquement Donna.

— Oui. Cependant, je me permets de souligner que la présence de votre sœur donnerait un coup de projecteur sur cet atelier peu connu du grand public.

— La réponse est toujours non, déclara Sasha. Je refuse d'exploiter ma famille.

— Dans ce cas, discutons des détails pratiques. Comme il nous reste peu de temps avant la parution de notre numéro, vous devrez nous soumettre rapidement vos photos.

— Ça me convient.

Plus vite, elle se mettrait au travail, mieux ce serait.

Après avoir raccroché avec Roxanne, elle retourna dans la boutique par la porte de derrière. Ari et elle ne prenaient plus de risque. Ari était redevenue aussi paranoïaque qu'avant. Moins Trick MacArthur engrangerait d'informations, mieux ce serait.

Pendant qu'Ari terminait son entrevue avec le calligraphe prénommé Dennis, Sasha examina les différents papiers à lettres.

La nuit dernière, incapable de fermer l'œil, elle avait décidé d'écrire une lettre d'excuse à Nik. Elle regrettait amèrement leur dispute. Certes, elle avait eu le dernier mot, mais à quel prix ? Elle n'était pas dans son état normal, ce soir-là. Ou plus exactement, elle avait été une version détestable d'elle-même, dont elle s'efforçait de se débarrasser. Et elle voulait que Nik le sache.

Il était merveilleux, mais il n'était pas parfait, et elle non plus. Cela étant, il était le partenaire parfait pour elle.

Ari se leva, le sourire aux lèvres.

— J'en ai terminé ici. Je suis enchantée de mon choix.

— Vous m'en voyez très heureux, madame Ramos, déclara Dennis. Je vous remercie d'avoir choisi notre papeterie.

— Je vous en prie. Je posterai des photos de mes cartes sur les réseaux sociaux en mentionnant votre magasin.

Puis elle se tourna vers Sasha

— On y va ?

— Attends, répondit Sasha. J'ai un achat à faire.

Tout en raccompagnant Sasha à son hôtel, Ari la questionna au sujet de l'appel qu'elle avait reçu.

— Comment ça s'est passé ?

— Très bien. J'avais envoyé un article à un magazine culinaire. Une de mes photos pourrait paraître en couverture.

Ari poussa une exclamation de joie.

— Une nouvelle couverture ? C'est formidable !

— Roxanne a besoin d'autres photos rapidement, expliqua Sasha. Je contacterai Donna pour fixer le jour qui lui convient.

Après un instant de silence, Ari demanda :

— S'agit-il du restaurant où tu as pris cette photo de Nik ?

Sasha détourna le regard.

— Oui.

— Intéressant...

— Pourquoi ? répliqua Sasha.

— Oh ! pour rien.

Ari s'arrêta devant l'hôtel dont la façade vitrée miroitait au soleil printanier. Sasha hésita un instant avant de demander :

— Est-ce qu'Ex et toi accepteriez de donner un coup de pouce à Donna ?

— À quoi penses-tu ?

— À une photo de vous deux lors d'un pique-nique romantique chez Donna. Elle susciterait le buzz sur Internet et ferait connaître son atelier.

— Ce serait toi qui prendrais la photo ?

— Bien sûr. Qui d'autre ?

— Entendu. Mais il faudrait la faire rapidement. Ex n'aura pas un moment de libre la semaine prochaine.

— Je verrai avec Donna si ça lui convient.

Sasha était soulagée. Convaincre Ari avait été plus facile qu'elle n'aurait cru. Qui plus est, elle devait bien cela à Donna.

— Je te remercie de me rendre ce service.

— Tu plaisantes ! Une photo romantique dans une grange charmante avec ma sœur derrière l'objectif, c'est le rêve !

Une fois seule dans sa suite, Sasha décida de prendre un autre risque. Elle s'assit à table et écrivit un mot sur le papier à lettres qu'elle venait d'acheter :

Nik,

Tu as dompté mon cœur rebelle. Tout ce que je veux, c'est rentrer à la maison.

Je frappe à la porte. S'il te plaît, laisse-moi entrer.

Sasha.

25

Le salaud !

À peine avait-elle remis sa lettre au concierge de Nik qu'elle l'apercevait rentrant chez lui, élégant dans son costume sombre, le col de sa chemise ouvert, le téléphone collé à l'oreille, bavardant avec animation, riant par moments, comme s'il n'avait pas le moindre souci.

Le cœur de Sasha se serra douloureusement.

Elle s'aplatit contre la façade du bâtiment en face de son immeuble, priant le ciel pour que les grandes branches d'un chêne la dissimulent à la vue de Nik. Elle vérifia l'heure en ce vendredi soir : 18 h 30. Il devait rentrer du travail. Peut-être allait-il se changer pour retrouver la personne avec qui il bavardait. Peut-être dînerait-il avec une femme excitante, une autre rebelle qu'il aurait prise dans ses filets. Quoi qu'il en soit, il récupérerait sa lettre, la lirait et… rirait ?

Cette pensée lui glaça le cœur. Qu'est-ce qui lui avait pris de coucher ces mots sur le papier ? *Tout ce que je veux, c'est rentrer à la maison. Je frappe à la porte. S'il te plaît, laisse-moi entrer.* C'était à croire que l'accident lui avait endommagé le cerveau !

Il était trop tard pour récupérer sa lettre. Sasha n'avait d'autre choix que de rester là, impuissante, et de surveiller Nik à travers les portes vitrées au moment où il pénétrerait dans son immeuble. De fait, il écarta son téléphone de son oreille, prit l'enveloppe, puis la glissa sans la regarder dans la poche intérieure de son blazer et s'éloigna.

La petite voix de la raison, qui ressemblait étrangement à celle du Dr Jonas, lui soufflait : *Tu réagis avec excès. Il est peut-être au téléphone avec son chiropracteur ou, plus vraisemblablement, avec sa cousine en Italie.*

Un sanglot s'échappa de sa gorge. Bientôt, un torrent de larmes noya la voix de la raison. Quelqu'un lui demanda si elle allait bien. Manifestement, ce n'était pas le cas.

Le lendemain matin, Sasha eut la confirmation de ses craintes : Nik ne l'avait pas contactée. Il n'avait pas frappé à sa porte avec un bouquet de fleurs et ne lui avait pas écrit une lettre touchante. Celle de Sasha devait encore se trouver dans la poche de sa veste, et la veste en route pour la teinturerie. Au fond, c'était mieux ainsi.

Sasha se redressa dans son lit et écarta son oreiller humide de larmes. Il était temps qu'elle se ressaisisse. N'était-elle pas la sorcière de la vallée de San Bernardino ? Elle n'allait pas passer son temps à pleurer pour un homme qui n'en valait pas la peine.

Dans la salle de bains, elle s'aspergea le visage à l'eau froide et se lava les dents avec plus de vigueur que nécessaire. Puis elle libéra ses tresses du chouchou en soie. Maintenant, elle se sentait beaucoup mieux.

Elle contacta Donna pour fixer la date de la séance de photos. La seule qui lui convenait était lundi.

— C'est notre jour de fermeture hebdomadaire. Ce sera plus facile ainsi.

— Vous avez raison.

Ari et Ex pourraient déambuler à leur aise dans la propriété.

— Quand je me suis arrêtée pour vous aider, les tourtereaux, je ne m'attendais pas à être récompensée de ma bonne action par un reportage dans *Table for two* ! remarqua Donna, ravie. C'est amusant, quand on y pense.

À l'évidence, Sasha avait choisi le mauvais projet pour chasser Nik de ses pensées, songea-t-elle, mélancolique. La vieille grange lui rappellerait leur premier repas ensemble, leur première conversation sérieuse, leur premier baiser sur le parking… Donna les appelait les « tourtereaux ». Une énergie mystérieuse avait vibré entre eux. Où était-elle passée ?

Avec le recul, il y avait eu des signaux d'alarme. Elle avait attribué leur rupture à leur violente dispute. Cependant, Nik l'avait évitée pendant plusieurs jours, soi-disant pour préparer son rendez-vous avec Mad Dash. Mais qu'en savait-elle, en réalité ? Elle se souvenait de la rapidité avec laquelle il s'était rhabillé, comme s'il était pressé de partir, après lui avoir fait l'amour dans la *cuisine*, qui plus est ! Elle avait simplement choisi d'ignorer ces signaux. Pourquoi ? Parce qu'il l'avait aidée à garder son sang-froid durant leur vol mouvementé ? Cela faisait de lui un bon samaritain ou un bon citoyen, mais pas un petit ami idéal ou un partenaire pour la vie. Il méritait une médaille, mais pas son cœur.

Allons. Il était temps de tourner la page.

Après avoir confirmé la date et l'heure de la séance photos à Ari, elle envoya un mail à Roxanne pour l'informer que Hillside Smokehouse bénéficierait du soutien d'Ariana Ramos et de Xavier Noble. La seule exigence du couple était de ne pas apparaître sur la couverture.

Elle passa l'après-midi à préparer son matériel. Puis elle se sentit à nouveau découragée et déprimée en voyant que Nik ne se manifestait pas de tout le week-end.

Le lundi matin, Ari, Sasha et Ex au volant prenaient la route pour se rendre au Hillside Smokehouse. Trois heures plus tard, le système de navigation leur indiquait de tourner à gauche sur une route étroite que Sasha connaissait bien. Ari avait relevé le pare-soleil pour mieux admirer la vue.

— C'est magnifique !

La vieille grange se dressait au loin, sa façade d'un rouge délavé tranchant sur les champs de céréales d'une jolie teinte mordorée. La beauté du site ne lui avait pas échappé la première fois et lui avait donné envie de prendre ces photos initiales. Cette fois, le but de sa visite serait de capter la grâce silencieuse du lieu, songea-t-elle, le cœur meurtri.

— Dire que je n'ai jamais entendu parler de cet endroit ! s'exclama Ex. La nourriture est-elle bonne, Sasha ? À moins que le décor ne fasse illusion ?

— Xavier ! protesta Ari.

— Je me renseigne, c'est tout.

— La nourriture est excellente, le rassura Sasha. Tu ne regretteras pas d'être venu.

— Le lieu vaut le détour, intervint Ari. Et je souhaite que notre mariage attire l'attention sur la beauté de ces endroits méconnus.

Ils contournèrent le parking et s'arrêtèrent devant la maison. Donna sortit pour les accueillir. Elle arborait une robe blanche en broderie anglaise. Ses cheveux tirés en une queue-de-cheval sur la nuque dégageaient son beau visage et mettaient en valeur ses yeux d'un bleu éclatant.

— Vous êtes ravissante ! s'exclama Sasha.

— Peut-être. Mais personne ne croira que je cuisine dans une robe aussi chic.

Elle avait raison.

— Je vous propose de commencer par des photos de vous dans cette robe, dehors, avec la grange à l'arrière-plan. Puis, vous enfilerez votre tenue habituelle quand nous serons dans la cuisine.

Donna poussa un soupir de soulagement.

— Je suis contente de faire ces photos avec vous.

— Merci, dit Sasha. Permettez-moi de vous présenter Ariana, ma sœur, et Xavier, son fiancé.

Donna les accueillit avec une chaleureuse accolade.

— Je suis très honorée de votre présence ici. Nous vous avons préparé un assortiment de nos spécialités pour vous aider à passer la journée.

— Il ne fallait pas vous donner cette peine, dit Ex d'un ton qui ne trompa personne.

— C'est la moindre des choses.

Sasha se tourna vers Ari et Ex.

— Je vais à l'intérieur pour faire quelques repérages. Entre-temps, changez de vêtements.

— Entendu, répondit Ex en se dirigeant tout droit vers une table chargée de produits appétissants.

Sasha pénétra dans la cuisine qui ne ressemblait plus du tout à ce qu'elle avait vu la première fois. Voyant son embarras, le neveu adolescent de Donna, son assistant pour l'occasion, lui demanda s'il y avait un problème.

— La pièce est trop ordonnée, expliqua-t-elle. Nous allons disposer quelques casseroles en cuivre sur le comptoir.

— Oui, m'dame.

Quand ils eurent fini, elle lui demanda d'ouvrir certaines fenêtres et d'en fermer d'autres pour un meilleur éclairage.

— Cette fois, ça me paraît bien, dit-elle. Allons voir si les autres sont prêts.

Ari et Ex discutaient avec Donna dans la grande salle à manger. Ils avaient changé de vêtements. Ari était splendide dans une robe aux motifs cachemire et des espadrilles. Sur les conseils de son amie Dee, elle avait emporté plusieurs tenues de rechange bien que le magazine ait proposé les services d'une styliste.

Xavier était également superbe dans un costume marron à la coupe impeccable, un stetson et des bottes assortis. Sasha en était sûre, les photos seraient très réussies.

Donna les quitta pour aller chercher ses parents, les fondateurs du restaurant, qui figureraient aussi sur les photos. Ex en profita pour approcher une chips garnie de guacamole de la bouche d'Ari, et Sasha saisit son appareil et prit la photo. Le déclic fit sursauter Ari.

— Eh ! C'est injuste ! Tu ne nous as même pas prévenus !

— Ne vous occupez pas de moi. Je prends quelques clichés sur le vif pour vous habituer à ma présence.

— Bien sûr ! Comme si tu risquais de passer inaperçue avec ton objectif télescopique !

Le couple rit, et Sasha continua de les mitrailler.

Puis elle demanda à l'assistant de Donna de la conduire sur le site du pique-nique.

— En fait, intervint Ari, nous avons changé d'avis. Il n'y aura pas de pique-nique.

— Mais je pensais que cette idée vous plaisait ! s'exclama Sasha, déçue.

— Elle est excellente, mais la photo ressemblerait trop à celle de nos fiançailles en Italie. Qui plus est, elle serait trop apprêtée, comme si nous essayions de mettre en scène notre amour, ce qui n'est pas le cas. Nous préférons des photos plus naturelles dans ce décor champêtre.

— Oh ! Sasha ne semble pas ravie, intervint Ex en reprenant une chips au guacamole.

— Évidemment ! Vous me prenez au dépourvu !

— Calme-toi, déclara Ari. Voici ce que je propose : Ex et moi rejoindrons Donna dans la cuisine. Elle nous montrera quelques recettes simples pour que nous ne mourions pas de faim durant la première année de notre mariage. Car aucun de nous deux ne sait cuisiner.

— Nous survivons grâce à la vente à emporter, précisa Ex.

— Je m'en suis aperçue ! déclara Sasha.

— Que penses-tu de mon idée ? demanda Ari.

— Elle n'est pas mauvaise.

— Je suis une raconteuse d'histoires, Sasha. Mes idées sont bonnes !

— Je devrai enlever mon chapeau ? s'enquit Ex, déçu.

Certes, il était un Texan pur jus, mais la panoplie de cow-boy n'était pas vraiment son style.

— Garde-le pour l'instant, dit Sasha. Il te va bien.

Elle commença par prendre quelques photos de Donna avec ses parents, puis d'Ex et Ari sur le perron. Avant que la lumière décline, ils s'installèrent dans la cuisine. Là, Donna enfila son uniforme habituel, et Ex ôta son chapeau, sa veste et roula les manches de sa chemise sur ses avant-bras.

Rejoindre Donna dans la cuisine était une idée de génie, reconnut Sasha. Donna était à l'aise et ravie d'être aux commandes. Cela se ressentait sur les photos. Elle montra au jeune couple comment préparer la recette familiale par excellence de poulet frit avec divers accompagnements, notamment la salade de pommes de terre.

Sasha se concentra sur sa tâche, reléguant les fantômes à l'arrière-plan de son esprit. Elle travaillait en paix, capturant les rires, les plaisanteries et la joie de cuisiner ensemble. Puis ils s'assirent autour d'une grande table en bois pour savourer le déjeuner. Sasha n'oublierait jamais cette journée. Après tout, le but de sa visite à Royal n'était-il pas de resserrer les liens avec sa sœur et son futur beau-frère, et de se forger des souvenirs communs ?

Ari sortit pour prendre un appel. Quand elle retourna dans la cuisine, elle fit un petit signe à Xavier. Faisant semblant de ne rien remarquer, Sasha se resservit une part de tourte aux pêches.

— La séance de photos est-elle terminée ? demanda Donna. Peut-on débarrasser le décor du pique-nique ?

— Le décor ? s'étonna Sasha.

— Oh ! oui. Nous avions fait les choses en grand dans la gloriette en mettant nos assiettes en porcelaine. Elles viennent du marché aux puces, mais elles sont très belles.

Sasha posa sa cuillère.

— Il y a une gloriette sur la propriété ?

— Oui, à côté du potager. Mais il faut marcher un peu.

— J'aimerais beaucoup la voir, dit Sasha en se levant de table. Qui veut m'accompagner ?

— Pas moi, déclara Ex. j'ai trop mangé. Mais vas-y. Il y a sûrement de belles photos à prendre.

Ari secoua la tête.

— Cuisiner m'a épuisée.

— Je vous aurais bien accompagnée, mais il faut que je débarrasse ici, dit Donna.

— Alors, indiquez-moi le chemin.

Donna la fit passer par la porte de derrière et lui montra un sentier formant une courbe.

— Suivez-le. Il vous mènera à la gloriette.

— Accepteriez-vous de poser là-bas, tout à l'heure ?

— Nous verrons si le décor vous plaît.

Son appareil en bandoulière, Sasha suivit le sentier en poussant un caillou du bout du pied.

En observant Ari et Ex aujourd'hui, elle avait pris conscience qu'elle voulait vivre un amour comme le leur. C'était passionnant de les voir travailler ensemble, tendres et attentifs, respectueux l'un de l'autre. Elle rêvait d'un vrai partenariat avec un homme qui embellirait sa vie. Elle avait cru que Nik pourrait être cet homme. Hélas, elle était forcée d'admettre qu'elle s'était trompée. Un constat ô combien douloureux. Cependant, elle ne perdait pas espoir. Sa mère et sa grand-mère avaient fini par trouver l'amour et le bonheur. Alors, pourquoi pas elle ?

Elle avisa la gloriette. De la vigne vierge grimpait autour de la structure en fer peinte en blanc, lui procurant un cachet romantique. La vue était si belle, avec le sentier, la gloriette et le bosquet à l'arrière-plan que Sasha décida de prendre une photo d'ensemble. Elle cadra l'image et… elle l'aperçut.

Nik se tenait sur la marche, splendide dans son jean et son T-shirt noirs, un bouquet de tulipes blanches à la main.

En proie à une vive émotion, elle lâcha son appareil-photo heureusement retenu par une lanière. Elle fit quelques pas en avant. Nik ne la quittait pas des yeux, ses prunelles mordorées chargées d'intensité. Elle s'arma de courage pour résister à son magnétisme sensuel.

— Que fais-tu ici ? demanda-t-elle.

— Je t'attendais.

— Vraiment ?

Il descendit une marche.

— Pouvons-nous parler, s'il te plaît ?

— Parler de quoi ? Tu crois peut-être qu'il te suffit de surgir de nulle part, élégant et charmeur, pour me séduire ?

— C'était mon plan, admit Nik. Pas de paraître élégant et charmeur, mais perdu et désespéré.

— Allons donc. Tu n'es ni l'un ni l'autre. Je t'ai vu l'autre soir. Tu étais joyeux et tu riais.

Nik posa ses fleurs sur la marche et s'avança lentement,

comblant la distance entre eux. La senteur fraîche de son eau de Cologne l'enveloppa aussitôt, titillant ses sens.

— Je ne comprends pas. Où et quand m'as-tu vu ? Je ne suis allé nulle part.

— Le soir où j'ai déposé ma lettre, dit-elle.

— Vendredi ?

— Oui, vendredi.

C'était la confirmation qu'il l'avait lue et qu'il avait choisi de ne pas lui répondre.

— Tu m'étonnes, Sasha. Ce jour-là, j'ai travaillé tard, puis je suis rentré directement et j'ai commandé à dîner. Où m'as-tu vu ?

— Dans la rue. Je venais de remettre ma lettre à ton concierge et je t'ai vu rentrer chez toi. Tu étais au téléphone, tu riais, comme si tu n'avais aucun souci, alors que je…

Elle laissa sa phrase en suspens, incapable de poursuivre. Elle préférait mourir que d'admettre qu'elle se tenait de l'autre côté de la rue, pleurant à chaudes larmes.

— Oh ! Sasha…

Elle percevait son envie de la toucher, mais il n'en était pas question. Elle voulait des réponses. S'il s'était présenté à sa porte vendredi soir avec un bouquet de fleurs, elle se serait jetée dans ses bras. Mais plus maintenant. Au fil des jours, son cœur s'était endurci… Du moins, le croyait-elle.

Nik sortit son téléphone et commença à faire défiler des pages. Quand il trouva ce qu'il cherchait, il sourit.

— Était-ce vers 18 h 30, vendredi ?

Elle haussa les épaules avec une désinvolture feinte. C'était l'heure exacte, mais elle s'abstint de répondre.

Il lui tendit son portable avec l'historique des appels.

Vendredi : 16 h 10 NUMÉRO INCONNU (APPEL MANQUÉ)

Vendredi : 18 h 23 ARIANA RAMOS

— Ari t'a appelé ?

Soudain, tout s'éclairait. Quelqu'un avait prévenu Nik qu'elle se trouverait ici, aujourd'hui. Ils étaient tous de mèche, y compris Donna ! Ce pique-nique à la gloriette était un piège.

— Ari et moi avons randonné, vendredi matin.

— Vous êtes amis, maintenant ? demanda-t-elle, abasourdie.

— Plus exactement, des conspirateurs. Je n'étais pas sûr que tu veuilles me revoir. Puis ta sœur m'a contacté et m'a redonné espoir.

— C'est *moi* qui t'ai redonné espoir, Nik ! s'exclama-t-elle, outrée. Chaque terme de ma lettre était chargé d'espoir. Ne l'as-tu pas lue ?

— Bien sûr que si.

— Et tu pensais que venir me trouver trois jours plus tard avec des fleurs était la réponse appropriée ?

— Si tu crois que c'était facile pour moi d'attendre pendant ces trois jours interminables, tu me connais mal !

Sasha lui rendit son téléphone.

— Explique-toi.

Elle brûlait d'envie de se jeter dans ses bras et de se réconcilier avec lui, mais elle avait besoin d'une explication logique de sa part pour éclaircir toutes les zones d'ombre.

— J'étais au téléphone quand le concierge m'a remis ta lettre, dit-il. Il ne m'a pas précisé qui la lui avait donnée, et je ne le lui ai pas demandé. Ta sœur et moi échafaudions un stratagème pour te faire venir jusqu'à cette gloriette. Je ne l'ai lue qu'hier soir, et il était trop tard pour te contacter.

Nik hésita avant de lui prendre la main.

— C'était mon idée de te faire venir ici. Mais je ne savais pas comment m'y prendre, à moins d'engager quelqu'un pour te kidnapper. Vendredi soir, ta sœur m'a appelé pour me parler de la séance de photos. À propos, je suis si fier que tu aies décroché ce job ! Tu es tellement talentueuse. J'aurais beaucoup aimé te voir travailler.

Sasha l'aurait volontiers embrassé, mais elle tint bon.

— Merci, dit-elle. Continue.

— Si je riais, ce soir-là, si je semblais heureux, c'est parce que tout se mettait en place. J'allais pouvoir te dévoiler mes sentiments à l'endroit même où j'étais tombé amoureux de toi.

Cette fois, Sasha n'y tint plus. Elle se jeta dans ses bras, et ils roulèrent dans l'herbe en riant et en s'embrassant.

— Je t'aime, murmura-t-elle en savourant son baiser.

Nik la cloua sur le dos.

— Ma beauté rebelle… C'est moi qui ai désespérément envie de rentrer à la maison. Je suis désolé de t'avoir bouleversée à cause de quelque chose qui n'en valait pas la peine. J'aurais pu te perdre.

— Oh ! non ! Je t'avais capturé, ce premier jour. Tu étais à moi.

— Ce fut un jour béni.

Elle rit.

— Tu réécris l'histoire à ta manière.

— Chérie, je rêve d'un avenir avec toi. D'une vie pleine d'aventures.

— Moi aussi. Je le souhaite de tout mon cœur.

— Cette conversation est peut-être prématurée, mais je te promets de ne jamais te demander en mariage, dit-il. Je ne veux pas te mettre à nouveau dans cette position délicate.

Sasha releva le menton d'un air de défi.

— Et si c'était moi qui te demandais en mariage ?

Nik lui décocha ce sourire ravageur qui mettait tous ses sens en émoi.

— Tu veux dire que tu serais prête à demander ma main ?

— Oui, Nik. Pourrais-tu l'envisager ?

— Oh ! Sasha, comment pourrais-je dire non ? Je suis tombé sous ton charme et je veux passer ma vie à t'aimer.

YAHRAH ST. JOHN

Les braises de la passion

PASSIONS

HARLEQUIN

Titre original :
A GAME BETWEEN FRIENDS

Prologue

— Quel bonheur de t'avoir avec nous ce soir ! s'exclama Angélique en saluant l'arrivée de son fils Xavier dans la loge présidentielle du stade d'Atlanta.

Ses frères et sœur, Roman, Julian et Giana, étaient déjà installés pour assister au match. Sa belle-sœur Shantel était assise près de son époux.

— Bonsoir, maman, répondit le jeune homme avant de l'embrasser tendrement.

Elle recula d'un pas pour observer fièrement la tenue simple mais très soignée qu'il arborait toujours pour ce genre d'événement. Jean sombre, chemise blanche impeccable, boutonnée jusqu'au col, et baskets Jordan. Son emploi du temps très chargé de reporter sportif lui accordait rarement le loisir de regarder un match en tant que simple spectateur. Ce soir, il était heureux de profiter du confort de la tribune familiale. Il prit place dans un des fauteuils moelleux disposés sur l'épaisse moquette, à quelques mètres du bar qui occupait le mur du fond.

Joueur de football prometteur, Xavier avait été contraint d'abandonner sa carrière, trois ans auparavant, en raison d'une méchante blessure. L'accident avait sonné le glas de ses rêves d'adolescent et il ne s'était jamais remis de sa déception. L'échec avait cruellement blessé son ego, déçu les attentes de son père et détruit les chances de son équipe de remporter le championnat. Violemment plaqué au sol, victime d'une déchirure du ménisque invalidante, il avait été évacué du terrain sur une civière. Un souvenir cruel qui le hantait encore aujourd'hui.

— Tu n'es pas à l'antenne, ce soir ? s'étonna son père en le rejoignant. J'espère que la direction de la chaîne ne t'a pas renvoyé.

Josiah Lockett avait fait jouer ses relations pour lui offrir son poste de journaliste.

— Aucun problème avec la chaîne, répondit Xavier. J'ai accumulé tant d'heures supplémentaires que la direction m'a accordé un congé exceptionnel.

— De toute façon, tu n'as aucun souci à te faire. Si les choses tournent mal, il y aura toujours une place pour toi parmi les entraîneurs de l'équipe.

C'était une des obsessions de Josiah. Faire revenir son fils dans l'équipe des Cougars. Il ne manquait jamais une occasion d'évoquer le sujet.

— Un verre ? suggéra Julian en volant au secours de son frère.

— Avec plaisir, approuva Xavier avec soulagement.

Il avala une longue gorgée de whisky pour se détendre. L'ambiance du stade faisait remonter en lui une cohorte de souvenirs douloureux.

— Les joueurs vont bientôt entrer sur le terrain, observa Angélique. Je vais demander au personnel de servir les canapés.

Les deux frères échangèrent un clin d'œil complice. Habituellement, ils grignotaient des ailes de poulet, des nachos et des frites, et buvaient des bières en regardant les matchs à la télévision. Une nourriture bien éloignée des exigences de leur mère.

— Qu'est-ce que vous mijotez tous les deux ? demanda Giana en se levant pour les rejoindre.

La jeune femme portait une combinaison en jean, serrée à la taille par une large ceinture. Un chignon décoiffé dégageait son beau visage légèrement maquillé.

— Julian m'a épargné le laïus de papa sur les avantages du poste d'entraîneur, répondit Xavier.

— Tu ne perds rien pour attendre, lui promit sa sœur. Quand il a une idée en tête, il ne renonce jamais. Je suis bien placée pour le savoir.

— Tu veux parler de son entêtement à obtenir le sponsoring de Wynn Starks ? glissa Julian.

Giana approuva d'un signe de tête.

— Il me harcèle avec cette histoire depuis des mois. Heureusement, je suis à deux doigts de satisfaire son caprice.

Leur attention se porta sur la voix qui s'élevait dans le micro pour présenter les deux équipes. Quand arriva le tour des Cougars, l'animateur mit l'accent sur une nouvelle recrue du nom de Wayne Brown.

— Un atout majeur ! commenta Josiah avec enthousiasme. C'est grâce à des garçons de sa trempe que nous remporterons le championnat. Un physique à toute épreuve et un mental d'acier.

La pique lui était-elle destinée ? Xavier baissa tristement le regard sur son verre. La fin de sa carrière avait profondément affecté son père. Inlassablement, il l'avait conduit de clinique en clinique, convoquant les meilleurs spécialistes pour lui apporter la guérison qui lui permettrait de retourner sur le terrain. À bout de forces, le jeune homme lui avait demandé grâce. Sa blessure était incurable. Il devait se faire une raison. Les psychiatres avaient alors succédé aux chirurgiens et, au terme d'une longue thérapie, Xavier avait lentement repris goût à la vie. Refusant de le voir sortir de son giron, Josiah lui avait obtenu un poste de journaliste sportif. Conciliant, il s'était une fois de plus conformé à la volonté du chef de famille.

— Tu ne dis rien ? s'inquiéta Giana. Tu n'es pas d'accord avec papa ?

Xavier avala une nouvelle gorgée de whisky.

— Si, bien sûr, murmura-t-il avec un enthousiasme forcé.

Comme il relevait la tête pour reporter son attention sur le stade, ses yeux s'arrêtèrent sur la silhouette de la chanteuse qui avançait gracieusement vers le milieu du terrain. Il battit plusieurs fois des paupières pour s'assurer qu'il ne rêvait pas. Porscha Childs. C'était bien elle. Plus belle encore que par le passé. Ses grands yeux sombres scintillaient au milieu de son doux visage encadré de boucles noires. Le décolleté plongeant de sa robe de satin bleu turquoise la rendait infiniment désirable. Ses lèvres rouge vif étaient une véritable invitation au baiser.

Le cœur de Xavier battit un peu plus fort au souvenir de leurs étreintes. Il avait rencontré la jeune femme dans une clinique du Colorado. Le centre offrait aux athlètes et aux célébrités un cadre paisible et des soins adaptés à leurs blessures corporelles tout autant que psychologiques. Rééducation le matin, thérapie de groupe l'après-midi, les patients travaillaient patiemment à leur guérison.

La première fois qu'il avait vu Porscha, elle était vêtue d'un pull-over informe et d'un pantalon de jogging, faisant manifestement de son mieux pour passer inaperçue. Son regard exprimait une profonde anxiété. Comme ils étaient assis en cercle dans la salle de thérapie collective, elle semblait terrifiée à l'idée que le psychiatre l'invite à se présenter et à expliquer les raisons de sa présence. Comme tous les autres participants, Xavier s'était soumis à l'exercice. C'était une épreuve difficile, et il comprenait son angoisse.

Désireux de la réconforter, il avait quitté son siège pour venir s'installer auprès d'elle.

— Salut ! Moi, c'est Xavier.

Elle avait détourné la tête, et il s'était demandé si elle daignerait lui répondre.

— Salut, fit-elle au terme d'un long silence.

— Salut ? C'est tout ? Comment t'appelles-tu ?

Quand elle avait osé le regarder, il avait été saisi d'une vive émotion. Il y avait dans ses grands yeux une profondeur insondable, un gouffre immense dans lequel il s'était senti aussitôt attiré. Elle avait esquissé un pâle sourire et levé un bras tremblant dans sa direction.

— Porscha.

Il avait pris sa main et l'avait serrée dans la sienne, persuadé d'avoir trouvé en elle une amie. Il ignorait alors que leur relation les entraînerait bien au-delà d'une simple amitié.

— Elle est incroyable, n'est-ce pas ?

La remarque de Giana ramena Xavier dans le présent. Porscha venait d'entamer l'hymne des Cougars.

— Quelle voix ! s'exclama Julian. Son succès ne doit vraiment rien au hasard.

— Elle est devenue célèbre en quelques mois, renchérit sa sœur. Si jeune ! Je me demande comment elle supporte tant de pression à son âge.

Très mal, songea Xavier en secret. Il se remémorait toutes les angoisses que suscitait en elle la lecture quotidienne de la presse. Un jour, les journalistes l'encensaient, le lendemain ils la critiquaient sans égard. Comme il était difficile de se montrer à la hauteur de l'image idéalisée qu'ils avaient construite autour de son personnage !

Elle lui manquait. Leur complicité lui manquait. La tendresse qu'ils avaient partagée lui manquait. Soucieux de ne pas la laisser disparaître avant de lui avoir témoigné son attachement, il quitta son siège et posa son verre sur le comptoir.

— Je reviens tout de suite.

— Où vas-tu ? demanda Josiah. Le match va commencer.

— Je reviens, répéta-t-il avant de quitter la tribune pour s'engouffrer dans l'ascenseur.

Porscha était épuisée. La veille au soir, elle avait donné un concert à Berlin. Sans l'insistance de sa mère et manager, elle n'aurait jamais accepté l'invitation des Cougars d'Atlanta. Ajouté à la fatigue d'une tournée éprouvante, le décalage horaire avait usé ses dernières forces.

— Les prochaines semaines sont cruciales, avait déclaré Diane. Dernière ligne droite avant les Grammys. Ton nom doit rester dans tous les esprits. Plus tu te montreras, plus tu auras de chances de remporter le trophée.

La jeune femme avait cédé. Une fois de plus. Elle avait tant travaillé pour atteindre la gloire, qu'elle ne pouvait s'autoriser le moindre faux pas. Élevée par une mère célibataire qui avait tout sacrifié à son éducation, elle était entièrement soumise à sa volonté. Dévastée par la trahison de son mari qui l'avait délaissée pour fonder une autre famille avec une femme plus jeune, Diane s'était investie corps et âme dans son rôle de mère. Quand elle avait découvert le talent musical de Porscha, elle l'avait inscrite à un cours de chant. Impressionnée par le timbre exceptionnel de sa voix, son professeur l'avait présentée à une petite maison de disques qui avait aussitôt accepté de produire son premier album. Elle avait remporté d'innombrables récompenses et entamé des tournées à travers tout le pays. Mais, si la presse saluait la virtuosité de ses prestations, elle ne manquait jamais de souligner le léger embonpoint qui différenciait son physique de celui des mannequins filiformes qui faisaient la une des magazines.

Son deuxième album n'avait pas recueilli le même succès que le précédent. Les doutes l'avaient assaillie, la plongeant dans une profonde dépression. Le décès brutal de son père avait aggravé son état. Diane l'avait alors convaincue d'entamer une thérapie à Denver. Après quelques semaines, elle avait commencé à reprendre le dessus. Porscha était infiniment reconnaissante aux médecins des soins qu'ils lui avaient apportés, mais elle savait qu'elle devait sa guérison à une seule personne. Xavier Lockett. Le seul fait de prononcer son nom accélérait les battements de son cœur. Pendant leur séjour à la clinique, ils avaient vécu une relation passionnée. Malheureusement, quand Porscha s'investissait corps et âme dans une histoire pleine de promesses à ses yeux, Xavier ne voyait dans leur liaison qu'une aventure rapprochant deux êtres en détresse. Leur rupture l'avait dévastée.

Depuis, elle avait limité ses visites à Atlanta. En trois ans, seul le concert de promotion de son troisième album l'avait amenée dans la ville où vivait le jeune homme. Et, si sa mère n'avait pas insisté pour la faire venir au stade ce soir-là, elle se serait bien gardée de s'approcher du domaine des Cougars où elle était presque certaine de le rencontrer. Incapable de l'oublier, elle consultait régulièrement son profil sur Internet. Apparemment bien portant, il menait avec succès une carrière de journaliste. Côté cœur, sa vie semblait aussi bien remplie. Il collectionnait les femmes comme des trophées qu'il exhibait fièrement lors des événements sportifs importants et des galas de la haute société.

Totalement investie dans la préparation de ses tours de chant, Porscha avait mis de côté sa vie sentimentale. Fragile, trop prompte à s'attacher à des hommes qui ne voyaient en elle qu'un objet de plaisir, elle avait choisi de se concentrer sur la pratique de son art. La scène lui apportait son équilibre et le public toute la chaleur dont elle avait besoin.

Pressée de s'éloigner du stade, elle chassa Xavier de son esprit et, sous l'œil impatient de sa mère, elle troqua son costume contre un jean et un large sweat-shirt en songeant à la bande originale du film qu'elle s'apprêtait à tourner.

Cependant, Xavier atteignait les vestiaires où il fut accueilli par d'imposants gardes du corps.

— Cette zone est interdite au public, monsieur. Veuillez regagner les gradins !

Il exhiba le badge dissimulé sous sa chemise et le mit sous les yeux du cerbère.

— Désolé, monsieur Lockett, je ne vous avais pas reconnu.

— Il n'y a pas de mal, vous faites votre travail. Pouvez-vous m'indiquer la loge de Miss Childs ?

Le garde le précéda dans un large couloir et fit un signe en direction de la pièce qu'il recherchait. Resté seul, Xavier prit une profonde inspiration pour se préparer à l'accueil peu enthousiaste qu'il s'attendait à recevoir de la part de Porscha. Ils avaient rompu en d'assez mauvais termes.

Il frappa à la porte d'une main hésitante et fut invité à entrer par une voix qu'il aurait reconnue entre toutes. Comme il l'avait pressenti, la réaction de la jeune femme ne fut guère engageante.

— Qu'est-ce que tu fais ici ?

Reconnaissant son visiteur, elle hésitait entre la colère et la joie de retrouver l'homme qu'elle avait aimé. Comme il ne répondait pas, elle renouvela sa question.

— Xavier, qu'est-ce que tu fais ici ?

— N'est-ce pas évident ? fit-il dans un sourire. J'avais envie de te voir.

Tandis qu'un rire amer s'échappait des lèvres de Porscha, l'attention de Xavier fut attirée par un mouvement au fond de la pièce. Diane Childs. Sa présence n'aurait pas dû le surprendre. Elle surveillait sa fille comme le lait sur le feu. Il ne l'avait jamais rencontrée mais avait souvent vu sa photo dans la presse musicale. Une silhouette élancée, vêtue d'un tailleur impeccable, et un chignon serré dont aucune mèche ne dépassait.

— Xavier Lockett, je présume ?

Elle se leva du canapé pour s'avancer au centre de la pièce.

— En personne, chère madame. Ravi de faire votre connaissance.

— Vous n'avez rien à faire ici, cher monsieur. Porscha est très occupée.

Il se pencha de côté pour jeter un coup d'œil derrière elle.

— Elle peut sans doute s'exprimer par elle-même.

— Je suis son manager.

— Maman, laisse-nous, s'il te plaît !

La jeune femme avait mille choses à dire à Xavier. Des mots qu'elle n'avait pas eu la force de prononcer trois ans auparavant. Diane se retourna pour la regarder.

— Tu es sûre, ma chérie ?

Voyant sa fille hocher la tête, elle la fixa un long moment avant de quitter la pièce.

— C'est bon de te voir ! s'exclama chaleureusement Xavier. Tu es magnifique.

Porscha croisa les bras sur sa poitrine.

— Je m'attendais à ce genre de compliment. Mon apparence physique est la seule chose qui t'intéresse en moi.

— Tu sais bien que ce n'est pas vrai. Nous avons traversé ensemble une période difficile. Sans toi, je ne serais jamais sorti de ma dépression.

— C'est sans doute pour me remercier que tu as préféré me laisser tomber.

Il soupira tristement.

— Les choses ne sont pas aussi simples, Porscha. Je voulais que cette histoire reste entre nous. Ni ta famille ni la mienne n'auraient approuvé notre relation.

— Tu as toujours été très habile à trouver des excuses. Pendant ces trois années, tu as totalement disparu de ma vie. Pourquoi cette visite, aujourd'hui ?

— Quand je t'ai vue tout à l'heure au milieu du stade, quand j'ai reconnu cette voix qui me faisait tant de bien, j'ai su que ce n'était pas fini entre nous.

Comme il faisait un pas dans sa direction, elle recula jusqu'à sa table de maquillage.

— Ne t'approche pas, Xavier ! Tu ne peux pas débarquer dans ma vie et faire comme si rien de grave ne s'était passé. Je ne suis plus celle que tu as connue. La seule chose qui m'importe aujourd'hui, c'est ma carrière.

— C'est en effet ce que l'on dit de toi sur les réseaux sociaux. Pas un mot, pas la moindre rumeur sur le plus petit flirt.

Une moue pleine de mépris se dessina sur les lèvres de la jeune femme.

— Ton tableau de chasse est certainement plus impressionnant que le mien, ironisa-t-elle.

Il sourit.

— Je vois que tu t'intéresses toujours à moi.

Porscha rejeta sa crinière de boucles brunes derrière ses épaules.

— Pas vraiment.

— Tu n'as jamais su mentir.

Elle aurait aimé le repousser loin d'elle mais, lorsqu'il la rejoignit pour passer une main dans ses cheveux, elle fut incapable de se dérober.

— Dis-moi que je te laisse indifférente ! murmura-t-il à son oreille.

Sa voix profonde et le contact de ses doigts firent courir des frissons sur sa nuque. Il n'en fallait pas davantage pour raviver le souvenir torride de leur ancienne complicité. Rejetant toute prudence, elle passa une main derrière son cou et attira sa bouche contre la sienne. Leurs lèvres s'unirent en un baiser passionné qui envoya dans le corps de Porscha une onde de désir insatiable. Ils s'embrassèrent et s'embrassèrent encore, ranimant dans le présent les braises d'un amour que le temps et l'éloignement n'avaient jamais éteintes.

Les lèvres de Xavier avaient un goût divin. Les jeux érotiques de sa langue instillaient dans ses veines un liquide brûlant qui faisait renaître son corps à la vie. Lui seul savait éveiller en elle tant d'ardeur. Lui seul parvenait à atteindre son extrême sensibilité. Quand il s'écarta pour reprendre son souffle, un courant glacial lui gifla le visage.

— Tu penses vraiment que notre histoire est finie, Porscha ?

Un seul regard sur ses yeux brillants de passion suffit à lui livrer ses sentiments. La réponse était non.

1

Six mois plus tard

— Te voilà enfin ! s'exclama Vincent Chandler quand Xavier rejoignit la réunion hebdomadaire d'Atlanta Sports Night.

Le nouveau venu baissa les yeux sur sa montre.

— Je suis en retard ? Il est tout juste 10 heures.

— J'ai avancé notre rendez-vous d'une demi-heure, répondit le directeur de production. Tu le saurais si tu daignais consulter tes messages.

Xavier soupira. Il ne ménageait pas ses efforts pour se faire une place au sein de la rédaction et ne méritait pas ce genre de remontrances. Pas facile pour un ancien joueur de se satisfaire d'un rôle de commentateur. Il s'était toujours senti plus à l'aise sur un terrain de football que derrière un micro.

— Désolé, fit-il en prenant place à la table de conférence.

— Mauvaise nuit ? souffla son collègue Marcus à son oreille.

— Un peu courte.

Ses retrouvailles avec Porscha l'avaient tenu éveillé jusqu'à une heure avancée de la nuit.

— Je voulais te confier un reportage approfondi sur De Sean Jones, poursuivit Vincent.

— Pourquoi moi ? s'étonna-t-il en se redressant sur sa chaise.

Les célébrités étaient généralement la chasse gardée de journalistes plus expérimentés.

— Parce que tu es le mieux placé pour le comprendre. Tu as toi-même remporté un trophée Heisman.

Pourquoi fallait-il que son entourage continue à remuer le couteau dans la plaie ? Il s'efforçait d'oublier ses jours de gloire et de tourner la page de sa carrière avortée.

— C'est une mission pour Marcus, dit-il avec embarras.

— Notre audience est en baisse. On nous reproche un manque de proximité avec les joueurs. Qui mieux que toi pourrait apporter ce changement ?

— Je ne suis pas sûr de...

— Ce n'était pas une suggestion, coupa Vincent.

Le directeur ne le traitait jamais avec beaucoup d'égards. Son recrutement lui avait été imposé par le très influent Josiah Lockett. Trois ans après, il ne semblait toujours pas l'avoir accepté.

— Très bien, concéda Xavier. Quand dois-je commencer ?

Une heure plus tard, Marcus le rejoignait dans son bureau.

— Ne t'inquiète pas pour moi, Xav ! J'ai réalisé beaucoup de reportages dans ma vie. Je n'ai plus rien à prouver.

— Je sais, mais le reportage sur De Sean Jones aurait dû te revenir. Tu as tellement travaillé au développement de la chaîne.

Son collègue haussa les épaules.

— Le monde de la presse est souvent très ingrat. C'est une occasion en or pour étoffer ta carrière. Saisis ta chance quand elle te sourit !

Le conseil de Marcus trotta longtemps dans l'esprit de Xavier. Le vieux reporter avait sans doute raison. Il devait profiter de la mission qui lui était confiée pour prouver ses talents et montrer à ceux qui en doutaient encore qu'il n'avait pas usurpé son titre de journaliste.

— Oui, Porscha, c'est parfait !

Obéissant aux consignes du photographe, elle avait incliné

la tête sur le côté pour exposer ses boucles brunes au souffle puissant du ventilateur qui soulevait vaporeusement ses cheveux autour d'elle.

— Une moue un peu plus sexy, s'il te plaît !

La jeune femme contenait avec peine son impatience. Combien de retouches, combien de prises encore pour obtenir le cliché parfait ? Elle posait aujourd'hui pour la pochette du disque de la bande originale du film dont elle partageait la vedette avec Ryan Mills. La célébrité de l'acteur était la garantie d'une prodigieuse couverture médiatique. Son visage s'afficherait bientôt à la une de tous les magazines.

Pour mieux répondre aux exigences du photographe, elle convoqua ses souvenirs des nuits passées avec son amant. La peau nue de Xavier contre la sienne, les corps à corps passionnés qui les unissaient, le plaisir immense qu'ils se donnaient l'un à l'autre après une si longue séparation. Depuis qu'ils s'étaient retrouvés, Porscha passait sa vie dans les avions. Pour justifier ses absences de Los Angeles, elle avait choisi de travailler avec un ingénieur du son d'Atlanta. L'arrangement lui permettait de garder le silence sur une relation amoureuse que sa mère n'aurait pas approuvée.

— Oui, tu y es, surtout ne bouge plus !

À l'issue de la séance, son assistante personnelle, Erin Connell, lui apporta sa robe et l'aida à se changer. La douce présence de la jeune femme était un réconfort pour Porscha. Diplômée d'une école d'attachés de presse réputée, elle espérait faire carrière dans le show-business. Ses débuts auprès d'un jeune talent aussi prometteur lui offraient une excellente opportunité.

— Tu as fait du bon travail ! s'exclama Diane en retrouvant sa fille dans le dressing-room. Dan m'a envoyé les épreuves. Elles sont excellentes.

— Merci, maman.

— Quel est le programme pour cet après-midi ? demanda Porscha à Erin.

— Tu n'as rien de prévu.

Rachel Simone, la styliste attitrée de Porscha, et Kristen

Love, sa maquilleuse et coiffeuse, apparurent à leur tour. Les deux femmes n'étaient jamais très loin. Pour soigner son image, la jeune chanteuse ne se montrait jamais en public sans une tenue impeccable.

— Tu m'as trouvé une robe pour les BET Awards ? demanda-t-elle en se tournant vers Rachel.

— Pas encore, mais j'aurai quelques modèles à te proposer très bientôt.

La jolie blonde aux yeux bleus avait un goût très sûr en matière de mode.

— Ne tarde pas trop ! conseilla Diane. Les essayages et les retouches prennent toujours beaucoup plus de temps que prévu.

Porscha écoutait la conversation d'une oreille distraite. Elle était davantage préoccupée par le rôle qui lui avait été confié pour sa première apparition au cinéma et redoutait par-dessus tout la réaction de la presse. Les critiques acerbes des journalistes qui avaient accueilli la sortie de son deuxième album l'avaient plongée dans une longue dépression. Depuis lors, le tribunal médiatique la terrorisait.

— J'aurai beau porter la plus belle robe de Los Angeles à la remise des trophées, si je suis nulle devant la caméra, le public ne me le pardonnera pas.

— J'ai vu les premiers rushs, dit sa mère. Tu es parfaite.

Porscha éclata de rire.

— Maman, tu n'es pas objective.

— Je suis d'accord avec Diane, glissa Erin. Ton jeu est très juste. Très sensible. Tu sais montrer exactement ce qu'il faut de vulnérabilité.

— Ce film pourrait faire de toi la prochaine Whitney Houston, renchérit Diane. *The Bodyguard* est resté dans tous les esprits.

— Je crois que tu places la barre un peu trop haut. Je n'égalerai jamais son talent.

— Ne sois pas défaitiste, ma chérie ! Tu as suffisamment de talent pour rivaliser avec les plus grandes.

— Combien de concerts, combien de tournages encore ?

soupira Porscha. Je suis épuisée. J'ai l'impression de me trouver dans un jeu de Super Mario. Quand est-ce que tout cela s'arrêtera ?

— Le jour où le public le décidera. Quand il cessera d'acheter tes disques. Ton troisième album a relancé ta carrière. Et aujourd'hui, tu tournes avec le plus grand acteur de Hollywood. Ce n'est pas pour rien si L'Oréal est entré dans la danse. Ton parfum se vendra comme des petits pains. De quoi assurer tes vieux jours.

Et les tiens ! songea l'intéressée sans oser s'exprimer à voix haute. Sans les recettes des concerts et sans les droits d'auteur âprement gagnés par sa fille, Diane Childs ne jouirait pas d'un train de vie aussi agréable.

Porscha se tourna vers son assistante.

— Erin, tu peux faire venir la voiture, s'il te plaît ?

— Le chauffeur attend en bas de l'immeuble. Ton avion décolle dans moins d'une heure.

La perspective de retrouver son amant lui redonna le sourire. Ses retrouvailles avec Xavier étaient comme des parenthèses enchantées.

— Alors, où en sont les préparatifs du mariage ?

Xavier rejoignit sa sœur sur le canapé confortable du salon de Wynn Starks. Après l'avoir convaincu d'apporter son soutien à l'équipe des Cougars, Giana avait conquis le cœur de l'ombrageux milliardaire. Peu après la célébration de leurs fiançailles, elle s'était installée dans sa confortable maison de Tuxedo Park, non loin du manoir des Lockett.

— Ne m'en parle pas ! Maman va me rendre folle. Elle veut faire de la réception l'événement de l'année. Tu verras, quand ton tour viendra.

Xavier secoua énergiquement la tête.

— Ne parle pas de malheur ! Je suis très bien comme je suis.

La jeune femme fronça les sourcils.

— Tu en es vraiment sûr ? Quel homme peut bien se satisfaire d'une relation secrète avec une femme ? Tu n'as pas envie de la rendre officielle ?

— Pas pour l'instant, répondit-il.

En vérité, il commençait à se lasser des règles imposées par la célébrité de Porscha et il avait parfois envie de crier son bonheur sur les toits.

— Je ne te crois pas, dit Giana. Mais je ne vais pas t'embêter plus longtemps avec ça. Parlons plutôt de ton travail ! Es-tu content de ton métier de journaliste ?

— Que veux-tu que je te dise, Gigi ? Rien ne remplacera jamais le football.

— Tu devrais te rapprocher des Cougars.

— Je ne me vois vraiment pas dans un rôle d'entraîneur, comme le suggère papa.

— Je ne pensais pas à ça.

— À quoi, alors ?

— Ne sois pas sur la défensive, Xav ! Nos jeunes joueurs ont besoin de conseils en dehors du terrain. Tu ferais pour eux un excellent mentor.

— Un mentor ?

La pensée ne lui avait jamais traversé l'esprit.

— Ce n'est pas facile pour eux de gérer leur carrière. Tu pourrais les aider. Les aiguiller vers les bons choix, les mettre en garde contre les pièges. Qu'en penses-tu ?

Il hésita un instant avant de répondre.

— Je ne sais pas, je...

— Prends le temps de la réflexion ! conseilla Giana. Rien ne presse.

Sur le chemin du retour à son domicile, Xavier songea à la suggestion de sa sœur. Il consacrait déjà une partie de son temps libre aux œuvres caritatives de la Fondation Lockett. Un engagement dont sa mère était fière. Conscient d'être né dans un milieu privilégié, il trouvait naturel de venir au secours des plus démunis. Pendant sa brève carrière de sportif, il avait fait don de la moitié de ses gains à des associations. Aujourd'hui encore, il versait une partie de son salaire à des œuvres de bienfaisance. Devenir le mentor de quelques jeunes talents s'inscrirait logiquement dans ses activités.

La sonnerie de son téléphone l'interrompit dans sa réflexion et, quand le prénom de Porscha s'afficha sur le tableau de bord, il s'empressa de décrocher.

— Salut, c'est moi, fit la voix familière de la jeune femme. Je te dérange ?

— Pas du tout. Je viens de quitter Giana et je rentre chez moi.

— Et si on se retrouvait dans notre coin secret ? La journée a été difficile. J'ai besoin de me détendre.

— Vos désirs sont des ordres, chère demoiselle. J'y serai dans une vingtaine de minutes.

— Génial ! À tout de suite.

Peu après, il atteignait le quartier résidentiel où son ami John avait accepté de lui prêter une villa. L'endroit retiré et tranquille était le lieu de rendez-vous parfait pour deux amants en quête de discrétion. Il pénétra à l'intérieur et se servit un verre de whisky pour tuer l'attente. Généralement, quand il sortait avec une femme, c'était lui qui donnait le ton. Avec Porscha, c'était différent. Ses obligations ne lui laissaient que peu de loisirs. Il le savait et acceptait bien volontiers de lui laisser l'initiative de leurs rencontres.

Une heure plus tard, quand il entendit des pas sur le gravier de l'allée, il se précipita pour ouvrir la porte. Le spectacle qu'il découvrit sur le seuil lui coupa le souffle. La jeune femme portait un *croc top*, une minijupe à franges et des bottines à talons hauts.

— Waouh ! On dirait une gamine à l'entrée d'un night-club !

Elle sourit en se jetant dans ses bras.

— C'est exactement l'effet recherché. J'ai dit à ma mère que je sortais avec une bande de copines.

— Je suppose qu'elle n'approuverait pas nos rendez-vous secrets.

— Certainement pas, mais je m'en moque complètement.

Elle attrapa le bas de son *croc top* et le fit passer au-dessus de sa tête, offrant aux yeux ébahis de Xavier le spectacle éblouissant de sa poitrine nue. Comme il prenait ses seins en coupe pour caresser leurs pointes insolentes, elle rejeta la tête en arrière pour attirer ses baisers.

— Tu es tellement belle ! s'exclama-t-il en relevant la tête.

— Je ne suis pas sûre de mériter tes compliments.

Il posa un doigt sur ses lèvres.

— Bien sûr que tu les mérites ! Comment peux-tu en douter ?

Il connaissait mieux que personne la timidité et les complexes injustifiés de Porscha. Il s'appliquait toujours à la rassurer. Depuis des mois, elle suivait scrupuleusement le régime drastique conseillé par son diététicien et passait des heures dans les salles de fitness. À force de persévérance, elle avait perdu quelques kilos.

— Je t'ai manqué ? lança-t-il en s'agenouillant devant elle.

Il fit lentement glisser sa jupe et son string le long de ses cuisses.

— Terriblement, gémit-elle en sentant la caresse de son souffle sur son pubis.

— Voyons à quel point !

Il la débarrassa de ses vêtements, souleva une de ses jambes pour la poser sur son épaule et approcha sa bouche.

— J'ai hâte de te goûter.

Xavier était le seul homme avec lequel Porscha parvenait à oublier sa réserve. Les paupières closes, le bassin arqué tout près de son visage, elle s'abandonna sans pudeur aux lèchements de sa langue et à l'exploration de ses doigts. Suçant, aspirant, taquinant ses lèvres humides, il l'amena très vite au bord de la jouissance.

— Oh oui ! cria-t-elle en atteignant l'orgasme.

Tremblante, elle entrouvrit les paupières et vit un éclair de fierté briller dans les yeux bruns de son amant.

— Prête pour un deuxième tour ? demanda-t-il en la soulevant de terre.

Sans attendre sa réponse, il la porta dans la chambre et la déposa sur le lit. Impatiente, elle le regarda se déshabiller et exhiber sans honte la preuve de son désir. Elle avait hâte de sentir sa peau nue contre la sienne. Quand il s'allongea au-dessus d'elle, elle fit courir ses paumes sur son dos musclé. Elle aimait sa corpulence, la puissance et la solidité que dégageait son physique.

— J'ai besoin de toi, Xav. Prends-moi vite !

Il plongea en elle d'un coup sûr, et ils s'entraînèrent mutuellement dans une danse effrénée, ponctuée de cris rauques et de soupirs. Craignant de perdre le contrôle et de céder trop vite au bonheur absolu, Xavier ralentit la cadence. Il se pencha pour déposer des baisers sur la peau délicate du cou de Porscha et lui mordiller le lobe de l'oreille. Puis, soucieux de lui apporter une plus grande volupté, il glissa une main jusqu'à son bas-ventre et la caressa sans jamais cesser son va-et-vient. Il était proche de la jouissance, mais s'efforçait de la repousser pour prolonger le moment exquis de l'union de leurs corps. Quand les muscles contractés de la jeune femme libérèrent un nouvel orgasme, il ferma les yeux et la serra avec force contre son torse, avant de se laisser submerger à son tour par une vague incoercible de plaisir.

Le souffle court, ils restèrent blottis dans les bras l'un de l'autre, avant de sombrer dans un profond sommeil. Quand Xavier s'éveilla, la chambre était plongée dans l'obscurité. Il se leva discrètement et alla dans la salle de bains. Jamais les deux amants ne passaient la nuit ensemble. Telle était la volonté de Porscha, et il la respectait. Sans doute avait-elle peur de s'investir dans une relation dont l'avenir restait incertain. Elle le connaissait suffisamment bien pour ne pas attendre de lui un quelconque engagement. La règle était simple. Profiter du moment présent et s'interdire de penser au lendemain.

2

— Bonjour, maman, fit Xavier en rejoignant sa mère à l'heure du petit déjeuner.

Seule dans la salle à manger, Angélique Lockett parcourait les nouvelles sur sa tablette. Depuis l'adolescence, le jeune homme vivait dans une aile indépendante de la résidence. À l'époque où il jouait encore dans l'équipe des Cougars, les rencontres sportives l'envoyaient aux quatre coins du pays, et il n'avait pas ressenti le besoin de s'installer dans son propre logement. Après sa blessure, la proximité de sa famille l'avait aidé à surmonter ses épreuves.

— Tu as bien dormi, mon chéri ?

Ses trois autres enfants ayant quitté la demeure familiale, elle couvait son plus jeune fils avec amour.

— Très bien.

Son rendez-vous avec Porscha l'avait épuisé. Il s'était couché dès son retour, sans même songer à dîner.

— Quel est ton programme, aujourd'hui ?

— Mon directeur de production m'a confié un reportage sur une star du football. J'ai rendez-vous avec son agent ce matin.

— J'espère que tu trouveras le temps de passer dans nos locaux, fit Josiah Lockett en pénétrant à son tour dans la pièce. John est en train de recruter des entraîneurs pour la saison prochaine. Il est encore temps de lui proposer ta candidature.

— Papa, je t'ai dit mille fois que je ne voulais pas d'un poste d'entraîneur.

— Je ne te comprends pas, mon garçon. Après toutes ces années, tu devrais tout de même être capable de surmonter le traumatisme de ta blessure.

— Arrête, je t'en prie, et laisse-moi déjeuner en paix ! Si tu continues à me harceler avec cette histoire, je vais sérieusement songer à déménager. De toute façon, je suis resté ici trop longtemps. Depuis le départ de Giana, l'atmosphère n'est plus la même.

Et, depuis ses retrouvailles avec Porscha, il ressentait le besoin d'avoir un logement bien à lui. Un chapitre secret de sa vie qu'il préférait ne pas évoquer en présence de ses parents. Angélique se pencha au-dessus de la table et posa une main sur la sienne.

— S'il te plaît, mon chéri, ne pars pas ! Ton père et moi apprécions beaucoup ta présence à la maison. N'est-ce pas, Josiah ?

L'intéressé haussa les épaules et se servit une tasse de café.

— Xavier est un adulte, Angie. S'il veut déménager, c'est son droit. Ce n'est plus ton petit garçon.

— Il sera toujours mon bébé, murmura-t-elle tendrement. Même quand il sera vieux et grisonnant.

Lassé de cette conversation par trop infantilisante, Xavier repoussa sa chaise et se leva.

— Désolé, mais je vais être en retard. J'ai promis de passer à la fondation pour aider à la planification des camps d'été de nos petits protégés.

L'organisme consacrait l'essentiel de son budget à la jeunesse issue des quartiers défavorisés d'Atlanta.

— Je suis tellement fière de toi ! s'exclama sa mère. De tous mes enfants, tu es le plus généreux.

— Merci, maman.

Il l'embrassa sur la joue et sortit sans tarder, heureux d'échapper aux sempiternels conseils de son père. Au fil du temps, ses marques d'autorité lui étaient devenues insupportables.

Porscha courait de ville en ville pour faire la promotion du film dont elle partageait la vedette avec Ryan Mills. Ce soir-là, elle se trouvait à New York.

— Par ici, fit l'hôtesse du studio de télévision, en menant la chanteuse, sa mère et le reste de son équipe vers le plateau de tournage du célèbre talk-show de Lois Howard.

Arrivée en coulisses, la jeune femme confia son visage aux bons soins de Kristen.

— Ne lésine pas sur la poudre ! conseilla Diane. L'effet des projecteurs peut être désastreux.

La séance de maquillage terminée, elle inspecta la toilette de sa fille, en chassa quelques poussières imaginaires et rajusta nerveusement le mouvement de ses boucles brunes. Lorsque Porsha s'avança au milieu de la scène, sur l'introduction d'une de ses ballades les plus populaires, la blancheur crue des sunlights la fit un instant cligner des paupières. Elle prit une profonde inspiration et se laissa bercer par le rythme lent de la mélodie. Puis, comme la musique gagnait en intensité, sa voix s'éleva dans un long et vibrant crescendo. Sa gestuelle, mille fois répétée, exprimait avec force toutes les nuances de sa sensibilité. Quand, au comble de l'émotion, elle délivra, les yeux fermés, les paroles de son dernier refrain, des applaudissements enthousiastes s'élevèrent dans le studio. Comblée par l'accueil du public, elle s'inclina pour le saluer.

Profitant d'une pause publicitaire, Lois Howard la rejoignit sur le plateau.

— C'était incroyable ! s'exclama-t-elle dans un regard chargé d'admiration.

Porscha rayonnait de fierté.

— Merci.

— Votre voix est aussi douce que du sirop d'érable.

La jeune chanteuse éclata de rire.

— L'image est flatteuse. Merci infiniment. Il fait une chaleur torride sous les projecteurs. Vous me laissez le temps de rajuster mon maquillage ?

— Sans problème. Nous reprenons l'antenne dans une dizaine de minutes.

Quand Porscha retrouva son équipe dans sa loge, sa mère fut la première à la féliciter.

— C'était parfait, ma chérie. Enfin presque...

Les compliments de Diane étaient toujours teintés d'un bémol.

— Que veux-tu dire ?

— Eh bien, j'aurais aimé que tu tiennes ta dernière note un peu plus longtemps.

La jeune femme soupira sans mot dire. Sa mère ne connaissait rien à la musique et encore moins à la technique vocale, mais elle ne pouvait s'empêcher de donner des conseils. Agacée, elle s'empressa de rejoindre la scène. Drôle et charmante, Lois eut tôt fait de la mettre à l'aise. Ce n'était certainement pas un hasard si ses émissions atteignaient des records d'audience. Après l'avoir longuement interrogée sur son métier de chanteuse, elle s'intéressa au film qui bientôt inonderait les écrans.

— Parlez-nous un peu de votre tournage avec Ryan Mills !

— C'est une expérience fantastique, répondit Porscha. Travailler avec un acteur aussi talentueux est une chance.

— Étiez-vous nerveuse lorsque vous l'avez rencontré pour la première fois ?

La jeune femme savait exactement ce qu'on attendait d'elle. Couvrir d'éloges son partenaire.

— Terriblement. Mais il est si humble et si généreux que nous sommes très vite devenus les meilleurs amis du monde.

Peu après, l'animatrice l'invitait à montrer au public les premiers pas de danse qui ouvraient la bande-annonce de son film. Mal à l'aise avec l'exercice à ses débuts, elle avait gagné en confiance grâce aux leçons de son chorégraphe. Sa performance fut à nouveau saluée par le public.

— Un grand merci, Porscha, pour votre venue dans notre émission, conclut l'animatrice. Nous vous souhaitons tout le succès que vous méritez à la sortie de ce premier long métrage.

La limousine qui attendait la chanteuse et son équipe devant la sortie des artistes était entourée d'une foule d'admirateurs. Nombre d'entre eux brandissaient sa photo dans l'espoir d'y recueillir un autographe.

— Monte vite dans la voiture, ma chérie ! Tu n'as pas de temps à perdre à ce genre de bêtises.

— Ce sont mes fans ! protesta l'intéressée en s'éloignant de sa mère. Ils méritent bien que je leur accorde un moment.

Inquiet, le chauffeur se précipita aux devants de la jeune femme pour lui servir de garde du corps.

— Porscha, une signature, s'il te plaît !

— Porscha, un selfie !

— Avec plaisir.

Elle se prêta à une longue séance de clichés et signa un nombre incalculable de photos avant de rejoindre sa mère sur la banquette arrière du véhicule.

— Félicitations, ma chérie ! Le public a particulièrement aimé tes compliments sur Ryan.

— Tu crois ?

Diane lui plaça son portable sous les yeux.

— Regarde ! Les réseaux sociaux sont déjà inondés de commentaires sur le couple que vous formez tous les deux. Excellente publicité !

Une nuée de journalistes était massée devant l'entrée de l'hôtel, à leur arrivée. Porscha sortit son poudrier de son sac et repassa une couche de rouge sur ses lèvres avant de descendre sur le trottoir. Patiente, elle offrit aux caméras son plus beau sourire et répondit avec grâce aux questions qui fusaient de tous côtés. Comme la séance s'éternisait, un profond malaise l'envahit. Qui, parmi tous ces inconnus, s'intéressait à la personne qu'elle était vraiment ? Seule son image semblait retenir l'attention. Sa mère elle-même semblait à mille lieues de ce qu'elle pouvait ressentir. De tous ceux qui la côtoyaient, seul Xavier se préoccupait de son être profond.

Vidée de toutes ses forces, elle traversa le hall de l'hôtel en se remémorant les moments précieux partagés avec lui à la clinique de Denver. Après des semaines d'une rare complicité, la manière incompréhensible dont il avait mis fin à leur relation avait brisé sa confiance et elle avait mis des mois à se reconstruire. En ayant renoué avec lui, ne s'exposait-elle pas à la même désillusion ?

Xavier profita de son passage à la Fondation Lockett pour saluer un de ses frères. Le jeune médecin accordait quelques heures de bénévolat à la clinique installée au rez-de-chaussée du bâtiment. Il le trouva à la réception, occupé à classer des dossiers avec une secrétaire.

— Quelle bonne surprise ! s'exclama Julian en se penchant au-dessus du comptoir. Ce n'est pas souvent qu'un membre de notre illustre famille vient mettre un pied dans le service.

— J'avais envie de prendre des nouvelles, répondit Xavier. Je ne te dérange pas ?

— Pas du tout. La matinée est plutôt calme.

— Tu veux faire quelques pas dans le parc ?

— Pourquoi pas ?

Il se tourna vers sa collègue avant de s'éloigner.

— N'hésite pas à m'appeler, si tu as besoin de moi !

— Entendu ! fit l'intéressée en se replongeant dans ses dossiers.

Les deux frères marchèrent côte à côte jusqu'à l'extrémité du couloir.

— Tu n'as pas l'air dans ton assiette, observa Julian au moment où ils atteignaient la sortie. Des soucis ?

— Avec papa, comme toujours. Il n'a pas renoncé à faire de moi un entraîneur.

— Je croyais que tu avais refusé et que le sujet était clos.

— Il en faut plus pour le dissuader. J'ai beau lui dire que le poste ne m'intéresse pas, il continue à me mettre sous pression.

— C'est plus fort que lui. Il n'a pas agi autrement avec ses autres enfants. Personnellement, je ne correspondais pas non plus à ses attentes. Le football ne m'a jamais intéressé. A-t-il renoncé pour autant à me garder sous sa coupe ? Absolument pas. Il a accepté de financer mes études à la seule condition que je devienne médecin du sport. Loin des Cougars, pas de salut ! Étonnamment, j'ai trouvé du plaisir à exercer ce métier. Soigner ces jeunes joueurs et leur redonner de l'espoir m'apporte d'immenses satisfactions. Tout est bien qui finit bien. J'ai fait la paix avec Josiah et mon travail à la clinique me passionne.

— Je suis content pour toi, dit Xavier. Et je pense que ton

mariage avec Elyse a contribué à t'éloigner de la sphère d'influence paternelle. Je ne peux pas en dire autant. Je suis devenu l'objet de toutes ses attentions et rien de ce que j'entreprends ne semble le satisfaire.

Julien soupira.

— Franchement, il exagère. Tes reportages battent des records d'audience et le travail que tu accomplis à la fondation est remarquable.

— Il n'y a pas de meilleure thérapie que le secours porté à son prochain. D'ailleurs, Giana a eu une excellente idée. Elle m'encourage à devenir une sorte de mentor pour les joueurs. D'après elle, mon expérience les aiderait à mieux gérer leur carrière. J'ai décidé d'accepter.

— C'est fantastique ! Je suis sûr que papa sera ravi.

— Je ne le fais pas pour lui.

Xavier agissait pour lui-même. En transmettant son savoir aux jeunes talents de l'équipe, il parviendrait peut-être à se réconcilier avec son passé.

— Ta journée s'est bien passée ?

Xavier ne restait jamais sans nouvelles de Porscha. Quand ils étaient éloignés l'un de l'autre, ils échangeaient des heures au téléphone.

— Lois Howard est une femme remarquable, répondit-elle avec enthousiasme. Elle a su me mettre à l'aise dès le début de l'émission. Au moins quelqu'un qui est passionné de musique ! Ce n'est pas comme ma mère. J'ai parfois l'impression qu'elle ne s'intéresse qu'à mon image et à mon compte en banque. Ce tournage avec Ryan Mills, ce n'était pas mon idée. Tout ce que je veux faire, c'est chanter.

— Tu devrais le lui dire.

— Ce n'est pas aussi simple.

Diane avait cru en son talent et elle avait sacrifié toute sa vie au succès de sa carrière. Elle avait envers elle une dette immense. Pour autant, devrait-elle s'en acquitter jusqu'à la fin de ses jours ?

— Tu n'imagines pas tout ce qu'elle a fait pour moi.

— Ce n'est pas une raison pour te tyranniser. C'est à toi de décider de ta vie.

— Tu n'es pas le mieux placé pour me donner ce genre de conseils. Tu as exactement le même problème avec ton père. Nos parents sont exigeants et autoritaires.

— Il faut les remettre à leur place.

— Ah oui ? Et tu as la recette ?

— Pas encore, admit Xavier. Mais nous la trouverons, j'en suis sûr. Notre thérapie nous a appris à affronter nos angoisses. Toi et moi, nous sommes capables de reprendre le contrôle de nos vies. En tout cas, je promets de t'aider.

— C'est bon de t'entendre, Xav. J'ai parfois l'impression que tu es le seul à me comprendre.

Tous deux apaisés par l'étroite complicité qui les unissaient, ils se souhaitèrent une bonne nuit et raccrochèrent.

3

— Je dois dire que je ne suis pas surprise, déclara Giana, le jour où Xavier s'invita à la réunion des managers des Cougars.

Il n'avait pas remis les pieds au siège social depuis la blessure qui avait mis fin à sa carrière. Pour la première fois depuis des années, il pénétrait dans le bâtiment en tant que simple visiteur, et non en tant que joueur. La démarche lui avait coûté, mais il était heureux de l'avoir accomplie. Les couloirs et les bureaux du club renfermaient tant de souvenirs qu'il avait l'impression de rentrer à la maison après une longue absence.

— Ne crie pas victoire trop vite ! répondit-il en s'installant près de sa sœur.

— Tu as fait le premier pas. C'est le plus difficile. Tu es de retour parmi nous, et c'est une excellente nouvelle.

— Une nouvelle ? fit Roman en pénétrant dans la pièce. J'ai manqué quelque chose ?

L'aîné des frères Lockett incarnait à la perfection son rôle de directeur général. Sa stature imposante et sa voix grave lui conféraient l'autorité inhérente à sa mission.

— Xavier a accepté de travailler avec nous, expliqua la jeune femme.

— Très modestement, ajouta l'intéressé. C'est une idée de Giana. Elle voit en moi une sorte de mentor pour les joueurs les plus fragiles.

— Bienvenue au club, petit frère ! J'espérais depuis longtemps te voir revenir.

Xavier fut réconforté par le sourire franc de son frère. Il avait besoin de son soutien face aux autres membres du conseil d'administration. Quand l'ensemble des participants fut installé autour de la table de conférence, Roman ouvrit la réunion. Le premier sujet inscrit à l'ordre du jour concernait les prochaines recrues de l'équipe. Au cours de longues recherches, menées aux quatre coins du pays, le recruteur avait repéré une dizaine d'adolescents dont les conditions physiques et mentales lui paraissaient optimales.

Xavier écoutait la conversation avec beaucoup d'intérêt. Cantonné sur le terrain avec ses partenaires, il n'avait jamais imaginé le nombre de transactions nécessaires à la constitution d'une équipe. Jauger les aptitudes de chacun, obtenir les accords parentaux, organiser le quotidien des jeunes pour leur permettre de s'investir dans l'exercice de leur sport sans pour autant compromettre leur réussite scolaire... Rien n'était laissé au hasard, et il se jouait en coulisses un nombre incalculable de choses.

Après un point rapide sur la réfection du stade et les futurs investissements, Roman céda la parole à sa sœur. Elle rapporta ses nouvelles actions marketing, puis elle expliqua à l'assemblée les raisons de la présence de Xavier à la réunion. Son projet de mentorat ne fit pas l'unanimité.

— Je ne suis pas sûr que ce soit une bonne idée, objecta l'entraîneur en chef.

Face aux réticences d'une partie des membres du conseil, Xavier se leva pour défendre lui-même l'intérêt de la proposition. Certains semblaient contester sa légitimité à mener à bien une mission aussi délicate. Témoins des aléas de sa carrière et des difficultés qu'il avait traversées pour surmonter son échec, ils doutaient de ses capacités de conseil et d'encadrement.

— Vous me connaissez tous, souligna Xavier en jetant un coup d'œil autour de la table. Vous m'avez vu grandir sur le terrain. Vous m'avez vu remporter des trophées et vous avez assisté à mon naufrage. Qui, mieux qu'un ancien joueur, pourrait offrir l'expertise et la sagesse acquises dans l'épreuve ? Accordez-moi votre confiance ! Je saurai prodiguer à nos jeunes les conseils dont ils ont besoin. Mode de vie, régime alimentaire, assiduité à l'entraînement. Je connais tout ça par cœur.

John le fixa longuement. L'entraîneur mesurait le courage et la générosité du jeune prodige injustement mis sur la touche par un malheureux accident. Après réflexion, il songea que son expérience l'aiderait sans nul doute à établir une relation de confiance avec les joueurs.

— Je suis partant, dit-il enfin. Xavier réunit toutes les qualités pour faire un excellent mentor.

Les autres membres du conseil finirent par se ranger à son avis.

— Bienvenue au club, mon garçon !

Retirée dans la caravane qui lui avait été attribuée sur les lieux du tournage, Porscha regardait sa mère retirer une à une les pommes de terre de son assiette pour n'y laisser que les blancs d'œufs, les tomates grillées et le pamplemousse. Elle détestait quand son entourage surveillait à la loupe ce qu'elle mangeait, mais elle savait aussi que les glucides lui étaient formellement interdits.

— *Forever Love* est partout sur les ondes, disait Diane avec enthousiasme. Ce sera un succès aussi important que la bande originale du *Titanic* pour Céline Dion.

La jeune femme sourit.

— Je ne m'attendais pas à autant de succès.

— Qui sait ? Tu vas peut-être remporter un Oscar et un Grammy, la même année.

— Tu penses vraiment ce que tu dis ?

— Absolument.

Porscha restait sceptique. Si son troisième album avait battu tous les records de vente, ses talents d'actrice restaient encore à confirmer. Un coup frappé à la porte interrompit le cours de ses réflexions. Le premier assistant passa la tête à l'intérieur de la caravane.

— Porscha, c'est à toi.

— J'arrive, fit-elle en se penchant pour lisser anxieusement son costume de scène.

— Ne t'inquiète pas ! murmura Erin. Tu es parfaite.

La jeune femme était toujours là pour lui glisser les encouragements dont elle avait besoin.

— Merci, Erin.

Diane ruminait de rage depuis que sa fille lui avait interdit l'accès au plateau, prétextant que sa présence la rendait nerveuse et l'empêchait de se concentrer sur son rôle. Dépitée, elle se contentait de regarder les rushs qui arrivaient sur son portable, une fois le tournage terminé.

Tendue à l'extrême, Porscha suivit l'assistant et enjamba prudemment les dizaines de câbles reliés aux micros et aux caméras. Guettant son arrivée, Ryan délaissa son fauteuil de star pour l'accueillir. Son physique avenant, sa décontraction naturelle et le sourire éclatant qui éclairait toujours son visage faisaient des ravages parmi ses admiratrices.

— Fin prête pour le tournage ? demanda-t-il sans prêter attention à la jeune femme qui courait dans son sillage pour retoucher son maquillage.

— Tout à fait prête, répondit bravement Porscha.

En vérité, elle n'avait jamais été aussi nerveuse. Si l'exercice du chant lui était familier, le métier d'actrice était nouveau pour elle.

— Un grand merci pour tes déclarations à la presse, reprit Ryan. Personne ne m'a jamais porté aux nues avec autant d'enthousiasme. Je suis flatté.

— Ne va pas te faire des idées ! Cela fait partie de la promotion du film.

Il simula une profonde déception.

— Tu veux dire que tu ne vas pas m'épouser ? Les tabloïds nous décrivent déjà comme le couple de l'année.

— J'ai bien peur qu'ils se trompent.

— Porscha, tu me brises le cœur !

L'annonce du réalisateur interrompit leur tête-à-tête.

— En place, tout le monde !

Les techniciens s'installèrent à leur poste et le silence se fit sur le plateau. Galant, Ryan prit la main de sa partenaire et la conduisit devant les caméras. Le clapman énonça le numéro du plan, rabattit la claquette sur l'ardoise et sortit du champ.

— Action !

Emportée par la fiction, Porscha eut tôt fait d'oublier son trac. Le film, un vibrant mélodrame, retraçait l'histoire d'une chanteuse éprise de son imprésario et devenue veuve quelques jours après leur mariage. Seule dans l'univers impitoyable du show-business, elle retrouvait peu à peu le goût de vivre grâce à l'exercice de son art et réalisait le rêve de son mari en devenant une star.

— Coupez ! cria le metteur en scène. La prise est excellente. Vous avez été parfaits, tous les deux. Reprise dans trente minutes pour le tournage de la scène suivante !

Porscha s'éloigna de l'agitation du plateau pour retrouver son assistante.

— Tu as reçu un message, lui dit Erin en lui tendant son téléphone.

La jeune femme saisit l'appareil et fut heureuse d'y trouver un texto de Xavier.

De tout cœur avec toi !

L'attention était délicate. Il connaissait mieux que personne ses doutes et ses appréhensions. Elle s'engouffra dans un bureau, referma la porte derrière elle et composa son numéro.

— Raconte ! demanda-t-il sans préambule. Tout s'est bien passé ?

— Je crois, oui. Le réalisateur a l'air content de mon travail.

— Je te l'avais dit. Tu as toutes les qualités d'une grande actrice.

— Tu es gentil, Xav, mais je ne suis pas sûre que tu sois très objectif.

Lors de son dernier séjour à Atlanta, ils avaient répété ensemble la scène qu'elle s'apprêtait à tourner le lendemain. Inlassablement, il l'avait aidée à mémoriser son texte en lui donnant la réplique.

— Je ne sais pas si je suis objectif, mais en tout cas, je sais reconnaître le talent quand il existe.

— Et toi ? Où en es-tu avec les Cougars ?

— Le conseil d'administration a accepté ma candidature. Je suis devenu le mentor officiel des joueurs.

— Félicitations ! Je suis heureuse pour toi.

— Nous aurons mille choses à nous raconter quand tu reviendras. D'ici là, j'ai une petite faveur à te demander. La chanteuse que nous avions engagée pour célébrer l'ouverture d'une nouvelle salle des fêtes pour la fondation s'est désistée. J'ai besoin de la remplacer.

Porscha fronça les sourcils. Pourquoi ne l'avait-il pas d'emblée sollicitée ? Il agissait parfois de manière incompréhensible. Un jour, il inondait son téléphone de messages et, le lendemain, il se comportait comme si elle n'existait pas.

— Si c'est trop compliqué pour toi, je peux trouver quelqu'un d'autre, fit-il comme elle tardait à lui répondre.

— Je le ferai, si mon emploi du temps le permet.

— Tu es fâchée contre moi ? demanda-t-il en percevant sa froideur. Tu aurais préféré que je te donne la priorité ? Je suis désolé, Porscha, j'avais peur que tu te sentes obligée d'accepter. Ce n'est pas parce que… parce que nous couchons ensemble que…

— Bien sûr que non. La prochaine fois, demande-moi, s'il te plaît ! Quelle est la date de l'inauguration ?

— Vendredi. Tu es libre ?

— Oui, je crois. Le tournage ne reprend que lundi matin.

— Merci, vraiment. Les enfants vont être ravis.

Un coup frappé à la porte du bureau obligea la jeune femme à mettre fin à l'appel.

— Porscha, tu es là ? fit la voix douce d'Erin. L'équipe t'attend sur le plateau.

— J'arrive tout de suite, dit Porscha en ouvrant la porte.

Xavier rangea lentement son téléphone dans sa poche. Leur conversation l'avait troublé. L'évolution de leur relation amoureuse le déconcertait un peu plus chaque jour. Habitué à des aventures sans lendemain, il avait pensé que l'attirance qu'ils éprouvaient l'un pour l'autre ne résisterait pas à l'épreuve du temps. Il devait bien admettre aujourd'hui qu'ils avaient tissé ensemble un lien précieux, une complicité qu'il n'avait jamais partagée avec aucune autre femme.

Ému, il se remémora le souvenir de leurs premières étreintes. Après une longue promenade dans le parc de la clinique de Denver, il avait étendu son manteau sur l'herbe, derrière le feuillage épais d'une haie de photinias. À l'abri des regards, ils s'étaient déshabillés et avaient fait l'amour avec la timidité et la maladresse de deux adolescents follement épris l'un de l'autre. Ses courbes généreuses, son odeur et la fraîcheur de sa peau étaient restées gravées dans sa mémoire avec une étonnante et fidèle acuité.

Interrogé par un patient qui les avait surpris dans le parc, il avait nié farouchement l'importance de sa relation avec Porscha. Il entendait protéger leur relation des ragots et de la jalousie de ses compagnons d'infortune. La jeune femme avait malencontreusement entendu des bribes de leur conversation. Blessée, elle lui avait demandé des explications et l'avait accusé de tromper son ennui en l'utilisant comme un vulgaire passe-temps. Choqué à son tour par la violence de sa réaction, il avait pris ses distances et la belle histoire s'était terminée. Porscha Childs était sortie de sa vie, à son plus grand regret.

Dès lors, les femmes étaient devenues pour lui un objet de méfiance. Plus jamais il n'avait laissé libre cours à ses sentiments. Ses nombreuses conquêtes avaient flatté un ego meurtri, un cœur brisé par un terrible malentendu. Leurs retrouvailles portaient naturellement les séquelles de leur malheureuse aventure. Le jour viendrait où il faudrait crever un abcès trop longtemps passé sous silence, mais il était encore trop tôt. Le jour viendrait où ils devraient tous deux jouer cartes sur table, exprimer clairement leurs intentions, mais Xavier redoutait plus que tout cet instant.

4

— C'est fantastique ! s'exclama Diane en reposant ses magazines sur la banquette arrière de la limousine. La presse est dithyrambique sur le couple que tu formes avec Ryan.

— Mais c'est un mensonge ! s'indigna Porscha. Nous ne sortons pas ensemble.

— Quelle importance ? C'est une excellente publicité.

La rumeur avait grossi à la suite de l'interview accordée à Lois Howard. Peu soucieux de la véracité de leurs informations et toujours en quête d'histoires croustillantes, les journalistes avaient transformé l'éloge qu'elle avait fait de son partenaire en une véritable déclaration d'amour.

— Les médias n'ont décidément aucun respect pour la vie privée, gronda-t-elle, tandis que la limousine s'éloignait de l'aéroport pour s'approcher des faubourgs d'Atlanta. Je trouve ça révoltant.

— C'est à cause de Xavier que tu t'inquiètes ?

Harcelée de questions sur les motivations de ses nombreux déplacements dans la capitale géorgienne, Porscha avait fini par confesser à sa mère sa relation amoureuse. Sans surprise, la réaction de Diane avait été très négative. Les origines sociales du jeune homme, la richesse de sa famille, rien à ses yeux ne pouvait rivaliser avec la célébrité de Ryan.

— Absolument pas. Xavier n'a rien à dire sur la manière dont je gère ma carrière.

— Tu accepterais de te montrer au bras de Ryan ?

— S'il le faut ! soupira-t-elle.

Diane applaudit des deux mains.

— Parfait ! J'appellerai son imprésario, demain matin.

Peu après, la voiture s'arrêtait devant le bâtiment de la Fondation Lockett. Une foule immense attendait sur le trottoir. Heureuse de s'associer à une œuvre de bienfaisance, Porscha sortit du véhicule et se prêta de bonne grâce à une longue séance d'autographes.

Discrètement posté près de l'entrée, Xavier l'observait avec tendresse, tandis qu'elle bavardait avec ses fans. Sa panoplie de star, stetson, tailleur-pantalon blanc et bottines à hauts talons, l'amusait. Son sourire radieux et les fossettes creusées sur ses joues l'enchantaient. Le cœur battant, il vint à sa rencontre.

— Miss Childs, nous sommes très heureux de vous accueillir. La ville entière ne parle que de vous. Si vous voulez bien me suivre...

La discrétion était de mise. Le public n'avait pas à connaître la nature de leur relation.

— Avec plaisir, monsieur Lockett.

Ils avancèrent sagement côte à côte jusqu'au gymnase, alors qu'ils ne rêvaient que de se jeter dans les bras l'un de l'autre et de s'embrasser. Elle ignorait la surprise que son amant lui réservait. Grâce à la précieuse collaboration d'Erin, il avait organisé une soirée et une journée entière en tête à tête.

— Nous avons préparé des rafraîchissements et des toasts ! dit-il en s'arrêtant devant un large buffet. Servez-vous, je vous en prie !

Diane s'interposa aussitôt.

— Porscha ne peut rien manger de tout ça. Les glucides lui sont absolument interdits. Vous n'avez pas plutôt des fruits à lui offrir ?

Xavier hocha la tête.

— Pas de problème, je vais en faire apporter.

Le jeune homme savait que Diane ne le portait pas dans son cœur. Il ne l'appréciait pas davantage. Pour lui, elle faisait partie de ces femmes qui exploitent dans leur intérêt le talent de leurs enfants. Une opinion qu'il n'avait jamais partagée avec Porscha, de peur de la blesser.

Josiah et Angélique Lockett arrivèrent à point nommé pour dissiper la tension qui s'installait autour du buffet.

— Beau travail, mon chéri ! s'exclama Angélique avec enthousiasme. La décoration est très réussie.

— Pour une fois, je suis d'accord avec ta mère, renchérit Josiah. Organiser cet événement en si peu de temps est une véritable prouesse.

Les éloges du chef de famille étaient rares. Xavier savait les apprécier.

— Merci, papa.

— Ton discours est très attendu ? Tu es prêt ?

Lorsqu'il prit place sur la tribune réservée aux dirigeants de la fondation, Xavier repéra au milieu de la foule les visages bienveillants de ses frères et sœur. Shantel, Elyse et Wynn les accompagnaient. Tous étaient venus lui témoigner leur soutien. Rasséréné par leur présence très amicale, il s'installa derrière le micro.

— Chers amis, merci infiniment pour votre présence ici, ce soir. Ce gymnase destiné aux enfants des quartiers d'Atlanta est un projet qui nous tenait à cœur depuis longtemps. Je tiens à remercier tout particulièrement la générosité des donateurs et l'efficacité des services techniques de la ville qui ont permis sa réalisation.

S'ensuivit une longue énumération des équipements mis à la disposition des jeunes, émaillée çà et là des interpellations des journalistes.

— Xavier, vous avez été la cheville ouvrière de ce projet. Quelles étaient vos motivations ?

— Ma carrière de sportif m'a amené à fréquenter la plupart des clubs de football du pays. Au cours de mes déplacements, j'ai pu constater la faiblesse d'un certain nombre de structures dédiées à notre sport et je me suis juré de participer à l'amélioration de la situation. Ce gymnase servira d'exemple aux autres clubs du pays. Déjà, notre municipalité a été approchée par les élus d'autres districts. Jour après jour, la Fondation Lockett participe à la démocratisation du football et à la formation de la jeunesse.

Après un long échange avec la salle, Xavier conclut son discours en présentant l'invitée d'honneur de la soirée.

— Elle est à Atlanta pour nous, ce soir. Vous la connaissez tous. Je vous demande d'accueillir chaleureusement la délicieuse, la seule, l'unique Porscha Childs !

Un tonnerre d'applaudissements gronda dans le gymnase quand la chanteuse apparut à la tribune.

— Salut tout le monde !

Elle ouvrit grand les bras et s'inclina pour saluer l'assemblée.

— C'est une immense joie d'être avec vous, aujourd'hui. Je remercie la Fondation Lockett de m'avoir invitée à l'inauguration de ce nouveau gymnase. C'est un équipement fantastique pour les jeunes et je suis heureuse d'y apporter mon soutien.

— Porscha, Porscha, Porscha ! criait la foule impatiente.

— Vous en avez assez des discours ? Vous voulez une chanson ?

Une immense clameur ponctua ses paroles, tandis que les haut-parleurs égrenaient les premières notes de son dernier succès. Ému, Xavier contemplait le spectacle avec ravissement. Connaissant mieux que personne les épreuves qu'elle avait traversées, la popularité de la jeune femme lui réchauffait le cœur. Quand sa voix s'éleva dans le micro, il ferma les yeux de plaisir. Jamais il ne se lasserait de l'entendre chanter.

Face à l'enthousiasme du public et aux nombreux rappels, Porscha interpréta plusieurs chansons. À la fin de sa prestation, elle fut assaillie par ses admirateurs. Les organisateurs de l'événement et la famille Lockett la comblèrent de remerciements. La soirée s'éternisait. Xavier s'impatientait. Quand enfin les spectateurs commencèrent à quitter le gymnase, il chercha en vain la jeune femme dans la foule.

— Tu as perdu quelque chose ? Ou plutôt quelqu'un ?

Xavier porta un regard agacé sur sa sœur.

— Euh, non... je...

Il espérait qu'Erin avait bien respecté sa part du contrat et que Porscha le rejoindrait très vite dans leur repaire habituel.

— Je crois avoir deviné qui est la femme mystérieuse que tu vois en secret depuis des mois.

— S'il te plaît, Giana...

Il lui saisit l'avant-bras et l'entraîna dans un coin discret de la salle.

— Je ne sais pas ce que tu imagines, mais...

— La faire venir à mes fiançailles, l'inviter à l'inauguration du gymnase... Je ne suis pas aveugle, petit frère. Il y a quelque chose entre vous deux.

— Est-ce donc si évident ?

— Clair comme de l'eau de roche. Quelle célébrité accepterait de se montrer à un événement caritatif comme celui-ci si elle n'entretenait pas avec son organisateur une relation très particulière ? Tu dois compter énormément pour elle.

Quand il ouvrit la porte de l'appartement prêté par son ami, les paroles de Giana trottaient encore dans l'esprit de Xavier. Porscha éprouvait-elle des sentiments pour lui ? De son côté, il devait bien l'admettre, elle occupait une place de plus en plus importante dans sa vie. Il se souciait de son bien-être comme il ne l'avait jamais fait avec aucune autre femme auparavant. Pour qui d'autre se serait-il donné la peine de dévaliser les épiceries de la ville pour concocter un délicieux repas ?

À la clinique, ils s'étaient apporté le soutien moral dont ils avaient besoin pour sortir de l'impasse. Leurs retrouvailles étaient marquées par une merveilleuse entente sexuelle. Porscha attendait-elle autre chose, aujourd'hui ? Serait-il capable de le lui apporter ?

Une heure plus tard, la table était dressée et le repas mijotait sur la plaque électrique. Xavier se mettait rarement en cuisine, mais il avait hérité de sa mère un goût pour les plats exotiques. Le colombo de crevettes et patates douces était l'un de ses préférés. Il espérait que la jeune femme apprécierait sa recette. Comme il recouvrait ses bananes flambées de raisins marinés dans le rhum, le carillon de l'entrée retentit.

Une fois de plus, l'apparition de Porscha lui procura une vive émotion. Elle avait troqué son costume de scène contre une minijupe à franges et un corset en dentelle.

— Tu es superbe !

Ravie de retrouver leur intimité, elle posa un regard émerveillé sur la table agrémentée de chandeliers et de fleurs.

— C'est toi qui as préparé tout ça ?

— Tu aimes ?

— C'est magnifique et très réconfortant après la foule du gymnase.

Elle se jeta dans ses bras et l'embrassa passionnément. Après un long baiser, il s'écarta à regret.

— J'aurais adoré t'accompagner tout de suite dans la chambre, mais je crois que le dîner est prêt.

Il lui prit la main et l'entraîna vers la cuisine.

— Comme ça sent bon ! s'exclama-t-elle. Merci mille fois. Personne n'a jamais cuisiné de bons petits plats pour moi.

— Même pas ta mère ?

— Diane est incapable de faire cuire des œufs à la coque, soupira-t-elle. J'ai été gavée de hamburgers pendant toute mon enfance. Ce n'est pas pour rien si j'ai des problèmes de ligne aujourd'hui. Où as-tu appris à cuisiner ?

— Ma mère est un vrai cordon-bleu. Elle s'est fait un devoir de nous transmettre quelques-unes de ses spécialités.

— Je suis impatiente de goûter.

— Tu veux un verre de vin, en attendant ? J'ai ouvert un bordeaux pour le faire respirer.

— Tu as pensé à tout. Oui, je veux bien.

Ils s'installèrent ensemble sur le canapé. Rares étaient les rendez-vous où ils ne se retrouvaient pas étroitement enlacés et nus au bout de quelques minutes.

— Le clan Lockett était au complet ce soir, observa Porscha en se calant confortablement contre le dossier. C'était comment de grandir dans une famille aussi nombreuse ?

— Pas toujours simple, répondit Xavier. Josiah est un véritable tyran. Chacun de mes frères et sœur a dû se bagarrer pour essayer d'imposer ses choix. Roman avait un physique très athlétique. Malheureusement, il détestait jouer au foot. Un crime de lèse-majesté pour notre père. Après des années de dispute, ils ont fini par trouver un terrain d'entente et il est devenu directeur général des Cougars. Julian a eu un parcours encore plus difficile. Un garçon sensible et rêveur n'avait pas sa place chez les Lockett. Après bien des négociations, il a obtenu l'autorisation de s'inscrire en faculté de médecine. Là encore, un compromis a été trouvé. Il est devenu médecin du sport.

— Et Giana ? Comment a-t-elle survécu à cet univers très masculin ?

— En devenant un garçon manqué. Elle a passé sa vie à se démener pour démontrer qu'elle était à la hauteur de ses frères.

— D'après ce que je sais, elle a réussi. Elle fait partie de l'équipe dirigeante des Cougars, n'est-ce pas ?

Xavier hocha la tête dans un sourire.

— En effet, elle est arrivée à ses fins. Je suis sacrément fier de ses exploits. En plus d'être autoritaires, mes parents sont très conservateurs. Pour eux, la place d'une femme est au foyer. Giana a su leur résister. Elle n'a jamais renoncé à ses ambitions.

Porscha inclina légèrement la tête sur le côté.

— Et toi, au milieu de tout ça ?

— Je suis né plusieurs années après le trio initial. À une époque où Josiah avait renoncé à voir un de ses fils s'investir dans le sport. Mes dispositions et mon goût pour le foot l'ont agréablement surpris. Il est devenu mon entraîneur, mon coach, mon psychologue, mon principal soutien.

Il se racla la gorge pour imiter la voix de baryton de son père.

— *Dans la vie, mon garçon, il y a les gagnants et les perdants. Tu fais partie des gagnants, ne l'oublie jamais !*

— Comment as-tu fait pour supporter tant de pression ?

Xavier haussa les épaules.

— Je n'avais pas le choix. Soit j'excellais dans le sport, soit j'affrontais les foudres de Josiah Lockett. J'ai choisi la première solution.

— Jusqu'à ce terrible accident, murmura Porscha.

Il acquiesça tristement.

— Je suis tombé de mon piédestal ce jour-là. L'enfant prodige est devenu le raté de la famille.

— Tu n'es pas un raté, objecta la jeune femme en lui prenant la main. Tu es un homme incroyable.

— Disons que je fais de mon mieux pour survivre à l'échec de la carrière fantastique qui s'ouvrait devant moi ! Mais c'est un sujet encore douloureux. Tu veux bien que nous parlions d'autre chose ?

Il l'invita à passer à table et, peu après, ils se régalaient du colombo et des bananes flambées.

— Alors, dis-moi ! fit Porscha en repoussant son assiette à dessert. Ce dîner aux chandelles très romantique, c'est en quel honneur ?

— Tu veux savoir la vérité ?

Comme elle acquiesçait avec curiosité, il fronça les sourcils et choisit ses mots avec soin.

— Nous sommes des amants fantastiques, déclara-t-il après un temps. En toute franchise, aucune femme ne m'a jamais rendu aussi heureux sur ce plan-là.

— Mais ? Car je suppose qu'il y a un *mais* ?

— Eh bien, je trouve qu'il manque à notre relation un élément essentiel. Nous nous connaissons depuis des années et pourtant la confiance n'est pas toujours au rendez-vous.

La jeune femme se raidit imperceptiblement. Chat échaudé craint l'eau froide. Sa confiance, elle la lui avait accordée, autrefois. Le souvenir douloureux de sa trahison la hantait encore aujourd'hui.

— Depuis que nous nous sommes retrouvés, reprit-il, j'ai scrupuleusement respecté les règles du jeu que tu as établies. Les contraintes de ton emploi du temps, le secret de notre liaison.

— C'est vrai, admit-elle. Et je t'en suis reconnaissante. Ma carrière impose à mon entourage des sacrifices parfois insupportables. J'en suis désolée.

— Le problème, c'est que ce mode de relation ne nous permet pas d'avancer. Je veux dire...

Il en avait assez de ces rendez-vous clandestins, soumis aux aléas de ses tournées et tournages. Il se sentait un peu comme un joueur sur la touche.

— Je meurs d'envie de sortir avec toi, d'aller au cinéma, au restaurant. De voyager, aussi. Les murs de cet appartement commencent à ressembler à une prison pour moi. Tu serais d'accord pour m'accompagner ?

Elle le voulait, mais le fait d'officialiser leur liaison lui faisait peur. Xavier supporterait-il le harcèlement des paparazzis dont elle était l'objet ? En exposant leur intimité aux yeux de tous, elle craignait de perdre le lien précieux qui les unissait. Elle ne pouvait pour autant exiger de lui qu'il reste dans l'ombre éternellement.

— Je suis d'accord, dit-elle enfin. Mais prépare-toi à affronter l'indiscrétion des journalistes !

— Pour toi, je suis prêt à tout affronter.

Il leva son verre devant lui.

— Ce soir, je bois à notre insouciance !

— J'espère que nous n'aurons pas à le regretter, dit-elle en faisant timidement tinter son verre contre le sien.

5

La table débarrassée, les deux amants se retrouvèrent devant l'évier encombré de la cuisine. Xavier se mit à la plonge et Porscha saisit un torchon. Décidément, cette soirée ne ressemblait en rien à celles qu'ils avaient partagées jusqu'alors.

— Voilà des années que je n'ai pas fait la vaisselle ! observa la jeune femme. Je passe mon temps dans les aéroports, je vis dans des chambres d'hôtel et je prends tous mes repas au restaurant. La dernière fois que j'ai posé mes valises, c'était à la mort de mon père.

Elle évoquait rarement cette période de sa vie. Xavier saisit l'occasion pour l'encourager à le faire.

— Je t'ai parlé de mon enfance, tout à l'heure. À ton tour, maintenant.

Elle posa sur le plan de travail le verre qu'elle était en train d'essuyer et inspira profondément pour s'armer de courage.

— Mon père était au centre de mon univers. J'étais sa fille unique, sa petite princesse. Quand mes parents ont divorcé, j'avais à peine huit ans. Ma vie a été bouleversée. Il s'est remarié, il a fondé une nouvelle famille et je n'étais plus la bienvenue auprès de lui. Sa femme me détestait.

— Tu as dû en souffrir terriblement, glissa Xavier avec douceur.

Il avait grandi dans une famille unie et avait conscience de sa chance.

— J'avais le cœur brisé, et la réaction de ma mère ne m'a pas aidée. Elle a trouvé dans mes talents de chanteuse une diversion à son chagrin. Ma voix est devenue pour elle une obsession. Cours de solfège, cours de chant, académie de danse. Et puis, il y a eu les récitals, les concours. La poursuite d'un rêve qui n'était pas le mien et qui me tenait éloignée de mon père.

— C'était peut-être une manière de se venger de lui ?

Les épaules de Porscha s'affaissèrent.

— Je ne sais pas si elle agissait consciemment. Toujours est-il que ma carrière est devenue sa seule raison de vivre. Elle s'est mise à me surprotéger, au point de m'étouffer. C'est encore le cas aujourd'hui.

— Tu n'essayes pas de lui en parler ?

— Chaque fois que j'aborde le sujet, elle est sur la défensive. Elle me reproche de ne pas mesurer tous les sacrifices qu'elle a faits pour moi. Elle ne se rend pas compte de mes propres renoncements. J'ai parfois l'impression de vivre à côté de ma vie. À la mort de mon père, je me suis sentie terriblement coupable de tout le temps que je n'avais pas passé avec lui. Ma carrière a soudain perdu de son attrait. Mon deuxième album a été un fiasco et la presse n'a pas été tendre avec moi. Pour une fois, Diane a pris la bonne décision. Elle a compris qu'elle devait m'éloigner de mon quotidien et elle m'a conduite à la clinique de Denver.

Elle marqua une pause et sourit.

— C'est là que nous nous sommes rencontrés.

— Viens dans mes bras ! fit-il en l'attirant contre lui. Je suis heureux que tu acceptes de te confier à moi.

— Tu as été ma bouée de sauvetage, Xav. Et c'est un immense soulagement de t'avoir retrouvé.

Comme les senteurs délicates de son parfum le grisaient, comme la chaleur de son corps serré contre le sien éveillait doucement son désir, il se fit un devoir de réprimer ses pulsions. Il avait envisagé cette soirée comme une parenthèse dans une relation où seule la libido semblait dicter sa loi. Elle s'était confiée à lui, et il voulait lui apporter un réconfort plus moral que physique. Mais, lorsqu'il fit mine de s'écarter, elle passa les doigts derrière sa nuque pour le retenir et l'embrassa langoureusement.

— Porscha, murmura-t-il à son oreille.

Quand elle commença à balancer son bassin contre le sien, la tentation fut trop forte. Il laissait descendre ses mains dans le creux de ses reins et l'attirait plus fermement contre lui quand son gémissement l'arrêta dans son geste. Il recula et plongea son regard dans le sien.

— Je voulais que cette soirée ne ressemble pas à toutes les autres. Je ne t'ai pas invitée ici pour te mettre dans mon lit.

— Je sais, répondit-elle dans un sourire. Mais c'est moi qui te le demande.

— Dans ce cas...

Vaincu, il la souleva de terre, la porta à l'étage et poussa du pied la porte de la chambre. Puis il la déposa sur le matelas avec d'infinies précautions et appliqua religieusement les lèvres sur sa bouche. Tendre et délicat, son baiser se fit très vite plus ferme et plus intense. Leurs langues se mêlèrent, et ils s'embrassèrent à perdre haleine. À bout de souffle, il fit courir sa bouche le long de sa gorge. Les yeux clos, il resta un instant immobile pour percevoir le battement de son pouls contre ses lèvres, puis il se redressa pour admirer le spectacle de ses boucles brunes sur l'oreiller. Glissant au pied du lit, il s'accroupit pour lui retirer ses bottines. Quand il commença à masser ses chevilles, elle gémit de bonheur.

Il releva les yeux sur elle.

— As-tu la moindre idée de l'effet qu'ont sur moi tous ces petits bruits ?

D'un geste impatient, il la débarrassa de son corset en dentelle. Le bout dressé de ses seins appelait ses caresses. Il les prit dans ses mains avant de les porter à ses lèvres. Portée au comble du désir, Porscha se redressa à son tour.

— Ce n'est pas juste, dit-elle. Je suis à moitié nue devant toi et tu n'as encore rien enlevé.

Elle attrapa sa chemise et la sortit de son jean, avant de dégrafer rapidement les boutons de sa braguette.

— Quelle habileté ! observa-t-il dans un sourire. On dirait que tu as fait ça toute ta vie.

— Tu sais très bien que ce n'est pas vrai. Je suis juste impatiente de sentir ta peau contre la mienne.

En une fraction de seconde, son pantalon et son slip descendaient le long de ses jambes, permettant à son érection de jaillir en toute impudeur devant lui.

— Nous voilà presque à égalité ! s'exclama-t-elle. J'ai enlevé le haut et toi le bas.

Le contact de sa paume brûlante sur son sexe était plus qu'il ne pouvait en supporter. Reprenant la maîtrise de la situation, il se pencha au-dessus d'elle et enfouit la tête dans les rondeurs de sa poitrine avant de la guider vers le bas de son ventre, jusqu'au point le plus intime de sa féminité. Il avait hâte de la pénétrer, mais voulait être sûr que son corps tout entier était prêt à le recevoir. Quand il lui enleva sa jupe pour insinuer les doigts sous la soie de sa culotte, elle se cambra pour mieux s'offrir à ses caresses et se débarrassa elle-même du triangle de lingerie. Xavier effleura son clitoris avec sa bouche et sa langue décrivit des cercles autour.

— Xavier, prends-moi, je t'en prie !

Abandonnant son corps tremblant sur le matelas, il saisit un préservatif sur la table de nuit et le plaça entre ses dents pour en déchirer l'emballage. Puis il se positionna au-dessus d'elle, lui souleva les fesses et la pénétra dans un mouvement puissant. Il n'en fallait pas plus à Porscha pour atteindre l'orgasme. Ému, il marqua une pause, avant de replonger au plus profond de son corps pantelant. Les yeux encore clos, elle enroula les jambes autour de son bassin, l'invitant à s'enfoncer plus loin encore. Le dos parcouru de frissons, il accéléra doucement le rythme de ses poussées et ils s'entraînèrent mutuellement dans une danse effrénée et fébrile où leurs deux corps luisants de sueur s'écartaient pour s'accoupler plus vite et plus fort.

Cherchant soudain à retarder le moment de sa libération, Xavier s'immobilisa et se pencha pour déposer un baiser sur son front. Troublée, Porscha ouvrit grand les yeux.

— Viens, maintenant, je t'en prie, ne te retiens plus !

Dès lors, seul le désir gouverna le cerveau de son amant.

Guidées par une force incontrôlable, ses hanches reprirent leurs mouvements frénétiques. Sa respiration se fit plus courte, ses impulsions plus rapides. Emportée dans un tourbillon de sensations extrêmes, Porscha céda à un deuxième orgasme. Son corps se convulsa violemment. Des cris jaillirent du plus profond de sa gorge. Pressé de la rejoindre dans le point d'orgue de leur union, Xavier se laissa submerger par de puissantes contractions musculaires et accepta de se libérer.

Épuisés par leur coït enragé, les deux complices retombèrent sur le matelas comme deux poupées de chiffon. La jeune femme était profondément bouleversée. Jamais l'acte sexuel ne lui avait procuré de satisfaction aussi intense. Comblée, elle regarda son amant sombrer dans un lourd sommeil. Lui seul avait le don d'éveiller ainsi son désir. Et lui seul avait le pouvoir de l'assouvir.

Ses pensées la ramèrent à la manière dont la soirée avait commencé. Xavier s'était plié en quatre pour lui faire plaisir et lui montrer qu'elle était pour lui autre chose qu'un simple objet sexuel. Il l'avait écoutée, il l'avait rassurée. Il avait aussi exprimé l'envie d'une relation plus entière et plus équilibrée. Elle ne savait que penser de son changement d'attitude.

Éprouvait-il des sentiments pour elle ? Elle n'osait l'espérer. Sa réputation de grand séducteur n'incitait guère à la confiance. Avait-il jamais aimé une femme ? Endormi, il ressemblait à un ange, mais elle savait d'expérience qu'il pouvait la blesser.

Le cœur rempli d'espérance, elle abaissa les paupières et s'assoupit à son tour.

6

Comme il se rendait au siège social des Cougars, le lundi suivant, Xavier songeait avec satisfaction au déroulement des deux journées passées avec Porscha. Au lieu de rester au lit, comme ils le faisaient habituellement, ils étaient sortis pour de longues promenades autour du lac et avaient occupé le reste de leur week-end à bavarder comme de vieux complices, à jouer aux cartes et à regarder des séries télévisées.

Jamais il ne serait venu à l'idée des journalistes de rechercher la jeune femme dans un quartier résidentiel d'Atlanta. Aussi, ils purent sortir librement, à l'abri des micros et des caméras. Le dimanche soir, elle avait appelé un taxi pour gagner l'aéroport en toute discrétion. Xavier avait atteint son objectif en lui montrant que leur relation ne se résumait pas à de simples rapports sexuels.

Son attitude le surprenait lui-même. Dans la compagnie des femmes, il ne recherchait généralement que la satisfaction de son désir physique. Avec Porscha, c'était différent. Elle lui inspirait un respect et une tendresse qu'il n'avait jamais éprouvés pour aucune autre.

Avant d'atteindre sa destination, il tenta de chasser le doux visage de son esprit pour se concentrer sur le travail qui l'attendait. En fin de semaine, Giana lui avait envoyé des informations sur les joueurs auxquels le club voulait qu'il s'intéresse. Parmi eux, il avait retenu le nom de Curtis Jackson. Porté aux nues par ses fans, l'adolescent semblait avoir du mal à gérer une célébrité un peu trop soudaine. Il y avait aussi Wayne Brown, le nouveau quart-arrière de l'équipe. Son comportement en dehors du stade était une source d'inquiétude pour ses entraîneurs. Il passait ses nuits à écumer les bars d'Atlanta et sa condition physique commençait à en pâtir. Xavier se promit d'avoir une conversation sérieuse avec le jeune homme.

Il gara son coupé décapotable dans l'un des emplacements réservés à la famille Lockett, saisit son attaché-case et s'engouffra dans l'ascenseur. Arrivé au niveau de la direction, il trouva sa sœur devant la réception.

— Xavier ! Tu ne pouvais pas tomber mieux. J'étais précisément en train d'indiquer à Luisa le numéro du bureau que nous t'avons aménagé.

L'intéressé secoua la tête.

— Un bureau ? Mais je n'en ai pas besoin !

— Bien sûr que si ! Il te faut un endroit tranquille pour recevoir tes petits protégés.

Elle le précéda dans le couloir, jusqu'à une porte où une plaque était déjà gravée à son nom. Ils pénétrèrent ensemble dans une pièce vaste et lumineuse aménagée en deux parties. Une table de travail équipée d'un ordinateur trônait devant la baie vitrée. À l'opposé, un coin salon offrait aux visiteurs un canapé et des fauteuils club disposés en arc de cercle.

— C'est parfait, dit-il en déposant sa mallette au pied du portemanteau. Maintenant, je vais descendre au gymnase pour rencontrer les joueurs.

— Je peux t'accompagner, fit aussitôt la jeune femme en lui emboîtant le pas.

Il leva la main pour l'en dissuader.

— Ne prends pas cette peine, petite sœur ! Je n'ai pas besoin d'une baby-sitter.

— Comme tu voudras ! Tu sais où me trouver, si nécessaire.

— Merci, Gigi.

Peu après, il prenait le chemin du gymnase. L'ancien champion connaissait mieux que personne l'emploi du temps des joueurs. La pratique du football exigeait une hygiène de vie et une forme physique irréprochables. Jogging de bon matin, séances de cardio-training, étirements et musculation en salle. Déjeuner diététique, riche en protéines. Étude de la tactique et de la prise de décision. Sortie sur le terrain, prise de conscience de la situation dans l'espace, travail de la technique du pied, amélioration de la vision périphérique, rien n'était laissé au hasard.

La salle de musculation n'était pas bondée à son arrivée. Seuls quelques joueurs s'entraînaient, parmi lesquels il reconnut Wayne et Curtis. Le premier courait sur un tapis roulant. Le deuxième soulevait des haltères. Ils s'interrompirent à l'arrivée du nouveau venu.

— Incroyable ! s'exclama Wayne. Une légende des Cougars vient nous rendre visite.

C'était un jeune homme charismatique, dont les yeux bleus dévoraient le visage. Xavier s'avança pour lui tendre la main.

— Xavier Lockett.

— Oh ! je sais qui vous êtes ! J'ai étudié les vidéos de tous vos matchs. J'ai un sacré chemin à faire pour égaler vos performances.

— N'essaye pas de prendre exemple sur les autres ! À chacun son style. Tu n'as qu'à être toi-même. C'est pour tes qualités que tu as été sélectionné.

Wayne hocha la tête avec fierté.

— J'apprécie le compliment. Merci, m'sieur.

Xavier se retourna pour saluer l'autre membre de l'équipe.

— Content de te revoir, Curtis.

Ils s'étaient rencontrés un an auparavant, à l'époque où l'adolescent avait signé avec le club.

— Moi aussi, monsieur Lockett.

— Pas de manières entre nous. Appelle-moi Xavier !

— Vous êtes sûr ?

— Absolument. J'avais l'intention de vous offrir un smoothie et de discuter un moment avec vous. Qu'est-ce que vous en dites ?

— J'imagine que tu as passé le week-end avec ce cher Xavier ?

En descendant prendre son petit déjeuner, le lundi matin,

Porscha s'attendait aux remarques désagréables de sa mère. Elle avait regagné Los Angeles très tard dans la nuit, alors que son équipe était rentrée dès le vendredi. Décidant de ne pas prêter attention à l'accueil glacial qui lui était réservé, elle prit sur le réchaud l'omelette aux épinards que son chef personnel lui avait préparée. Elle n'avait aucune envie d'entamer une nouvelle dispute au sujet de Xavier. Elle était libre de mener sa vie amoureuse comme elle l'entendait, et Diane devait l'accepter. Regardant droit devant elle, elle posa son assiette sur le bar et avala une première bouchée.

— Tu refuses de répondre ?

Sa mère se servit une nouvelle tasse de café.

— Comme tu voudras ! Mais pendant que tu perdais ton temps à Atlanta, j'ai contacté l'imprésario de Ryan et nous avons inondé la presse de photos de tournage où vous semblez très épris l'un de l'autre.

— Était-ce vraiment nécessaire ?

— Évidemment. Les rumeurs autour de votre couple passionnent le public.

— Si tu le dis, soupira Porscha.

— Ryan est une star internationale, insista Diane avec impatience. Le fait d'associer vos deux images donnera un coup de pouce inespéré à ta carrière. Nous avons d'ailleurs prévu pour vous un dîner en tête à tête.

La jeune femme n'était pas enthousiaste à l'idée de simuler une aventure amoureuse avec Ryan. Sa relation avec Xavier avait franchi une étape. Elle avait consenti à lui accorder davantage que les rendez-vous clandestins dont ils s'étaient contentés jusqu'à présent. Accepterait-il de la voir au bras d'un autre homme, même s'il ne s'agissait que d'une mascarade destinée à servir les intérêts de sa carrière ?

— Merci, Xavier. J'apprécie vraiment tous vos conseils.

Après un long entretien avec Wayne, le jeune homme avait invité Curtis à le rejoindre dans son bureau.

— Ce n'est pas si facile de devenir riche et célèbre à mon âge. J'ai encore beaucoup de choses à apprendre.

— D'après ce que j'ai vu jusqu'à présent, tu as plutôt la tête sur les épaules. Ton attitude au moment de l'agression de cette femme, le mois dernier, a été exemplaire.

— Je ne pouvais pas laisser cet abruti lui faire du mal.

— Tu as agi en adulte responsable. Sans toi, la pauvre aurait été salement amochée.

— Mon père m'a toujours dit qu'il fallait voler au secours des plus faibles.

— Il a raison. Et je peux te donner l'occasion de mettre ses conseils en pratique. Tu serais d'accord pour participer aux projets caritatifs de la Fondation Lockett ?

— Carrément !

Un large sourire éclairait son visage.

— Tous les jeunes n'ont pas la chance de devenir des champions. Ça me plairait beaucoup de leur apporter mon soutien.

Satisfaits de cette première rencontre, ils décidèrent de se retrouver la semaine suivante. Xavier excellait dans son rôle de mentor. Transmettre son expérience était sans doute la meilleure façon de se réconcilier avec son passé.

— Alors ? fit une voix grave, à l'entrée de son bureau. Tes premiers entretiens se sont bien passés ?

Xavier leva les yeux de son ordinateur pour reconnaître la silhouette de son frère sur le seuil.

— Mieux que je l'espérais, répondit-il. Ces gamins sont adorables.

— Tant mieux, fit Roman en refermant la porte derrière lui. Je dois avouer que j'étais un peu inquiet. Tu n'avais pas remis les pieds ici depuis ton accident.

— De l'eau a coulé sous les ponts. Je ne vais pas ressasser le passé jusqu'à la fin de mes jours.

Un sourire affectueux se dessina sur les traits de Roman.

— Nous sommes tous très heureux de te voir revenir au bercail. Envie d'une pause déjeuner ?

— Pourquoi pas ? Il y a bien longtemps que nous n'avons pas partagé un bon repas, tous les deux.

Il était toujours par monts et par vaux pour ses missions de reporter. De son côté, Roman avait une vie de famille bien remplie. D'humeur joyeuse, les deux hommes prirent la direction du restaurant installé au dernier étage de l'immeuble.

Une fois assis, Xavier ne put s'empêcher d'interroger son frère sur sa récente paternité.

— Tout se passe bien avec le bébé ? Ton travail te laisse assez de temps pour en profiter ?

Avant de s'installer avec Shantel, Roman avait mené une vie plutôt dissolue. Son mariage et la naissance de son fils avaient mis fin à bien des excès. Xavier se demandait comment il supportait un changement aussi radical.

— Mes nuits sont courtes et mes journées bien chargées, répondit l'intéressé. C'est bien simple, je cours du matin au soir. Mais je ne regrette rien. Shantel est l'amour de ma vie. Heureusement que je me suis dépêché de l'épouser. Sans quoi elle aurait fini à coup sûr dans les bras de Julian.

L'arrivée du serveur interrompit un instant la conversation. Une fois passée la commande, Xavier voulut en savoir un peu plus.

— Tu penses vraiment que Julian était amoureux d'elle ?

Roman hocha la tête.

— À l'époque, il n'avait pas encore rencontré Elyse. Je suis sûr qu'il était aux aguets. Il attendait que mon histoire avec Shantel se détériore, comme toutes les autres. Ça ne s'est pas produit, Dieu merci. Aujourd'hui, il est heureux en ménage et il attend avec impatience l'arrivée de son bébé.

— Tout est bien qui finit bien.

— Giana a trouvé l'amour, elle aussi. Une fois son mariage passé, il ne restera plus que toi dans le collimateur de maman.

— Pour l'instant, je suis heureux comme je suis, affirma précipitamment Xavier.

— Et cette femme que tu vois en secret ? Celle dont papa nous a parlé pendant les fêtes de Noël. Pourquoi tant de mystère ?

Il avait espéré que les paroles de son père seraient tombées dans l'oubli.

— Les parents feraient bien de se taire de temps en temps.

— Tu ne veux pas en parler ? Qu'est-ce qui se passe exactement entre vous ?

— Rien d'important.

Il espérait par son mensonge mettre fin à la conversation. En vérité, son histoire avec Porscha prenait de plus en plus de place dans sa vie.

— C'est tout ? insista Roman.

— Que veux-tu savoir ?

Ils marquèrent une pause tandis que le serveur déposait leurs boissons sur la table.

— Eh bien, par exemple, depuis combien de temps vous vous fréquentez ?

— Un peu plus de six mois, je crois.

— On dirait que c'est du sérieux.

Xavier haussa les épaules.

— Jusqu'à présent, Porscha voulait garder le secret sur notre relation. Aujourd'hui, elle semble prête à l'officialiser.

— Attends une minute !

Roman balaya du regard la salle de restaurant pour s'assurer qu'il ne s'y trouvait pas d'oreilles indiscrètes.

— Porscha ? Tu veux parler de Porscha Childs ? La jeune femme qui a chanté pour les fiançailles de Giana et pour l'inauguration du gymnase ?

— C'est bien elle. Sans moi, une chanteuse aussi célèbre n'aurait jamais accepté de participer à ce genre d'événements.

— Je pensais que notre sœur avait fait jouer ses relations. J'ignorais que tu sortais avec cette femme. Où l'as-tu connue ?

— À Denver.

— Denver ? Mais ton séjour à la clinique remonte à près de quatre ans.

— Nous sommes devenus amants pendant la thérapie. Et puis nous avons rompu.

— Comment vous êtes-vous retrouvés ?

— Après un match des Cougars. L'équipe l'avait invitée.

— Je me souviens très bien de cette soirée. Vous êtes ensemble depuis ?

Xavier hocha la tête et porta silencieusement son verre à ses lèvres tandis que son interlocuteur le couvait d'un regard incrédule.

— Chapeau bas, petit frère ! Garder aussi longtemps un secret dans la famille Lockett relève de l'exploit.

— Nous avions choisi la discrétion pour que les journalistes nous laissent tranquilles.

— Je vois, mais...

Roman parut soudain embarrassé.

— J'imagine que tu es au courant de son histoire avec Ryan Mills ?

— Ils s'affichent ensemble pour la promotion de leur film. De la publicité, rien de plus.

— Tu en es sûr ?

Il aurait aimé en être certain, mais il n'avait jamais abordé le sujet avec Porscha. Ils se respectaient suffisamment pour ne pas enquêter sur la manière dont ils géraient leur vie privée quand ils étaient éloignés l'un de l'autre. Devait-il s'en inquiéter ? Les rumeurs d'une liaison entre les deux célébrités étaient-elles fondées ? Après tout, il n'en savait rien.

Il était pourtant convaincu d'une chose. Jamais, au grand jamais, il ne laisserait un séducteur comme Ryan Mills mettre en danger sa relation avec Porscha.

7

Exécuter encore et encore les mêmes pas de danse. Répéter mille fois les mêmes mouvements. Porscha était éreintée, et la semaine ne faisait que commencer. À l'approche des BET Awards, la chorégraphe relevait chaque jour le niveau de ses exigences. À peine retirée dans sa loge, la jeune femme vit débarquer sa couturière.

— Nous avons reçu les chaussures pour le défilé, fit Rachel en exhibant devant elle une paire de bottines. Il faut que tu t'entraînes à marcher avec des talons hauts.

Porscha hocha la tête en silence. Entre le tournage du film, l'enregistrement de la bande originale, les conférences de presse et les rencontres avec le public, elle n'avait pas une minute de répit. Après le cours de danse, elle était attendue sur le plateau. Insatisfait du travail de la veille, le réalisateur avait exigé de nouvelles prises de vues. Elle avait parfois l'impression que sa vie avait cessé de lui appartenir. Pour preuve, ce rendez-vous manigancé par sa mère et l'imprésario de Ryan Mills. Un dîner en amoureux et une apparition dans la boîte de nuit la plus en vue de la ville. Elle regrettait aujourd'hui d'avoir accepté de se prêter à cette mascarade.

Que penserait Xavier en découvrant dans les magazines la manière dont elle occupait ses soirées loin de lui ? Elle devait lui parler de la nature purement commerciale de sa relation avec l'acteur avant qu'il ne tire des conclusions trop hâtives de ce qu'il voyait dans la presse.

Une dizaine de journalistes l'attendait à la sortie du studio de danse. Elle ne pouvait plus faire un pas sans se retrouver face à une nuée de caméras.

— Des rumeurs commencent à circuler sur votre liaison avec Ryan Mills. Vous confirmez ?

— Vous le connaissiez avant le tournage ?

Porscha leur répondit par un sourire étudié et s'engouffra sans un mot dans la voiture qui l'attendait le long du trottoir. Sa mère la rejoignit sur la banquette arrière et s'empressa de refermer la portière.

— Tu avais raison, soupira la jeune femme. Le public me voit déjà dans les bras de Ryan.

— La presse écrite aussi, déclara Diane. J'ai déjà reçu des demandes de *People* et de *In Touch*. Ils veulent consacrer un article à votre histoire d'amour.

— Je n'ai rien à leur dire. Un rendez-vous galant au profit de ma carrière, je veux bien. Mais des déclarations mensongères, il n'en est pas question.

— Comme tu voudras, ma chérie. Mais tu peux dire les choses sans monter sur tes grands chevaux.

La trahison de son mari avait fait de Diane une femme amère et revêche. Avant le divorce, c'était une mère très affectueuse. Restée seule avec sa fille, elle était devenue dure, cassante et terriblement exigeante. Porscha ne doutait pas pour autant de son amour.

— Je suis désolée, maman.

— Vraiment ? Tu te comportes parfois comme une enfant gâtée.

— Je mesure tous les efforts que tu fais pour moi, mais je n'irai pas jusqu'à sortir avec un homme pour le bien de ma carrière.

Le reste du trajet se déroula dans un silence tendu, les deux femmes fixant avec tristesse le paysage qui défilait sous leurs yeux. Aussitôt arrivée sur les lieux du tournage, Porscha se précipita dans sa caravane et en verrouilla soigneusement la porte. Elle avait besoin d'un peu de temps pour reprendre son souffle. Après avoir essayé sans succès la technique de respiration que le thérapeute de la clinique lui avait appris à utiliser, elle sortit son téléphone et composa le numéro de Xavier. Il ne se pressa pas pour répondre.

— Salut ! Tu as quelque chose à me dire ?

Sa voix était étrange, presque méconnaissable.

— Tout va bien ? demanda-t-elle.

Elle l'avait appelé pour trouver auprès de lui un peu de réconfort, mais son accueil était glacial. Avait-il déjà eu vent du rendez-vous prévu avec Ryan ?

— J'ai l'impression que tu ne t'ennuies pas à L.A., reprit-il d'un ton ironique.

— Écoute, Xavier, il faut que je te dise quelque chose...

— Laisse-moi deviner ! Tu veux me parler de tes sorties avec Ryan Mills ?

Son portable faillit lui échapper des mains.

— Tu es au courant ?

— Il faudrait vivre dans une grotte pour l'ignorer. Les réseaux sociaux sont inondés de messages et de photos sur votre belle histoire.

— Ce n'est qu'une mise en scène destinée à la promotion de notre film.

— Si c'était le cas, tu m'en aurais parlé plus franchement.

Une série de coups retentit à la porte de la caravane.

— Tournage dans dix minutes. Tu es prête ?

Elle baissa les yeux sur sa montre.

— Désolée, Xav, je dois y aller. On m'attend sur le plateau et je n'ai pas encore enfilé mon costume. On se rappelle plus tard ?

— Si tu y tiens...

Il raccrocha sans même un au revoir. Se sentant plus seule que jamais, Porscha s'installa devant son miroir.

Le cœur à l'envers, Xavier se rendit au rendez-vous que lui avait fixé son patron. Son avenir au sein d'*ASN* était le cadet de ses soucis. Il n'avait pas choisi son métier de commentateur. Agissant en coulisses, comme à son habitude, son père l'avait imposé au comité de rédaction de la chaîne, quelques jours après sa sortie de la clinique. À peine remis du choc provoqué par sa blessure, il s'était retrouvé devant les caméras, sans formation et surtout sans envie.

Jevon l'attendait à la terrasse d'un café très en vogue du centre-ville. Il l'accueillit chaleureusement.

— Et voilà notre présentateur vedette ! Sais-tu que tu es en train de battre tous les records d'audience ?

Il l'invita à s'asseoir et commanda au serveur une bouteille de champagne.

— J'ai une grande nouvelle à t'annoncer.

Embarrassé, Xavier préféra garder le silence.

— Nous avons réfléchi à une nouvelle grille de programme, reprit le directeur, et nous avons décidé de placer ton émission à une heure de grande écoute. Ton charisme et ton expérience du terrain font l'unanimité du public. Deux heures de direct, d'interviews et de reportages. Tous les moyens de la chaîne à ta disposition. Qu'est-ce que tu en penses ?

— Eh bien, je...

Le jeune homme avait un peu honte de ne pas partager son enthousiasme.

— Je ne sais pas, Jevon. Je voulais justement vous dire que j'envisageais de m'éloigner un peu de la télévision. Le développement des actions caritatives de la Fondation Lockett m'intéresse davantage.

— Il n'y a rien de contradictoire là-dedans. Tu pourrais faire d'une pierre deux coups. Profiter de ta présence sur les ondes pour promouvoir tes œuvres de charité et récolter beaucoup d'argent.

— Ce n'est pas seulement une question d'argent, objecta Xavier.

Le métier de commentateur restait pour lui superficiel. Il avait besoin de s'investir dans une mission plus généreuse et plus altruiste.

— J'ai du mal à comprendre, soupira Jevon. Je suis en train de t'offrir le poste le plus envié de toute la profession et tu fais la fine bouche ?

— Vous trouverez dans l'équipe un journaliste plus motivé que moi.

— Je suis prêt à tripler ton salaire.

— Le problème n'est pas là. Les gains accumulés pendant ma brève carrière de footballeur ont été bien placés. Les dividendes me suffisent pour vivre confortablement.

Jevon soupira.

— Je ne te cache pas ma déception, mon garçon. Je pensais que tu sauterais sur l'occasion. Une émission phare à une heure de grande écoute, c'est la célébrité assurée.

La célébrité ? Le mot éveilla soudain l'intérêt de Xavier. L'opportunité lui était offerte d'acquérir une belle notoriété grâce à sa présence sur le petit écran. De quoi susciter l'admiration de Porscha et, pourquoi pas, de jouer à armes égales avec l'acteur qu'elle côtoyait d'un peu trop près !

— Très bien, dit-il après réflexion. Je vais y réfléchir.

Un sourire de soulagement détendit le visage anguleux de Jevon.

— Dieu merci, je vois que tu as retrouvé tes esprits ! Je commençais à penser que tu avais perdu le feu sacré.

Sans le savoir, le directeur avait touché la corde sensible de son interlocuteur. Il tendit sa coupe de champagne dans sa direction.

— Au retour au sommet de Xavier Lockett !

— À mon retour ! approuva Xavier, soudain rempli d'espoir.

— Ne sois pas aussi nerveuse, ma chérie ! Tout est organisé dans les moindres détails.

Porscha se faisait l'effet d'une marionnette livrée au bon vouloir d'une mère intransigeante, d'une costumière obsédée par sa seule apparence et d'une maquilleuse polarisée sur les moindres défauts de son visage. Peinant à se reconnaître, elle observait son image dans le miroir en pied de sa chambre.

— Le bas est parfait, observa Rachel en ajustant sa jupe. Mais je pense que le haut a besoin d'un petit quelque chose.

Elle sortit de la pièce et reparut quelques minutes plus tard avec de nouveaux accessoires. Ayant placé deux coussinets en silicone dans le soutien-gorge de la jeune femme, elle recula d'un pas et hocha la tête en signe d'approbation.

— Là, c'est mieux. Le décolleté est plus plongeant et le pendentif est mis en valeur.

Porscha observait sans voix ses boucles savamment arrangées, le maquillage très sombre de ses yeux et le rouge incandescent de ses lèvres. Nul doute que son producteur serait satisfait. Son image correspondait en tout point à celle que son label tenait à promouvoir. Celle d'une poupée terriblement sexy.

— Tu es prête ? demanda Diane en croisant son regard dans le miroir. Le chauffeur attend depuis un bon quart d'heure.

Porscha se retourna pour lui faire face.

— Je ne sais plus si je dois me prêter à cette comédie.

Sa mère inspira une longue bouffée d'air pour contenir son impatience.

— Débarrassez le plancher ! ordonna-t-elle à l'attention du reste de l'équipe.

Habituées à ses manières abruptes, les jeunes femmes eurent tôt fait de quitter la pièce. Une fois la porte refermée, Diane saisit sa fille par les épaules.

— As-tu la moindre idée de l'importance de cette soirée ? As-tu envie de tout gâcher ?

— Non, maman, répondit Porscha en reculant pour se mettre hors de sa portée. Mais je commence à en avoir assez d'exécuter des décisions que tu as prises à ma place.

— C'est un peu tard pour te dérober. Nous avons conclu un accord avec l'imprésario de Ryan. Il t'attend. Si tu ne vas pas au rendez-vous, tu compromets le tournage et la poursuite de ta carrière. Après t'avoir portée aux nues, la presse se fera un plaisir de te réduire en miettes. Tu m'entends ?

— Il faudrait que je sois sourde pour ne pas t'entendre.

— Alors, prends tes responsabilités et fais ce que tu as à faire !

Les mâchoires serrées, la jeune femme glissa sa pochette sous son bras et se dirigea vers la porte.

— Tu as gagné, je vais aller à ce dîner, lança-t-elle en se

retournant. Mais surtout ne va pas t'imaginer que j'accepterai de t'obéir jusqu'à la fin de mes jours !

Erin l'attendait dans le couloir.

— Tout va bien ? demanda-t-elle en posant une main affectueuse sur son avant-bras.

— Tout est pour le mieux dans le meilleur des mondes, répondit la jeune femme avec amertume. Ma mère décide, et moi je me plie à sa volonté. Mais crois-moi, cette situation ne durera pas éternellement !

Les talons aiguilles de ses escarpins s'enfonçant dans l'épaisse moquette, elle suivit son assistante jusqu'à l'ascenseur. Le chauffeur l'attendait devant la limousine.

— Bonsoir, Miss.

Il ouvrit la portière pour l'inviter à entrer dans le véhicule et s'installa derrière le volant. Profitant d'un rare moment de solitude, Porscha abaissa les paupières pour tenter de rassembler ses pensées. Ses accrochages de plus en plus fréquents avec sa mère l'attristaient. Pourtant, elle ne pouvait se soumettre à son autorité sans mot dire. Elle n'était plus une enfant.

Ce dîner avec Ryan tombait au plus mauvais moment. Quelques jours seulement après le délicieux week-end passé avec Xavier. Elle comprenait sa mauvaise humeur. Il vivait comme une trahison sa relation très médiatique avec l'acteur. Elle se promit de le rappeler à la fin de la soirée pour le rassurer. Leur complicité retrouvée lui était trop précieuse pour la voir compromise par une stupide mise en scène.

8

— Alors ? soupira Xavier avec impatience. Tu vas distribuer, oui ou non ?

Les trois frères étaient réunis chez Roman. Ils avaient invité Wynn et Silas, un ami de la famille, à partager leur soirée entre hommes. Pendant ce temps-là, Angélique Lockett, sa fille Giana et ses belles-filles assistaient à un défilé de mode.

— Nerveux ? demanda Julian en continuant à brasser les cartes. N'oublie pas que tu es le petit dernier de la famille ! Si tu ne nous montres pas un minimum de respect, on se fera un plaisir de te mettre sur la paille.

— Si tu crois me faire peur ! Tu ne fais vraiment pas le poids. Je te dépasse d'une tête et je pèse facilement dix kilos de plus que toi.

Son frère haussa les épaules.

— Tes muscles ne m'impressionnent pas. Il faut être malin pour jouer au poker.

— Xavier a raison, intervint Roman avec impatience. Ça fait bientôt dix minutes que tu mélanges ce paquet en débitant des âneries.

— Détendez-vous, les gars ! Vous êtes donc si pressés de recevoir une raclée ?

Avec une lenteur exaspérante, il distribua les cartes une à une et reposa la pioche devant lui.

— Poker à cinq cartes ? demanda Wynn.

— Le plus classique. En l'absence de ces dames, le strip ne présente aucun intérêt.

De joyeux éclats de rire jaillirent autour de la table.

— Dommage ! soupira Silas en reposant son verre de bière. Moi qui étais venu pour admirer les tablettes de chocolat de Xavier !

— Tu n'aurais rien vu du tout, protesta l'intéressé. Je suis imbattable à ce jeu. À l'époque où je partais en tournée avec mes coéquipiers, nous passions des nuits entières à jouer après les matchs. Certains y ont laissé leur chemise.

— Si tu as l'intention de nous mettre sur la paille, fit Roman, je te souhaite bonne chance, petit frère. Tu ne sais pas à qui tu as affaire.

La soirée se poursuivit dans la bonne humeur, interrompue çà et là par l'arrivée d'un livreur de pizzas ou la sonnerie d'un téléphone. Xavier n'avait pas menti. Il bluffait avec une aisance insolente et raflait la mise plus souvent qu'à son tour. Comme il empilait ses jetons pour la énième fois devant lui, une alerte vibra dans son portable. Il avait installé une application qui lui permettait de suivre le fil d'actualité de Porscha. Quand il consulta son écran, son sourire triomphant se figea.

Ryan Mills et Porscha Childs. Le nouveau couple de Hollywood !

— Bon sang ! jura-t-il à voix haute. J'en étais sûr !

Ses deux frères se levèrent pour venir lire par-dessus son épaule.

— Je ne savais pas que tu te souciais de ce genre de ragots, fit Julian.

Il se dirigea vers le réfrigérateur, en sortit une nouvelle bouteille de bière et servit tout le monde.

— Il faut avouer qu'elle est plutôt appétissante, observa Roman.

Xavier le fusilla du regard.

— Tu n'es pas obligé de te montrer aussi grossier !

— Toutes mes excuses, petit frère. Je comprends que tu sois à cran.

Puis, se tournant vers le reste de l'assemblée :

— Il couche avec elle depuis des mois !

Un concert d'exclamations et de sifflets accueillit la révélation.

— Pas possible ! s'étonna Silas.

— Tout s'explique ! observa Wynn. Je comprends mieux pourquoi une telle célébrité a accepté de venir chanter à mes fiançailles. Tu es un sacré cachottier !

L'intéressé haussa tristement les épaules.

— Elle tenait à garder le secret sur notre relation.

— Pourquoi suis-je le dernier à l'apprendre ? s'indigna Julian.

— Personne n'était au courant jusqu'à ces derniers jours. De toute façon, ça n'a plus aucune importance. Elle sort avec Ryan Mills. Comment pourrais-je rivaliser avec la coqueluche de Hollywood ?

— Aucune chance, affirma Julian.

— Quelle délicatesse ! soupira Roman. Tu ne pourrais pas faire preuve d'un peu de tact ?

— À ta place, je ne m'inquiéterais pas, glissa Silas. C'est vraiment dur d'être amoureux d'une femme adulée par le public. Et crois-moi, je sais de quoi je parle !

Son épouse était un mannequin connu dans le monde entier, dont la célébrité avait jadis causé la ruine de leur couple.

— Janelle et moi sommes restés séparés pendant cinq ans. Dieu merci, nous avons fini par nous réconcilier.

— Pour être franc, je trouve que cette Porscha n'est pas faite pour mon frère, reprit Julian. Elle évolue dans un monde bien trop superficiel.

Xavier secoua la tête.

— Tu ne comprends pas.

— Oh si, je comprends. Tu es amoureux d'elle et l'idée de la savoir avec un autre te rend dingue.

— Sa relation avec Mills n'est qu'une mise en scène destinée aux médias. C'est du moins ce qu'elle prétend. Je ne sais pas si je dois la croire.

— Tu lui as dit que tu avais des sentiments pour elle ? demanda Wynn.

Xavier hésita un instant.

— J'imagine qu'elle le sait.

— Il faut que tu sois clair avec elle. Et si tu l'aimes vraiment, tu dois lui proposer autre chose qu'une simple aventure.

Devait-il écouter les paroles de son beau-frère ? Était-il prêt lui-même à s'engager dans une relation plus sérieuse ? Il l'ignorait encore aujourd'hui.

— Je suis d'accord, renchérit Roman. Une belle bague de fiançailles et l'affaire sera réglée.

— Une bague ? Mais je ne veux pas me marier.

— Alors quoi ? Sais-tu vraiment ce que tu veux ?

Peu après, Xavier regagnait l'appartement prêté par son ami. Il n'avait aucune envie de devoir affronter ses parents dans l'état de confusion où il se trouvait. Pour la première fois de sa vie, le comportement d'une femme excitait sa jalousie. Il était désemparé.

— Tu es splendide ! s'exclama Ryan dans son sourire éblouissant de star.

À son arrivée au restaurant, Porscha avait été accueillie par une véritable armada de journalistes. Des dizaines de fans formaient une haie d'honneur à l'entrée de l'établissement, criant son nom et brandissant avec enthousiasme des photos du couple qu'elle formait avec l'acteur. La situation était devenue hors de contrôle. Dissimulant son angoisse avec peine, elle avait docilement pris la pose devant les caméras et répondu à ses admirateurs par de petits mouvements gracieux de la main.

— Tu n'es pas mal, toi non plus, répondit-elle en le suivant jusqu'à la table qui leur était réservée.

Il tira galamment sa chaise devant elle pour l'inviter à s'asseoir. Était-il toujours aussi chevaleresque ou agissait-il seulement pour la galerie ? Tous les regards étaient tournés dans leur direction.

— Je suis très heureux que nos équipes aient organisé ce rendez-vous, dit-il en prenant place devant elle. J'admire énormément ton travail.

— Vraiment ?

— Oh ! oui, ton premier album était incroyable et le dernier est une pure merveille.

Porscha se détendit et éclata de rire.

— Tu es très doué pour les flatteries. Comme tous les gens de ce milieu.

— Je suis sincère, il faut me croire.

Puis, dans un haussement d'épaules, il poursuivit :

— C'est plutôt agréable de recevoir des compliments. Tu ne trouves pas ?

— C'est vrai. D'ailleurs, je tenais à te dire que je t'ai trouvé remarquable dans ton dernier film. La presse s'est montrée beaucoup trop sévère avec toi et tu aurais vraiment mérité l'Oscar d'interprétation.

Il avait été nominé mais avait échoué à remporter le prix tant convoité. Une déconvenue sans importance dans une carrière déjà couronnée de succès à l'occasion des Golden Globes.

— Je ne sais pas pourquoi, mais le jury semble avoir une dent contre moi. Ça ne m'empêchera pas de retenter ma chance.

— C'est admirable. Ne jamais reculer devant l'obstacle. Accepter l'échec et tout de suite remonter en selle. J'en ai fait l'expérience, il y a quelques années.

— Tu fais allusion à ton deuxième album, je suppose ?

— En effet.

Porscha n'avait pas l'intention de s'étendre sur le sujet. L'évocation de ce fiasco retentissant ne lui était jamais agréable. Ryan parut le comprendre car il se garda d'insister et préféra porter un toast à leur soirée. Il entama ensuite une discussion sur le film qui les réunissait à l'écran, louant la pertinence du scénario, le talent du réalisateur et des autres acteurs. La jeune femme faisait mine de l'écouter, mais ses pensées étaient ailleurs. Que n'aurait-elle donné pour partager ce dîner avec Xavier ? Le pauvre devait se sentir bien seul à Atlanta.

Un peu avant la fin du repas, elle quitta la table pour se rendre aux toilettes. Enfin seule, elle consulta son portable. Le message qu'elle y trouva lui arracha un soupir.

J'espère que tu apprécies ton dîner avec ton nouvel ami. Je te souhaite une bonne soirée.

Le ton sarcastique lui déplut foncièrement. Comment Xavier osait-il la juger ? Elle lui avait expliqué que ce rendez-vous en tête à tête était un stratagème médiatique. Elle n'allait pas renoncer à promouvoir sa carrière pour son bon plaisir. D'ailleurs, elle ne lui avait rien promis. Elle avait choisi de vivre leur liaison au jour le jour, sans jamais penser au lendemain. La manière dont il l'avait blessée jadis lui dictait la prudence, et elle préférait avancer de façon avisée dans leur relation.

Après un instant de réflexion, elle se reprocha sa sévérité et se promit de le rappeler au plus vite pour le rassurer. Elle ne pouvait pas lui parler librement depuis les toilettes du restaurant. Les journalistes étaient aux aguets de ses moindres faits et gestes. Aspirant une longue bouffée d'air pour se redonner du courage, elle rajusta rapidement son maquillage et retourna auprès de Ryan.

— J'ai pris la liberté de renvoyer la carte des desserts, dit-il dans un sourire. J'espère que ça ne te dérange pas.

— Au contraire. Le repas était suffisamment riche et le sucre m'est interdit.

— Alors, si tu es prête, nous pouvons passer à la deuxième partie de la soirée. Mon imprésario nous a organisé une apparition dans une boîte de nuit. Une idée de ta mère, à ce qu'il paraît. Ma voiture est garée juste à l'extérieur. Mon chauffeur nous attend.

Elle opina d'un air résigné. Après avoir réalisé des centaines de clichés pendant leur dîner, les paparazzis les aveugleraient encore de leurs flashs à la sortie du restaurant. À l'heure qu'il était, les réseaux sociaux devaient regorger d'images et de commentaires. De quoi entretenir la colère de Xavier.

S'acquittant de son rôle à la perfection, Ryan posa une main dans le bas de son dos et l'escorta galamment vers la sortie. À bout de nerfs, elle affronta une nouvelle fois les caméras dont le nombre semblait avoir décuplé depuis leur arrivée. Jamais elle n'aurait dû accepter d'apparaître dans cette sinistre comédie.

Car il y aurait un prix à payer pour cette mise en scène. La fin de sa relation avec Xavier.

9

La boxe n'était pas le sport favori de Xavier. Il lui préférait de loin la gymnastique et la musculation. Aujourd'hui pourtant, il avait ressenti le besoin de libérer son agressivité. Rien de tel que des coups violents assénés dans un sac de frappe de cent kilos pour apaiser la colère. Habitué du gymnase, son beau-frère avait accepté de le rejoindre. Depuis ses récentes fiançailles avec Giana, les deux hommes s'étaient liés d'amitié. Mais que pouvait faire Wynn face à la rage immense qui le possédait ? La veille au soir, son portable n'avait cessé de vibrer sous une avalanche de notifications indignes et révoltantes. Excédé, il les avait désactivées, sans pour autant retrouver son calme. L'idée que Porscha passe du bon temps avec un autre homme le mettait tout simplement hors de lui.

— Du calme, Xav ! fit Wynn en s'approchant. Ce pauvre sac ne t'a rien fait. Si tu continues à ce rythme, tu vas te démolir les poignets.

Sa remarque lui valut un regard meurtrier.

— Et moi non plus, je ne t'ai rien fait.

Xavier marqua une pause pour lui répondre.

— C'est uniquement à moi que j'en veux. Si j'avais eu un brin de jugeote, je n'aurais jamais laissé cette fille revenir dans ma vie.

Le nouveau venu posa son sac de sport sur le sol.

— Tu as envie d'en parler ?

— Pas maintenant. J'ai besoin de me défouler. Va te changer et rejoins-moi sur le ring !

— Comme tu voudras !

Pendant que son beau-frère s'éclipsait dans les vestiaires, Xavier tenta de recouvrer ses esprits. Wynn n'était pas son ennemi. Il n'avait pas mérité d'essuyer sa mauvaise humeur. Quand il reparut, quelques minutes plus tard, il l'accueillit avec un sourire amical. Ensemble, ils soulevèrent les cordes et se hissèrent sur le ring.

— Prêt au combat ? demanda Xavier en sautillant sur ses jambes.

— Toujours prêt, répondit Wynn. Je suis plutôt bon à ce sport. J'espère que tu as rédigé ton testament.

Le combat dura près de une heure, et Xavier donna le meilleur de lui-même. Son beau-frère n'avait pas menti. Il se déplaçait avec une aisance remarquable et produisait une variété de coups dignes d'un professionnel. Il l'envoya plus d'une fois au tapis. Mû par une rage qui ne voulait pas faiblir, il se releva courageusement pour relancer l'affrontement, mais il eut beau frapper, Wynn était le plus fort. À bout de forces, il finit par crier grâce.

— Belle défense ! observa le vainqueur en retirant son protège-dents. Pourtant, je ne te vois pas souvent à l'entraînement.

Xavier saisit sa serviette accrochée à la corde et essuya son visage inondé de sueur.

— Disons que j'avais mieux à faire, ces derniers temps ! fit-il en reprenant son souffle.

Ils quittèrent le ring et se dirigèrent d'un même pas vers la fontaine à eau.

— Tu veux parler de la ravissante Porscha Childs, j'imagine ?

— On ne peut rien te cacher. Malheureusement, cette histoire est bien mal engagée. Il semble que j'ai eu tort de lui faire confiance.

Wynn remplit un verre et le lui tendit.

— On dit que les hommes et les femmes ne viennent pas de la même planète. C'est sans doute pour ça que nous avons tant de mal à nous entendre. Comme je le disais hier soir, tu n'as pas été assez clair avec elle.

— Je pensais que tout allait bien entre nous. J'avoue que je ne comprends pas ce qu'elle est allée chercher auprès de cet homme.

— Tu as peur de la perdre ?

— Je ne me sens pas à la hauteur. Comment pourrais-je rivaliser avec une star de Hollywood ? J'ai été célèbre, moi aussi, mais ma gloire appartient au passé. Depuis cet accident stupide, je ne vaux plus rien.

— Tu n'as pas le droit de te déprécier comme tu le fais. Tu excelles dans ton travail de reporter sportif et ton engagement dans les bonnes œuvres est tout à fait remarquable. Je disais justement hier à Giana que j'avais décidé de faire un don à la Fondation Lockett.

— Rien ne t'y oblige, Wynn.

— Je sais. D'ailleurs, tu n'as pas idée du nombre d'associations et d'organismes de bienfaisance qui viennent me solliciter. Si je choisis de t'aider, c'est que la cause que tu défends me tient particulièrement à cœur. Le soutien aux jeunes défavorisés est une mission essentielle pour notre société. La position que j'occupe aujourd'hui, je la dois en partie au Boys and Girls Club. Alors, crois-moi, je sais de quoi je parle !

— Merci, fit Xavier avec gratitude.

La reconnaissance de son entourage le réconfortait. Elle l'aidait à tourner une page douloureuse de son passé.

— Pour en revenir à ce Ryan Mills, reprit Wynn, je crois que tu n'as pas de souci à te faire. Qu'a-t-il d'autre à offrir que son sourire de star ?

— Apparemment, Porscha n'est pas de ton avis.

— Parle-lui ! Toute cette histoire n'est qu'un malentendu, j'en suis sûr.

Xavier se promit d'écouter les conseils de son beau-frère et de dire à Porscha ce qu'il avait sur le cœur.

— Des retombées publicitaires fantastiques ! s'exclama Diane en pénétrant dans la chambre de sa fille. Ce dîner en amoureux était un véritable coup de génie.

Elle ouvrit grand les rideaux et déposa une tasse de thé sur la table de chevet d'une Porscha à moitié endormie. Soulevant péniblement les paupières, elle se redressa et arrangea ses oreillers pour mieux s'y laisser retomber.

— Tu as déjà lu la presse ?

— Plutôt deux fois qu'une. Tu fais la une de tous les magazines avec Ryan. Votre film devrait faire un nombre d'entrées phénoménal.

— Très bien, murmura la jeune femme d'une voix sans timbre.

Diane espérait une réaction plus enthousiaste. Elle ne chercha pas à dissimuler sa déception.

— Très bien. C'est tout ce que tu trouves à dire ?

— À quoi t'attendais-tu ? À me voir sauter de joie sur mon lit ?

— Je pensais te faire plaisir avec ces bonnes nouvelles. Ce tournage a totalement redoré ton image. Tu n'es plus la Porscha maussade et déprimée que le public s'était habitué à voir. Tu es une chanteuse et une actrice couronnée de succès et heureuse.

Heureuse ? L'était-elle vraiment ? Elle se faisait l'effet d'une marionnette manipulée contre son gré par une équipe obsédée par les seuls résultats du box-office.

— Tu peux me laisser, s'il te plaît ? Je suis fatiguée.

— Moi qui pensais fêter ça avec toi ! Faire les boutiques et déjeuner en ville...

— Pas aujourd'hui.

Elle entendait profiter de cette rare journée de liberté, sans enregistrement ni tournage, pour traîner dans son lit et ne penser qu'à elle-même. Et, bien sûr, à Xavier. Depuis la veille, il avait ignoré tous ses appels et tous ses messages. Ce maudit rendez-vous avec Ryan avait semé le trouble dans leur relation. Elle voulait clarifier la situation et lui exposer la réalité de ce dîner en tête à tête avant qu'il ne soit trop tard. La soirée avait traîné en longueur. Les moments passés dans la boîte de nuit avaient été interminables. Quand enfin l'acteur l'avait raccompagnée à son hôtel, il avait voulu l'embrasser. Le baiser destiné à ses lèvres avait atterri sur sa joue. Consterné, il avait enfin accepté de prendre congé.

— Comme tu voudras, soupira sa mère à regret.

Une fois la porte de sa chambre refermée, Porscha se laissa retomber dans son lit et enfouit son visage sous ses draps pour se protéger de la lumière qui inondait la pièce. Elle comprenait la contrariété de Xavier, mais ne ressentait pour autant aucune culpabilité. Qu'avait-il à lui reprocher ? Son métier présentait des contraintes. S'il refusait de les accepter, leur liaison était vouée à l'échec.

Cette semaine-là, Xavier s'efforça d'oublier sa déception dans le travail. Il mena de nombreux entretiens avec les jeunes joueurs des Cougars, mit au point un partenariat entre Curtis et la fondation, et réalisa l'interview avec De Sean Jones que son patron lui avait commandée. Cependant, Jevon mettait au point les détails de son nouveau contrat avec la chaîne. Bientôt, il serait aux commandes d'une émission très populaire qui ferait de lui un journaliste célèbre et augmenterait considérablement ses revenus. Une promotion obtenue grâce à son seul talent et qui, pour une fois, ne devait rien à l'influence de son père.

Totalement immergé dans l'accomplissement de ses tâches, il tentait d'ignorer les rumeurs de plus en plus insistantes sur la relation de Porscha avec Ryan Mills. Un défi bien difficile à relever quand l'image de leur couple inondait les réseaux sociaux. Il se sentait trahi, humilié. Et, quand elle cessa d'essayer de le joindre, il pensa l'avoir perdue pour de bon. La situation était pour lui d'autant plus douloureuse que jamais il ne s'était trouvé dans le rôle du perdant. Habituellement, c'était lui qui menait la danse, c'était lui le bourreau des cœurs. Jamais il n'avait subi pareille déconvenue. Allait-il accepter de se laisser éconduire aussi facilement ? Il n'était pas du genre à se désespérer sans rien faire. Porscha se moquait de lui et de ses sentiments ? Eh bien, il allait lui rendre la monnaie de sa pièce.

Mû par un puissant désir de vengeance, il appela son ancien coéquipier. Allen Lewis était un fêtard et un coureur de jupons invétéré. Avec lui, il n'aurait aucun mal à rencontrer d'autres femmes.

Le samedi soir venu, vêtu de son pantalon noir et de sa chemise rose préférée, il le retrouva dans un restaurant très en vogue du centre-ville. Il était conscient d'engager un jeu puéril avec Porscha, mais il refusait de rester seul chez lui à se morfondre.

— Regardez qui est là !

Son ami se leva et l'accueillit avec une bourrade familière dans le dos.

— Où étais-tu passé ces derniers mois ? On commençait tous à penser qu'une femme riche d'Atlanta t'avait mis le grappin dessus !

Des éclats de rire fusèrent autour de la table.

— Personne ne me met le grappin dessus ! s'indigna sèchement l'intéressé.

— Tu m'en vois soulagé, reprit Allen. Tu prendras un scotch ? Un bourbon ? Il y a si longtemps que je ne t'ai pas vu que je ne sais même plus quel était ton péché mignon. En dehors des femmes, je veux dire.

— Va pour un scotch ! répondit Xavier, les mâchoires serrées.

Il avait oublié à quel point les manières de son ami pouvaient être déplaisantes. Contrairement à ses anciens équipiers, il n'avait jamais accepté la familiarité et les blagues douteuses qui avaient cours dans le milieu sportif.

— Je suis sûr que tu as déjà repéré les trois bombes qui viennent d'arriver.

Difficile de ne pas remarquer le trio étourdissant auquel Allen faisait allusion. Les regards de tous les hommes présents dans la salle se délectèrent du spectacle, et celui de Xavier ne fit pas exception. Derrière une blonde platine vêtue d'une robe plus étriquée qu'un timbre-poste, se profilait la silhouette d'une superbe créature brune, dont le décolleté plongeant dévoilait une poitrine généreuse. Une poupée asiatique fermait la marche. Sa combinaison moulante ne laissait guère de place à l'imagination.

Les trois grâces étaient là pour se faire remarquer, un objectif qu'elles atteignaient sans difficulté. Elles étaient là aussi pour lier connaissance avec des hommes. Repérant la tablée des Cougars d'Atlanta, elles foncèrent jusqu'à eux pour se présenter. La jeune femme d'origine asiatique, prénommée Mei, s'approcha de Xavier.

— C'est la première fois que tu viens ici ? Je ne pense pas te connaître.

— En as-tu envie ?

Elle lui sourit.

— Un si beau garçon, je ne dis pas non.

La blonde jeta son dévolu sur Allen. La brune choisit le plus jeune. Bientôt rejointe par d'autres beautés en quête d'aventures, la joyeuse équipée quitta le restaurant pour écumer les bars et les boîtes de nuit de la ville. D'humeur maussade, indifférent aux babillages de sa compagne, Xavier se fit un devoir d'accompagner le groupe jusqu'au bout de la nuit. Il refusait de laisser le comportement de Porscha l'affecter. Elle lui préférait un autre homme ? Soit ! Il n'allait pas cesser de vivre pour autant.

Mei ne le quitta pas de toute la soirée et elle aurait sans doute adoré finir la nuit dans son lit. Mais, si la perspective de se retrouver seul lui faisait horreur, il n'avait pas envie de faire l'amour à n'importe qui.

— Comment s'appelle-t-elle ? demanda la jeune femme en plongeant soudain ses yeux noirs dans les siens.

— De qui parles-tu ?

Elle laissa échapper un petit rire indulgent.

— Je parle de la femme à laquelle tu penses en ce moment. Parce que ce n'est certainement pas moi.

Il tenta de la contredire, mais elle refusa de l'écouter.

— Ne me raconte pas d'histoires ! La plupart des hommes m'auraient déjà emmenée dans leur appartement. Toi, tu as l'air de t'ennuyer et tu regardes au loin comme si tu avais hâte de sortir d'ici.

Il feignit la surprise.

— Vraiment ?

— Vraiment. Tu es venu retrouver tes amis pour te distraire, mais rien n'y fait. Tu ne peux pas t'empêcher de penser à cette femme.

— Je suis désolé, Mei. Tu t'attendais sans doute à autre chose.

— Ce que j'attendais n'a aucune importance. Tu as l'air malheureux.

Était-ce si évident ?

— Tu n'as pas renoncé à elle, reprit-elle. C'est flagrant.

— Disons que j'ai préféré prendre un peu de recul.

— Les histoires de couple sont toujours compliquées. Tu devrais lui parler. Lui dire ce que tu as sur le cœur.

Xavier n'était pas sûr de le vouloir. Quel droit avait-il de demander des comptes à Porscha ? Après tout, ils ne s'étaient rien promis.

— Je te remercie pour ta compréhension, dit-il enfin. Et je m'excuse pour ma mauvaise humeur. Veux-tu que je te dépose chez toi ?

Mei jeta un coup d'œil autour d'elle. Ses deux amies étaient parties. Sans doute en compagnie d'Allen et de l'un de ses camarades.

— Je veux bien. Sinon, j'appellerai un taxi.

— Ma voiture est à deux pas.

Ils sortirent dans la rue déserte et marchèrent côte à côte jusqu'au parking. Plongés dans leurs pensées, ils ne remarquèrent pas le photographe dissimulé au coin de la rue.

10

Xavier Lockett à la sortie d'une boîte de nuit avec une belle inconnue. Qui est la femme mystère ?

Porscha parcourut du regard la légende du magazine que son assistante lui mit sous les yeux, le lendemain matin. Comme chaque jour, les deux amies passaient en revue l'emploi du temps de la lourde semaine qui les attendait. Cherchant à dissimuler sa contrariété, elle tempéra son commentaire.

— Les journalistes sont à l'affût de tout, dit-elle. Leur curiosité n'a pas de limites. Mais, entre nous, qui s'intéresse aux frasques du petit dernier des Lockett ?

— J'ai hésité à te le montrer, mais j'ai pensé que tu voudrais être au courant.

— Tu as bien fait, Erin. Merci.

Elle faisait mine de ne pas être affectée, mais le cliché la plongea dans un abîme de réflexions. Xavier cherchait-il à se venger de sa sortie trop largement médiatisée avec Ryan ? Après avoir superbement ignoré ses appels et ses messages pendant des jours, il essayait maintenant d'éveiller sa jalousie. C'était de bonne guerre, et elle ne pouvait lui en vouloir. En s'affichant au bras d'un autre homme, c'était elle qui avait donné le premier coup de canif à leur relation. Il lui rendait tout simplement la monnaie de sa pièce. Mais si sa réaction et son désir de vengeance étaient compréhensibles, elle ne les approuvait pas pour autant. Elle se sentait déçue et terriblement humiliée. Déçue par son égoïsme et son manque d'indulgence. Humiliée par le petit jeu stupide auquel il semblait vouloir se livrer.

Sa propre riposte devrait attendre. Pour l'heure, elle était attendue par son professeur de diction pour préparer l'ultime séquence de son film. Le tournage touchait à sa fin, et elle en éprouvait un immense soulagement. Après le rythme délirant des semaines passées, les répétitions, les prises de vues et les interviews à la presse, elle était au bord de la rupture. Trop de sollicitations. Trop de fureur médiatique. Elle se sentait continuellement exposée au regard du public et avait besoin de retrouver un semblant d'intimité.

Indifférente à son malaise, sa mère n'avait cessé de jeter de l'huile sur le feu par des déclarations mensongères à la presse. À l'en croire, Porscha était follement amoureuse de Ryan et le couple ne tarderait pas à annoncer ses fiançailles. Indignée par ses fabulations, la jeune femme l'avait priée de démentir ses propos. L'acteur était un homme agréable, mais elle n'éprouvait aucun sentiment pour lui. Xavier lui manquait et elle craignait d'avoir perdu la complicité qui les avait unis jusqu'alors. Sans surprise, Diane avait catégoriquement refusé de s'exécuter.

— Prête pour cette dernière répétition ? demanda son professeur en lui tendant une copie du scénario. La scène finale comporte un long monologue. J'espère que tu es en forme.

Elle s'efforça de chasser sa contrariété pour mieux se concentrer sur son texte. Après deux longues heures de travail auprès d'un enseignant terriblement exigeant, elle quitta le studio dans un état d'épuisement avancé. Dieu merci, rien n'était prévu dans son emploi du temps pour le reste de la journée. Elle décida de rappeler Xavier pour avoir avec lui une conversation franche et directe. Mais, malgré ses tentatives répétées, il ne daigna pas décrocher son téléphone. Frustrée et en colère, elle composa le numéro de l'aéroport. Si le pilote commençait sans tarder le ravitaillement de son jet privé, ils pourraient décoller dans l'après-midi et atterrir à Atlanta en début de soirée. Il n'était pas raisonnable d'entreprendre un si long voyage quand elle était attendue sur le tournage le lendemain après-midi, mais elle s'en moquait. Son esprit ne trouverait pas de repos tant qu'elle n'aurait pas dit à Xavier tout ce qu'elle avait sur le cœur.

Le dimanche venu, Xavier s'accorda une grasse matinée. Ses abus de la veille l'avaient fatigué. Une migraine effroyable lui vrillait le crâne. Il avait perdu l'habitude de veiller aussi tard et d'abuser un peu trop de l'alcool. Incapable d'envisager la moindre sortie, il traîna en peignoir dans sa chambre toute la journée, bien décidé à ne rien faire jusqu'au lendemain. Un brin masochiste, il passa des heures à naviguer sur Internet, à la recherche de nouvelles photos de Porscha en compagnie de Ryan Mills. C'était stupide, il le savait, mais il ne pouvait refréner sa curiosité. Il ne comprenait pas ce qu'elle pouvait trouver à ce beau gosse insignifiant, et encore moins pourquoi cette liaison le mettait hors de lui. Oscillant entre rage et indulgence, il tenta de se calmer. Après tout, ils ne s'étaient juré ni fidélité, ni amour éternel. N'avait-elle pas le droit de profiter de la vie sans lui rendre de comptes ?

Lui-même n'était pas un modèle de vertu. Il ne s'était jamais privé de la compagnie des femmes. Il faut dire que son physique agréable lui avait valu d'innombrables conquêtes. Des rencontres sans lendemain. Des aventures purement sexuelles où les sentiments n'avaient pas leur place. Avec Porscha, c'était différent. Ils se connaissaient depuis longtemps et avaient noué ensemble une réelle complicité. Alors oui, il finit par s'avouer qu'il la voulait pour lui seul. Pour la première fois de sa vie, il éprouvait les affres de la jalousie.

Comme il s'extrayait avec effort du canapé pour aller s'ouvrir une bière et grappiller quelques chips dans la cuisine, un bruit de pas se fit entendre sur le gravier de l'allée. Qui cela pouvait-il être ? Il n'attendait personne. Jetant un coup d'œil discret à la fenêtre, il vit une limousine garée le long du trottoir. Quelques secondes plus tard, quand le carillon de l'entrée retentit, il fut saisi d'un instant de panique. Porscha. Il aurait dû s'attendre à sa visite. Comme il ne répondait à aucun de ses appels, elle avait décidé de venir le surprendre. D'abord perturbé par son audace, il finit par se rendre à la raison. La jeune femme avait pris la bonne décision. Une explication était nécessaire. Ils ne pouvaient éternellement jouer au chat et à la souris.

Il resserra la ceinture de son peignoir, ouvrit grand la porte et recula d'un pas pour céder le passage à sa visiteuse. Après un long silence chargé de ressentiment, il entama le dialogue d'un ton plutôt acerbe.

— Je ne pensais pas que tu trouverais le temps de me rendre visite. Ta vie amoureuse est si mouvementée à Hollywood. Attends, laisse-moi deviner ! Tu es venue chercher un peu de calme et de réconfort avant de retourner auprès de ton nouvel amant ?

Ses paroles étaient cruelles. Aussi, il ne fut pas surpris quand Porscha posa ses deux mains sur son torse pour le repousser à l'intérieur de la pièce. Comme il retrouvait son équilibre, elle claqua la porte derrière elle et vint se planter devant lui.

— Tu n'as pas le droit de me parler ainsi ! déclara-t-elle en le fusillant du regard. Pas après ce que tu as fait hier soir.

Elle sortit son téléphone de sa poche et lui mit sous le nez l'image de la belle Asiatique rencontrée la veille. Ahuri, il contempla le cliché en se demandant qui pouvait bien en être à l'origine.

— J'ignorais que nous avions été photographiés. Mais après tout, qu'importe ! C'est toi qui nous as lancés dans cette voie, Porscha. Tu es bien mal placée pour me donner des leçons. Tu ne sais rien de ce que je ressens.

— Je suis venue jusqu'ici pour le savoir, dit-elle en jetant sa veste en cuir sur le dossier du canapé. Parce que tu ne réponds à aucun de mes appels.

— Pourquoi voudrais-tu que je réponde ? Qu'attends-tu de moi ? L'autorisation de sortir avec d'autres hommes ? Tu n'auras pas ma bénédiction.

Elle secoua la tête.

— Ce n'est pas ce que je suis venue chercher. Et tu le sais très bien.

— Pourquoi ne m'as-tu pas prévenu de ce dîner avec Ryan Mills ?

— Tu m'as prévenue, toi, de ta sortie avec cette femme ?

Un point partout, la balle au centre.

— Je n'ai pas couché avec elle, se défendit-il.

— Et moi, je n'ai pas couché avec Ryan. Ce rendez-vous était seulement destiné à la promotion de notre film. Je n'y peux rien, je suis devenue un personnage public. Est-ce si difficile à comprendre ?

— Le problème avec toi, c'est que tu fixes toutes les règles. Je ne suis pas un gentil toutou qu'on décide de renvoyer dans sa niche quand il devient encombrant. J'ai une vie, moi aussi. J'ai beaucoup travaillé, cette semaine. Hier soir, j'avais besoin de me distraire. Comme tu n'étais pas là, je suis sorti avec mes anciens camarades de l'équipe des Cougars. Ce n'est pas un crime !

— Tu as raison, concéda-t-elle d'une voix plus douce. Je te demande pardon. J'aurais dû t'informer de cette soirée organisée par ma mère et par l'imprésario de Ryan. Je regrette de ne pas l'avoir fait.

Il acquiesça dans un pâle sourire.

— Enfin, tu l'admets.

— Oui, je l'admets, mais ce n'est pas une raison pour en faire toute une histoire.

Un long silence ponctua les paroles de Porscha.

— Je ne veux pas que tu sortes avec d'autres hommes, confessa soudain Xavier.

— Ah oui ? Et pourquoi ?

Elle le poussait dans ses retranchements pour enfin l'entendre dire ce qu'il éprouvait pour elle.

— Parce que je suis jaloux, évidemment ! L'idée qu'il pose les mains sur toi, qu'il t'embrasse…

Il dirigea le regard sur sa bouche.

— Ces lèvres, fit-il en en dessinant le contour avec son pouce. Elles sont à moi, et à moi seul.

Le pouls de Porscha battait frénétiquement à la base de son cou. Jamais Xavier ne s'était montré aussi possessif.

— Mes lèvres m'appartiennent, riposta-t-elle.

— Ah oui ? Tu le penses vraiment ?

Comme il réduisait la distance qui les séparait, leurs regards se noyèrent l'un dans l'autre.

— Elles sont aussi à moi, déclara-t-il. Et je vais te le prouver tout de suite.

Il l'attira contre lui et écarta ses cuisses avec son genou pour lui faire ressentir la dureté de son désir. Puis, prenant possession de sa bouche avec une autorité inhabituelle, il lui démontra avec force qu'elle était sienne. Sa langue pénétra hardiment dans sa bouche, sans lui laisser le temps de reprendre son souffle. Un instant sidérée, la jeune femme se soumit à son étreinte dominatrice avant de pouvoir lui répondre. Elle posa les mains sur son torse, les remonta jusqu'à sa nuque et, les yeux clos, elle remua les lèvres sous les siennes, le suppliant de l'embrasser encore et encore.

Autour d'eux, le monde avait cessé d'exister. L'indignation et la colère s'étaient évanouies. Ryan Mills et la belle Asiatique avaient disparu du paysage. Il n'y avait plus que deux amants éperdus, désespérément accrochés l'un à l'autre.

Au terme d'un baiser étourdissant, Xavier releva légèrement la tête pour reprendre son souffle et la défier du regard.

— Ose encore me dire que tu n'es pas à moi !

Porscha était submergée par tant d'émotions qu'elle fut incapable de lui répondre. Son corps entier était en feu et son désir plus ardent que jamais. Insatiable, elle agrippa sa nuque et colla à nouveau sa bouche contre la sienne. La compagnie de Xavier, ses baisers et ses caresses lui procuraient un bonheur immense. Par quelle magie parvenait-il à éveiller en elle un trouble aussi profond ?

Peu après, les deux amants se retrouvaient dans la chambre. Débarrassés de leurs vêtements en un éclair, ils se jetèrent ensemble sur le lit.

— Tu me rends fou, fit Xavier en s'installant au-dessus d'elle. Je vais te faire hurler de plaisir. Tu seras à moi et tu ne penseras plus jamais à un autre.

Porscha crut perdre la raison lorsqu'il atteignit son sexe et fit glisser ses doigts à l'intérieur. Trop impatient pour se perdre en préliminaires, il retira prestement sa main pour la remplacer par son sexe gonflé de désir. L'espace d'un instant, ils restèrent tous deux immobiles, comme fascinés par le bonheur qu'ils s'apportaient l'un à l'autre. Animé d'une folle passion, le regard de Xavier s'immergeait au plus profond de son âme. Il voulait la faire sienne, la posséder tout entière.

Brûlant de lui appartenir, Porscha enroula les jambes autour de ses hanches et commença à remuer doucement le bassin. Transporté dans un océan de sensations délicieuses, il abaissa les paupières et se laissa bercer par son doux balancement. Puis, incapable de résister plus longtemps, il plongea profondément en elle et l'entraîna dans une danse effrénée qui les mena ensemble au sommet de l'extase. Leurs cris déchirèrent le silence de la pièce. De longues minutes s'écoulèrent au son de leurs respirations haletantes.

Vidé de toutes ses forces, Xavier se laissa retomber contre la silhouette tremblante de son amante et l'enveloppa dans l'étreinte de ses bras. Il pouvait être satisfait. La démonstration était irréfutable. Porscha, ou tout au moins son corps, lui appartenait.

11

Xavier se réveilla au milieu de la nuit, le corps satisfait, mais l'esprit préoccupé par l'avenir de sa relation avec Porscha. Si leurs étreintes les avaient réconciliés, rien ne semblait réglé pour autant. Dans quelques heures, elle repartirait à Los Angeles pour replonger dans le milieu artificiel du show-biz. Un univers qui lui était totalement étranger. Aurait-elle conscience de laisser derrière elle un homme inquiet, tourmenté par l'éloignement que leur imposait la poursuite de sa carrière ? Une entente sexuelle, aussi parfaite fût-elle, ne pouvait suffire à bâtir la confiance essentielle au bien-être d'un couple.

Déconcerté, il en vint à s'interroger sur la manière dont ils faisaient l'amour. La plupart du temps, un baiser suffisait à les enflammer. Dévêtus à la vitesse de l'éclair, ils s'unissaient sans préliminaires et atteignaient ensemble les sommets de l'extase. Leur satisfaction physique était intense, mais où étaient l'affection et le respect ? L'assouvissement des sens ne pouvait suffire à l'harmonie d'une relation.

Avec mille précautions, il souleva le drap qui recouvrait la jeune femme endormie et, dans la douce clarté de l'aube, il admira religieusement le spectacle qui s'offrait à sa vue. Lentement, presque méthodiquement, il embrassa chaque centimètre de sa peau. Engourdie dans un profond sommeil, elle s'éveilla peu à peu à la caresse de ses lèvres et ouvrit paresseusement les yeux. Découvrant pour la première fois les chemins d'une tendre complicité, leurs corps s'unirent patiemment dans le partage et l'échange, une communion parfaite de l'âme et de la chair.

Deux heures plus tard, Porscha reprit conscience avec la sensation d'un profond bouleversement. Quelque chose s'était produit au cours de la nuit, qui avait transformé leur relation. Comme une bonne fée se penchant au-dessus d'un berceau, un génie bienveillant semblait les avoir touchés de sa grâce. Elle posa le regard sur le visage de Xavier et retrouva l'innocence du jeune homme jadis rencontré à Denver. Elle regrettait amèrement de ne pouvoir rester auprès de lui pour partager cette complicité recouvrée. L'équipe du film l'attendait sur le tournage en milieu d'après-midi, et elle ne pouvait se soustraire à ses obligations.

— Xavier !

Elle lui secoua doucement l'épaule pour le réveiller.

— Hum… ? grogna-t-il d'une voix ensommeillée.

— Il faut qu'on parle.

— Ça ne peut pas attendre ?

Il lui tira doucement la main pour l'obliger à se rallonger près de lui.

— Non. J'ai besoin de te parler avant de partir.

Elle appuya sur l'interrupteur de la lampe de chevet, inondant soudain la pièce d'une lumière aveuglante. Se protégeant les yeux de la paume de la main, il se cala le dos contre les oreillers.

— Qu'est-ce que tu veux me dire de si bon matin ? Je suis à moitié endormi.

— Je te dois des explications au sujet de Ryan. Je sais que j'aurais dû te parler de lui bien plus tôt, mais j'avais peur de ta réaction.

— Et tu avais sacrément raison. Quand je pense à lui, j'ai des envies de meurtre.

— Comme je te l'ai déjà expliqué, ma mère s'est directement entendue avec l'agent de Ryan pour mettre au point cette mascarade. Ils ont agi dans mon dos. Je n'y suis pour rien, tu dois me croire.

— Tu n'étais pas obligée d'accepter.

Elle baissa honteusement la tête.

— Tu as raison.

— Je t'ai connue moins soumise à la volonté de Diane. La vérité, c'est que tu as été incapable de résister au charme de cet abruti.

Il rejeta les draps et se dirigea vers la salle de bains sans se retourner.

— Xavier… attends ! cria-t-elle en lui emboîtant le pas. Tu ne vas tout de même pas me reprocher cette histoire éternellement. Est-ce que je te reproche d'avoir flirté avec cette femme, l'autre soir ?

Il exhala un long soupir.

— Nous voilà revenus au point de départ de notre discussion d'hier. Alors, je te le redis, j'exige de t'avoir pour moi et pour moi seul !

Comme il ouvrait les robinets, elle le rejoignit sous le jet de la douche.

— Fais-moi confiance ! fit-elle en se collant contre lui. Depuis que nous nous sommes retrouvés, aucun autre homme ne m'a approchée.

Peu convaincu, il la gratifia d'une moue dubitative.

— Je te jure que c'est vrai. Rien ne s'est passé entre Ryan et moi. Absolument rien. Seulement un dîner mortellement ennuyeux.

— Tu vas le revoir ?

— Pas en dehors du travail.

Mécontent de sa réponse, il la repoussa.

— Si ça ne te dérange pas, j'aimerais faire ma toilette tranquillement.

— Arrête de te conduire comme un enfant ! Je me moque de Ryan. C'est toi que je veux.

Joignant le geste à la parole, elle emprisonna son sexe dans sa main et commença à le caresser.

— Hé, qu'est-ce que tu fais ? J'ai besoin d'un préservatif.

— Où sont-ils ?

— Tiroir du bas, sous le lavabo.

Elle sortit de la cabine pour attraper le paquet en aluminium et l'ouvrir avant de le rejoindre. Tout en l'embrassant, elle glissa la protection sur la raideur de son sexe. Excité par le contact de ses doigts, Xavier la repoussa contre la paroi, saisit ses cuisses et accrocha ses deux jambes autour de son bassin. L'union magique de leurs corps effaça instantanément les doutes et les réprobations de chacun. Le visage enfoui dans les mèches ruisselantes de la jeune femme, Xavier accéléra le rythme de ses pulsions. Très vite, son puissant va-et-vient la porta au sommet du plaisir. Dans un long cri plaintif, elle céda à l'orgasme. Électrisé par les contractions de ses muscles, il augmenta encore la cadence et, incapable de se retenir plus longtemps, il rejeta la tête en arrière et cria à son tour sa libération.

Reprenant contact avec le réel, Porscha comprit que le bonheur que lui procurait son amant dépassait de très loin le seul plaisir des sens. Elle éprouvait des sentiments pour Xavier. Des sentiments qui avaient sans doute pris naissance des années auparavant, lors de leur rencontre à Denver. Profondément émue, elle regagna la chambre et commença à réunir ses vêtements.

— Pourquoi faut-il que tu partes aussi vite ? demanda-t-il tristement. Il est à peine 8 heures.

— Je dois rentrer. Nous tournons cet après-midi la dernière scène du film.

Il acquiesça d'un air résigné.

— Laisse-moi le temps de m'habiller ! Je vais te conduire à l'aéroport.

Porscha secoua la tête.

— J'ai appelé mon chauffeur. Il ne va pas tarder. Surtout, reste comme tu es !

Elle laissa glisser ses mains sur le bas de son torse et le débarrassa de la serviette enroulée autour de ses hanches.

— Je veux me souvenir de toi de cette manière. Sexy et encore terriblement excité.

— Comment oses-tu m'abandonner dans cet état ?

— Je suis désolée, mais je ne peux pas rester.

Elle plongea un regard inquiet dans le sien.

— Dis-moi que je peux partir tranquille ! Que tout va bien maintenant entre nous.

— Bien sûr, répondit-il sans conviction.

Sans oser l'avouer, il lui en voulait de le quitter aussi précipitamment pour rejoindre un monde dont il était exclu. Un monde où leur relation courait le plus grand des dangers.

— Ne t'inquiète pas ! murmura Porscha. Je te promets de te tenir au courant de tous mes faits et gestes.

— Et Ryan ?

Depuis quelques semaines, le fantôme de l'acteur hantait chacun de leur tête-à-tête.

— Je vais faire une déclaration à la presse, lui assura-t-elle avec fermeté. Dire que notre histoire est terminée. Ils finiront par nous laisser tranquilles.

Puis, après un coup d'œil affolé à sa montre, elle ajouta :

— Je dois te laisser, maintenant.

Elle voulut déposer un simple baiser sur ses lèvres, mais il refusa de s'en contenter. Passant les mains dans ses cheveux, il retint son visage avec force et l'embrassa avec ardeur.

— Tu ne m'aides pas, gémit-elle en se retirant doucement de son étreinte. Je t'appellerai avant le décollage. C'est promis.

Sur ces mots, elle quitta l'appartement. Abandonné à son triste sort, Xavier retourna dans la chambre et se laissa retomber sur le lit. Les bras croisés derrière la tête, il repensa aux événements de la soirée et de la nuit.

La visite de Porscha avait été une surprise. Son exposition médiatique avec Ryan Mills ne lui avait laissé aucun espoir sur l'avenir de leur relation, et il s'attendait à recevoir le coup de grâce. Au lieu de cela, elle lui avait présenté des excuses en niant toute intimité avec un homme qu'elle jurait de ne pas fréquenter en dehors du travail.

Il voulait la croire, mais il craignait encore de se bercer d'illusions.

Un souvenir cuisant lui revint en mémoire. Celui de Tyra Daniels, une jeune femme avec qui il avait vécu une aventure tourmentée. Refusant d'accepter la fin de leur liaison, elle avait affirmé qu'il était le père de son bébé. Il était à l'époque au sommet de sa gloire. La nouvelle aurait pu mettre un terme à sa carrière. Un enfant en dehors du mariage, ce n'était pas un exemple pour la jeunesse. Il avait fallu toute l'habileté et l'opiniâtreté de l'avocat de la famille Lockett pour rétablir la vérité. Tyra avait été la maîtresse de plusieurs joueurs de l'équipe et elle savait pertinemment qu'il n'était pas responsable de sa grossesse. L'envie de faire partie d'une riche famille d'Atlanta l'avait poussée à inventer un énorme mensonge. Dès lors, Xavier avait appris à se méfier des femmes.

Porscha n'avait rien de commun avec Tyra Daniels, mais avait-il raison de lui faire confiance ?

12

Porscha rentra in extremis à Los Angeles. Il était un peu plus de 10 heures quand son jet atterrit sur la côte Ouest, ce qui lui laissait tout juste le temps de passer chez elle pour se changer avant de rejoindre le plateau où l'équipe l'attendait à midi. Elle n'avait dormi que quelques heures dans l'avion, mais ne regrettait pas le moins du monde sa virée nocturne à Atlanta. Comme elle s'y était attendue, Xavier lui avait réservé le plus froid des accueils. Son affichage avec Ryan le mettait hors de lui. Confronté à la photo de la jeune Asiatique, il avait simplement admis un besoin de distraction. Il ne supportait pas d'être éloigné d'elle et les moments trop brefs qu'ils arrivaient à partager le laissaient insatisfait.

Le spectacle éblouissant de la route côtière qui longeait le Pacifique ne parvint pas à chasser son amant de son esprit. N'était-ce pas étrange de tomber deux fois amoureuse du même homme ? L'ascendant qu'il exerçait sur elle était presque effrayant. C'était comme si le poison puissant qu'il lui avait injecté quatre ans auparavant bouillonnait encore dans ses veines.

Diane montait la garde sur le perron de la villa qu'elles avaient investie, le temps du tournage. Ses traits tendus n'auguraient rien de bon. Porscha soupira. Elle se faisait l'effet d'une gamine ayant outrepassé l'autorisation de minuit. Elle sortit de voiture, déposa un baiser sur la joue de sa mère et se précipita à l'intérieur pour couper court à toute discussion.

Diane se précipita sur ses talons.

— Tu es sûre que tu n'as rien à me dire ?

— Que veux-tu que je te dise ? lança-t-elle par-dessus son épaule.

— Tu as disparu sans me dire un mot. Ce ne sont pas des manières.

— Je n'ai pas à t'informer de tous mes faits et gestes. Je suis une grande fille, à présent.

Elle grimpa quatre à quatre les marches qui conduisaient à l'étage, mais rien ne pouvait décourager sa mère de la suivre jusqu'à sa chambre.

— Pour l'amour du ciel, maman, accorde-moi une minute de répit !

— Je ne te laisserai pas commettre la plus grosse erreur de ta vie, sans rien dire.

— Tu ne sais pas de quoi tu parles.

Elle se débarrassa de ses vêtements et les jeta en hâte sur son lit. Quand, vêtue de sa seule lingerie, elle se dirigea dans la salle de bains pour se brosser les dents, sa mère se glissa dans l'embrasure de la porte.

— Il va te faire souffrir, Porscha. Encore une fois.

La jeune femme croisa son regard dans le miroir.

— C'est mon affaire, soupira-t-elle, excédée.

— On dirait que tu as oublié l'état lamentable dans lequel tu es rentrée de la clinique. Tu étais là-bas pour guérir du chagrin causé par la perte de ton père et tu es revenue plus déprimée que jamais.

— La situation a changé. Cette fois, c'est moi qui lui ai fait du mal. Les rôles sont inversés. Ce dîner très médiatisé avec Ryan lui a brisé le cœur.

— Et qu'a-t-il fait ? Il est allé se consoler dans les bras d'une autre ! Ton assistante m'a montré le magazine.

Porscha secoua la tête.

— Tu devrais avoir honte. User de ton autorité pour faire pression sur une pauvre employée ! Tu lui as tiré les vers du nez pour qu'elle te dise où j'étais partie. Tes manières de despote sont révoltantes.

Seule Erin savait qu'elle s'était envolée pour Atlanta.

— Je ne veux que ton bien, insista Diane d'une voix radoucie. Est-ce si difficile à comprendre ?

— Nous poursuivrons cette discussion à un autre moment. Puis-je avoir un peu d'intimité pour passer sous la douche ou est-ce trop demander ?

Diane la fixa longuement avant de sortir et de claquer la porte derrière elle. Enfin seule, la jeune femme ne put s'empêcher de ressasser les paroles de sa mère. Et si Diane voyait juste ? Et si Xavier l'abandonnait pour la deuxième fois ? Non, le scénario de Denver ne pouvait se répéter. La situation avait changé et leur relation paraissait plus solide aujourd'hui.

L'horloge du studio décomptait le temps de parole de Xavier. Il lui restait trois minutes pour achever son interview. Après une ultime question, il remercia son hôte et conclut l'émission. Comme l'ingénieur du son retirait le micro épinglé à sa veste, une silhouette familière se dessina derrière les caméras.

— Giana, qu'est-ce que tu fais ici ? demanda-t-il avant de l'étreindre affectueusement.

— J'espérais convaincre mon petit frère de déjeuner avec moi. Mais tu as peut-être d'autres projets...

— Absolument pas.

— Parfait !

Elle glissa un bras sous le sien, et ils se dirigèrent ensemble vers la rangée d'ascenseurs.

— Je voulais avoir de tes nouvelles, reprit-elle en le précédant à l'intérieur de la cabine. Tu t'es montré plutôt discret, ces derniers temps.

— J'étais très occupé.

— Avec une femme, je présume ?

— La curiosité est un vilain défaut, Giana.

— Je m'intéresse à toi, c'est tout.

Quelques minutes plus tard, ils étaient attablés dans un restaurant vietnamien situé à deux pas du studio. Une fois leur commande passée, porc au caramel pour l'un et bo-bun pour l'autre, la jeune femme rentra sans attendre dans le vif de la discussion.

— Les journaux sont inondés de photos de Porscha Childs au bras de Ryan Mills. Ça ne t'ennuie pas ?

— Ils ne s'affichent ensemble qu'à des fins publicitaires.

— Ce n'est pas ce que j'ai entendu. D'après la rumeur, ils sont ensemble depuis le début du tournage.

— Faux ! coupa Xavier en se versant un verre d'eau. Si tu penses que j'accepterais de partager une femme avec un autre, tu me connais bien mal.

Giana haussa les épaules.

— C'est vrai, tu es mon petit frère, mais j'ignore tout de ta vie privée.

— Il ne faut pas croire tout ce que dit la presse. Rappelle-toi cette histoire avec Tyra ! Les journalistes ont pris d'emblée son parti. Ils ont crié au scandale et publié sur moi un tissu de mensonges.

— Je m'en souviens très bien. Papa était hors de lui. Il craignait que les ragots colportés par les magazines mettent ta carrière en danger.

— C'est une des rares fois où j'ai apprécié son intervention. S'il n'avait pas lancé ses avocats sur l'affaire, Tyra aurait totalement ruiné ma réputation.

— Heureusement, rien de tout ça n'est arrivé et tu as remporté le trophée Heisman.

Xavier hocha la tête, et son esprit dériva vers un passé à jamais révolu. Comme il avait été heureux, à l'époque, et comme son avenir était prometteur ! Il reprit pied dans la réalité quand la main de sa sœur se posa sur la sienne pour la serrer doucement.

— Je suis désolée, Xav. Je n'aurais pas dû faire allusion à ta carrière de sportif.

Il sourit tristement.

— Ne t'inquiète pas ! Après toutes ces années, je me suis résigné à mon sort. Les souvenirs surgissent de temps à autre, mais ils ne sont plus aussi douloureux.

— Je suis heureuse de l'entendre.

Quand le serveur eut déposé leurs plats sur la table, Giana revint au sujet initial.

— Tu ne m'as pas vraiment répondu à propos de Porscha Childs. Wynn m'a dit que tu étais furieux, l'autre jour, au gymnase.

— J'étais jaloux, mais depuis, elle m'a tout expliqué.

— Tu l'as revue ?

Il sourit en songeant à la nuit délicieuse qu'ils avaient partagée.

— Hier soir. Elle est venue me voir.

— Et tu n'as pas pris un jour de congé pour rester avec elle aujourd'hui ?

Elle paraissait consternée.

— Elle est repartie ce matin. On l'attendait à Los Angeles pour la fin de son tournage.

— Tu es en train de me dire qu'elle a fait ce long voyage pour une seule nuit avec toi ?

— Absolument.

— Eh bien, on dirait que c'est du sérieux !

— Nous sommes heureux ensemble, mais nous ne nous sommes rien promis pour l'instant.

Giana fronça les sourcils avec un air de doute.

— Si tu le dis...

Comprenant qu'elle n'en saurait pas davantage, elle reposa sa fourchette à côté de son assiette et orienta la conversation dans une tout autre direction.

— J'espère que tu seras présent à la fête prénatale de Julian et Elyse ?

— Je ne sais pas encore.

— Viens, je t'en prie ! Toute la famille sera là.

Comme il regagnait le studio, en début d'après-midi, Xavier s'interrogea sur les paroles de sa sœur. Giana avait raison. Son histoire avec Porscha était sans doute plus sérieuse qu'il n'était prêt à l'admettre. Jamais, par le passé, il n'avait accordé d'importance à sa relation avec une femme. Les affres de la jalousie lui étaient étrangères et l'éloignement ne l'avait jamais fait souffrir.

Un peu plus tôt, ce matin-là, sous le jet brûlant de la douche, comme leurs deux fronts étaient collés l'un à l'autre et leurs corps unis comme s'ils étaient faits pour se fondre en un seul, il s'était demandé ce qu'il leur restait à découvrir l'un de l'autre. Mille choses, il en était persuadé. À condition qu'il accepte d'ouvrir son cœur au sentiment encore inconnu de l'amour.

13

Les prises de vues terminées, Ryan raccompagna Porscha jusqu'à sa caravane.

— La presse est déçue de notre discrétion, déclara-t-il en lui ouvrant sa porte. Tout le monde voyait en nous les successeurs de Brad et Angelina.

Elle lui sourit.

— Je suis désolée, mais...

Comment avouer à la coqueluche de Hollywood que son charme la laissait parfaitement indifférente ? Il n'avait qu'à claquer des doigts pour voir toutes les femmes tomber à ses pieds. La nuit passée à Atlanta avait transformé son univers intérieur. Xavier voulait l'avoir pour lui seul, et elle entendait bien exaucer sa prière en cessant de s'afficher en compagnie de l'acteur.

— Mais ? répéta-t-il pour l'encourager à poursuivre.

— Il y a un autre homme dans ma vie, répondit-elle en toute franchise.

— Et cet homme n'est pas capable de comprendre les exigences de ton métier ? Le succès de notre film dépend en partie de la rumeur médiatique qui l'accompagne. Il nous suffit de nourrir la curiosité des journalistes.

— Ce n'est pas si simple.

— On dirait qu'il compte beaucoup pour toi.

Porscha hocha lentement la tête. Ryan avait raison. Elle ne pouvait plus ignorer ses sentiments pour Xavier, même si les blessures du passé lui dictaient la prudence.

— Très bien, reprit l'acteur, je n'insisterai pas. Mais je dois te dire que ton attitude n'est pas très professionnelle. Ma notoriété est faite. C'est pour ta carrière que je m'inquiète. Tu joues avec le feu. J'espère que tu n'auras pas à regretter ton insouciance.

Peu après, Diane s'invitait dans la caravane.

— Je viens de croiser Ryan. Il m'a dit que tu ne voulais plus te montrer à ses côtés.

— C'est exact.

— Je pense que tu commets une erreur, ma chérie.

— Je ne te demande pas ton avis. C'est ma vie et c'est moi qui décide.

Sa mère fronça les sourcils.

— Tu n'as rien à attendre d'un sportif raté, rencontré dans une clinique psychiatrique.

Porscha écarquilla les yeux sous le choc. Autant de cruauté la laissa un instant sans voix. Reprenant ses esprits, elle désigna la porte.

— Sors d'ici ! Tout de suite !

— Ma chérie, je suis désolée, fit Diane en se rapprochant d'elle. Je n'aurais pas dû...

La jeune femme recula.

— Dehors, je t'ai dit !

— D'accord, je vais te laisser. Mais si tu as besoin de moi, tu sais où me trouver.

Elle descendit une marche et s'arrêta pour s'adresser à Erin qui attendait à quelques pas.

— Prends soin d'elle, s'il te plaît ! Je crois qu'elle a perdu la raison.

Désespérée, Porscha se laissa tomber sur la banquette.

— Je peux ? demanda son assistante en venant s'asseoir tout près d'elle. Tu as peut-être envie d'être seule ?

— Non, non. Reste, je t'en prie !

Un flot de larmes amères coulait sur ses joues.

— Que ferais-je sans toi, Erin ? Tu es la seule à me comprendre. Je suis navrée que ma mère t'ait harcelée pour savoir où j'étais partie. Elle n'en avait pas le droit. C'est pour moi que tu travailles.

— C'est sans importance.

— Je ne suis pas d'accord. Cette fois, elle a franchi la ligne jaune.

— Ne t'inquiète pas pour si peu ! Je me suis habituée à son mauvais caractère.

Parmi toutes les personnes de son entourage, Erin était sans doute la plus compréhensive et la plus digne de confiance. Intelligente et sensible, elle avait aussi des qualités professionnelles indéniables. Porscha savait qu'elle ne pourrait la retenir très longtemps et elle redoutait plus que tout le jour où elle viendrait lui présenter sa démission.

Qui pourrait alors la remplacer ? Diane en était incapable. Au fil des ans, la frontière entre son rôle de mère et de manager était devenue bien trop floue. Une mise au point s'imposait. Elle ne pouvait tolérer plus longtemps son ingérence dans sa vie privée.

— Il n'y a pas si longtemps, les hommes n'étaient pas invités à ce genre d'événements. Entre nous, je me demande ce que je fais là.

Xavier et tous les autres éléments masculins de la famille bavardaient joyeusement sur la terrasse de la résidence Lockett, tandis que les femmes échangeaient à l'intérieur mille conseils sur la grossesse, la layette et la décoration des chambres d'enfants.

Malgré l'éloignement de Porscha, la semaine avait passé plus vite qu'il ne l'avait redouté. Ils s'étaient envoyé des centaines de messages et s'étaient appelés plusieurs fois par jour. Certainement plus que par le passé. En exigeant l'exclusivité, il semblait avoir engagé leur relation dans une voie plus sérieuse et plus exigeante.

— Nous avons changé de siècle, observa Roman. Les hommes ne sont plus relégués dans la salle d'attente au moment des naissances. Notre participation est devenue beaucoup plus active. Depuis les cours de préparation à l'accouchement jusqu'à l'arrivée de bébé. Sans oublier le congé paternité.

— Nous sommes restés discrets jusqu'à présent, glissa Silas, mais Janelle est enceinte, elle aussi. Je compte sur votre soutien et vos conseils, le moment venu.

— Félicitations ! s'exclama Wynn en donnant à son ami une chaleureuse accolade. Je suis vraiment content pour toi. Je sais que vous vouliez tous les deux fonder une famille depuis longtemps.

— C'est vrai. Mais j'avoue que nous sommes un peu angoissés. Depuis quelques semaines, nous sommes plongés dans la lecture de tous les manuels de parentalité.

— L'approche moderne de l'obstétrique n'a plus aucun secret pour moi, renchérit Julian. Techniques de relaxation, respiration... La méthode Lamaze est devenue mon unique référence.

— Je ne peux pas le croire ! s'indigna Xavier. Grossesse et accouchement. Mes frères n'ont plus que ces mots à la bouche !

— Tu n'es pas différent de nous ! fit Roman dans un éclat de rire. La même chose t'arrivera un jour et tu viendras à coup sûr nous demander des conseils.

L'intéressé secoua énergiquement la tête.

— Moi ? En bon père de famille ? Honnêtement, je ne crois pas.

Un tel projet ne lui avait jamais traversé l'esprit. L'idée même du mariage lui était étrangère. Julian s'approcha pour lui tapoter amicalement l'épaule.

— Je parlais comme toi, il n'y a pas si longtemps. Et regarde-moi, aujourd'hui ! Ma rencontre avec Elyse a totalement changé ma vie. Et je te jure que je ne le regrette pas ! Mon existence de célibataire commençait à devenir ennuyeuse. Il vient un temps où l'on a envie d'autre chose.

— Et voilà que tu parles comme un vieux ! soupira Xavier. Non vraiment, tout ça ne me fait pas envie.

Le timbre d'une voix féminine s'immisça soudain dans la conversation.

— Julian ! Tu peux venir, s'il te plaît ?

— On dirait que tu es convoqué, le taquina Roman.

Julian roula des yeux vers son frère aîné et se dirigea à l'intérieur.

— Votre bonheur fait plaisir à voir, reprit Xavier. Mais, sincèrement, les biberons et les couches, ce n'est pas pour moi.

— La vie de couple n'est pas une accumulation de contraintes domestiques, corrigea Roman. Il y a surtout l'amour et la tendresse.

Évidemment, il faut que tu choisisses une femme digne de toi. Une femme en qui tu puisses avoir confiance.

L'allusion était trop évidente. Xavier leva au ciel des yeux exaspérés.

— Tu ne vas pas t'y mettre, toi aussi ? Tu ignores tout de Porscha. J'ai déjà dit à Giana que cette histoire avec Ryan Mills n'était qu'un coup médiatique. Vous parlez tous sans savoir. Il faut apprendre à connaître les gens avant de commencer à les juger.

— Ne prends pas la mouche, Xav ! Je m'inquiète pour toi, c'est tout. Tu as connu pas mal de déboires avec les femmes. Il ne faudrait pas que tu sois déçu, une fois de plus.

— Rassure-toi ! Cette sombre histoire avec Tyra m'a servi de leçon. J'en parlais pas plus tard qu'hier avec Wynn et Curtis. Mon rôle est de les mettre en garde contre les dangers qui les guettent, et notamment les mauvaises fréquentations. Il est si facile de se faire piéger, de nos jours.

— Tous ces conseils de prudence, tu devrais te les appliquer à toi-même.

Xavier ouvrit la bouche pour lui répondre, mais une nouvelle convocation émanant de l'intérieur de la maison mit fin à la conversation.

— Nous sommes attendus dans le salon, dit Wynn.

— Pour quoi faire ? demanda Silas.

— Nous verrons bien.

Quelques minutes plus tard, Xavier et tous les autres se retrouvèrent happés dans un concours saugrenu. Il s'agissait de voir lequel d'entre eux était le plus rapide à aspirer le contenu d'un biberon de jus de pomme. Xavier remporta ce premier défi, immédiatement suivi par un concours de lange. Les yeux bandés, chacun des hommes de l'assemblée fut sommé d'emmailloter les fesses roses d'une poupée. Habitué à changer les couches de son fils dans un état de semi-somnolence, Roman sortit largement vainqueur de cette deuxième épreuve. La troisième manche se déroula dans le parc où un parcours d'obstacles attendait les futurs papas. Chacun des participants se vit attribuer une poussette qu'il était chargé de mener à bon port en un temps record. L'agilité et la rapidité de Julian eurent raison de ses concurrents. Il arriva premier sur la ligne d'arrivée, sans avoir éjecté le poupon de son landau.

Angélique Lockett avait préparé un buffet somptueux. Crudités, tartes salées, boulettes de viande suédoises, satay de poulet, bouchées de macaroni au fromage, pétoncles enrobés de bacon, rien ne manquait pour régaler les papilles de ses invités.

— C'est délicieux, maman, déclara Elyse en s'installant sur le canapé. Tu t'es vraiment surpassée.

L'épouse de Roman avait pris l'habitude d'appeler ainsi la maîtresse de maison, sa propre mère ayant succombé à un cancer, de longues années auparavant.

— Je suis heureuse que ça te plaise, ma chérie. Tout le monde est servi ?

Ayant rempli son assiette, Xavier fit une sortie discrète vers la cuisine. Il cherchait un moment de tranquillité, mais son père ne tarda pas à le rejoindre.

— Je vois que je ne suis pas le seul à échapper à tout ce brouhaha.

— Ouais, un peu trop de femmes et de bébés dans la même pièce.

Josiah l'observa un instant.

— C'est drôle. De tous mes fils, je pensais que tu serais le premier à embrasser la paternité.

— Pourquoi donc ?

— Parce que c'est à toi que j'ai accordé le plus clair de mon temps et de mes attentions.

Pour le meilleur et surtout pour le pire, songea Xavier. Il se garda bien d'exprimer sa pensée à voix haute. S'installant sur la banque centrale, il dévora le contenu de son assiette en silence. Il connaissait son père. Il n'avait sans doute pas provoqué ce tête-à-tête sans une intention précise. Il avait quelque chose à lui dire ou à lui demander.

— Je suis vraiment fier de tout le travail que tu accomplis à la fondation, et on m'a dit que tu excellais dans ton rôle de mentor.

— Et ?

— Eh bien, je me demandais si tu étais enfin prêt à rentrer au bercail.

Et voilà ! Josiah ne tournait jamais autour du pot très longtemps.

— En tant qu'entraîneur, tu veux dire ?

Son interlocuteur hocha la tête.

— Le métier de reporter sportif n'est pas pour toi, nous le savons tous les deux. Disons qu'il t'aura permis de rester dans le milieu et qu'il t'aura aidé à sortir de ta dépression. Maintenant, tu dois songer à autre chose.

— Tu as l'impression de me connaître par cœur, mais ce n'est pas le cas.

— Je sais que le fils que j'ai élevé a tout sacrifié à l'amour du football.

— Ces jours sont révolus.

— Tu ne vas pas retourner sur le terrain, c'est évident. Mais tu as du talent, mon garçon. Et tu dois croire en toi comme je crois en toi depuis que tu es enfant.

Xavier leva sur lui un regard sombre.

— Je croyais que tu me voyais comme un raté.

— Ai-je jamais dit une chose pareille ?

— Non, mais je sais que je t'ai déçu.

Josiah posa une main sur la sienne.

— J'ai été déçu pour toi, et uniquement pour toi. La manière dont tu t'es ressaisi après la fin tragique de ta carrière est remarquable. Tu as fait preuve de caractère. Je suis extrêmement fier de toi.

Xavier retira sa main et s'éloigna de quelques pas.

— Comment peux-tu l'être ? Je n'ai pas atteint mon plein potentiel.

— La vie t'a donné du fil à retordre, déclara son père. Mais tu as su relever la tête.

Il s'apprêtait à répondre quand son téléphone se mit à vibrer. Il le retira de sa poche et lut le nom de Porscha sur son écran.

— Excuse-moi une minute, papa !

Il quitta la cuisine avant de décrocher.

— Coucou, c'est moi, fit la voix à peine audible de la jeune femme.

— Pourquoi parles-tu aussi bas ? Je t'entends à peine.

— Je suis devant le portail.

— Le portail ? Quel portail ?

— Celui de la résidence Lockett. J'ai sonné plusieurs fois à l'Interphone, mais le gardien refuse de m'ouvrir. Il dit que la famille n'attend plus personne.

— Tu es là ? cria Xavier en commençant à courir dans le couloir. Je n'arrive pas à le croire.

En moins d'une minute, il eut traversé le parc. Derrière la grille, il reconnut la silhouette de Porscha. Pourtant, sa tenue n'avait rien d'habituel. Elle portait un jean, un blouson d'aviateur, une casquette de base-ball et des lunettes noires. Quand il l'invita à entrer, elle se jeta dans ses bras et s'accrocha à lui dans un geste désespéré. Ses yeux étaient rouges et son visage inondé de larmes.

— Mon Dieu, Porscha, qu'est-ce qui t'arrive ?

— C'est horrible.

Elle appuya la tête contre son torse et donna libre cours à ses sanglots.

— Ça va aller, murmura Xavier en la serrant tendrement. Je suis là.

Il lui prit la main et l'éloigna du manoir pour la conduire jusqu'à une dépendance érigée en bordure de propriété. C'était un pavillon aménagé pour recevoir des visiteurs de passage. Un endroit où personne ne viendrait les déranger. Refermant la porte derrière eux, il l'invita à s'asseoir sur le canapé et prit place à ses côtés. Peu à peu, le chagrin de la jeune femme s'apaisa. Il n'avait aucune idée de ce qui avait provoqué sa détresse, mais il se retint de l'accabler de questions. Ils restèrent silencieux un long moment jusqu'à ce qu'enfin elle se décide à parler.

— Le tournage s'est arrêté parce que le réalisateur n'était pas satisfait du scénario. Il a demandé aux auteurs de réécrire les séquences finales et il a renvoyé les comédiens. Comme j'étais épuisée, j'ai décidé de rentrer chez moi. Dès l'instant où j'ai quitté le plateau, j'ai été assaillie par une meute de journalistes. Erin, mon assistante et unique confidente…

Un nouveau sanglot jaillit de sa gorge.

— Elle m'a trahie.

— Comment ça ? demanda Xavier. Qu'a-t-elle fait, au juste ?

— Elle a dit à la presse que j'avais séjourné dans une clinique psychiatrique. Elle leur a parlé de Denver.

— Oh non ! Ma chérie, je suis tellement désolée.

Il la serra à nouveau contre sa poitrine. Pourquoi la nouvelle n'était-elle pas arrivée jusqu'à lui ? Il se rappela soudain avoir désactivé le fil d'actualité de Porscha après son rendez-vous avec Ryan. Il ne l'avait jamais rétabli.

— J'ai fait confiance à cette femme pendant des années, reprit-elle d'une voix chevrotante. Depuis ma sortie de l'hôpital. Je suis vraiment trop stupide.

— Ce n'est pas ta faute, souffla-t-il tendrement à son oreille.

— Je l'ai toujours traitée avec respect. Je l'ai grassement rémunérée. Qu'attendait-elle de plus ?

— Manifestement, un journaliste plus malin que les autres a réussi à la soudoyer. Je ne vois pas d'autre explication.

— Comment a-t-elle pu révéler mes secrets les plus intimes ? J'ai l'impression d'avoir reçu un coup de poignard dans le dos. Je ne m'attendais vraiment pas à ça de sa part.

— Tu ne devrais pas y accorder trop d'importance, lui assura Xavier. Tu as passé quelques semaines dans une clinique. Ce n'est pas comme si tu avais tué père et mère. Tout va s'arranger, j'en suis sûr.

Elle secoua la tête d'un air désespéré.

— Je ne vois pas comment. L'Amérique entière me croit malhonnête parce que j'ai dissimulé une partie sombre de mon passé. Le public était au courant de la dépression causée par le décès de mon père, mais personne ne savait que j'avais fait un séjour dans un service psychiatrique.

— Encore une fois, ce n'est pas ta faute. Erin a trahi ta confiance. Tu n'es pas responsable.

— J'aimerais te croire, Xavier, mais je m'en veux terriblement.

Je suis naïve et beaucoup trop influençable. La vérité, c'est que je ne sais plus à qui me fier. Tout le monde semble ligué contre moi.

Elle leva sur lui ses yeux remplis de larmes.

— Je suis venue jusqu'ici parce que je me sens en sécurité avec toi. Je peux compter sur toi, n'est-ce pas ?

— Bien sûr que tu peux compter sur moi, Porscha ! Je ne te ferai jamais aucun mal.

Elle acquiesça lentement.

— Merci. J'ai juste besoin de reprendre mon souffle, de retrouver un peu de mes forces.

— Ta place est auprès de moi. Je suis là pour toi et je te protégerai.

14

Lorsqu'elle se réveilla, le lendemain matin, Porscha ne savait plus où elle était. Lentement, ses yeux s'ouvrirent sur le spectacle éblouissant des eaux turquoise de l'océan. Le mobilier de la pièce était en rotin blanc. Dans l'embrasure de la porte, elle entrevit un couloir menant à une salle de bains aux murs recouverts de marbre.

Une chose était certaine. Elle ne se trouvait pas dans sa maison de Los Angeles, assaillie du matin au soir par des hordes de journalistes. Peu à peu, les événements des derniers jours lui revinrent en mémoire. Sa dispute avec Diane. La trahison d'Erin. L'indiscrétion de son assistante avait mis en lumière une période de sa vie qu'elle s'était toujours appliquée à garder secrète.

Le décor ne ressemblait pas non plus à celui du pavillon où Xavier l'avait conduite, la veille au soir. Trahie par ses proches, mise à nu par la révélation de son secret le plus intime, elle avait trouvé refuge auprès du seul être qui avait encore sa confiance. Après l'avoir consolée pendant des heures, Xavier avait fait affréter le jet privé de son père et ils s'étaient envolés vers les îles Turques-et-Caïques, à la tombée de la nuit.

Vêtue d'un long T-Shirt des Cougars d'Atlanta, elle rejeta les draps et se leva. Marchant pieds nus dans le couloir, elle se laissa guider par les notes enjouées d'une musique reggae qui provenait de l'étage inférieur. Elle trouva son compagnon sur la terrasse, son grand corps d'athlète étendu sur une chaise longue, ses yeux fixés sur l'océan.

Xavier adorait séjourner dans les Caraïbes. Il avait trouvé l'endroit lorsqu'il cherchait une retraite apaisante, après sa blessure. La magie du lieu lui avait procuré le calme dont il avait désespérément besoin à l'époque. Il espérait que Porscha en retirerait autant de bienfaits. Sa détresse l'avait profondément bouleversé. Révolté par la trahison de son entourage, ému par sa profonde solitude, il était prêt à tout pour la protéger. Depuis quelque temps, elle n'était plus seulement son amante et elle éveillait en lui beaucoup plus que le désir. Il n'était pas sûr de l'aimer, pas sûr non plus de bien comprendre la signification de l'amour, mais il était conscient d'un profond changement dans leur relation.

Et ce changement lui faisait peur. Quatre ans auparavant, quand ils se fréquentaient à la clinique de Denver, les mêmes craintes l'avaient assailli. Leur entente parfaite et leur trop grande complicité avaient menacé d'envahir un territoire qu'il voulait conserver pour lui-même. Le temps n'avait rien effacé du besoin profond qu'ils avaient d'être ensemble. Leurs étreintes étaient parfois passionnées, parfois plus tendres, mais ils ne pouvaient résister au bonheur de se donner l'un à l'autre. Pleinement. Exclusivement. Ils ignoraient la sonnerie de leurs téléphones tout autant que la faim qui grondaient dans leurs estomacs. Ils se régalaient l'un de l'autre, se contentaient du plaisir immense mille fois partagé. C'était grisant et terrifiant à la fois.

— Xavier ? Tout va bien ?

Comme il hochait la tête dans un sourire, elle s'agenouilla près de lui et caressa tendrement son visage.

— Tu es sûr ?

Il s'efforça de dissimuler le trouble profond qui l'avait envahi.

— Tout va très bien, mais je suis affamé. Va prendre ta douche ! Moi, je vais préparer un solide petit déjeuner. Je crois que nous en avons besoin après tous ces efforts !

Elle rougit, déposa un baiser sur ses lèvres et reprit pensivement le chemin de sa chambre. Avait-elle imaginé la froideur et la méfiance décelées dans le regard de Xavier ? Regrettait-il déjà de l'avoir amenée dans un paradis qu'il se réservait généralement pour lui seul ? Sans doute voyait-il dans sa présence une menace pour sa tranquillité. Elle avait pris d'infinies précautions pour quitter Los Angeles. Vêtue comme toutes les jeunes femmes de son âge, elle avait emprunté un vol régulier pour atterrir incognito à Atlanta. Les journalistes ne s'étaient pas aperçus de sa disparition. Mais combien de temps mettraient-ils à retrouver sa trace ? Erin n'ignorait rien de sa relation avec Xavier. Oserait-elle la trahir une fois de plus ?

Elle le rejoignit sur la terrasse avec la ferme intention de lui faire dire ce qu'il avait sur le cœur.

— Cet endroit est magique, dit-elle en se servant une tasse de café. Je comprends pourquoi tu aimes venir ici.

— C'est mon refuge, mon havre de paix. Mais je l'apprécie encore plus quand tu es avec moi.

Elle plongea son regard dans le sien.

— En es-tu vraiment sûr ?

— Absolument. Même si je commence à me demander où nous allons tous les deux. Je n'ai jamais eu de relation sérieuse avec une femme. Sauf peut-être une fois.

— Tu as envie d'en parler ?

Il hésita un instant. Seule sa famille avait eu vent de sa première histoire d'amour.

— Elle s'appelait Tyra, commença-t-il après un temps. Nous fréquentions la même université. Nous sommes sortis ensemble pendant plusieurs mois et je crois qu'elle était amoureuse. Malheureusement, je ne pouvais pas lui accorder toute l'attention qu'elle exigeait de moi. Le football absorbait tout mon temps et toute mon énergie. Pour se venger, elle a couché avec d'autres joueurs et, quand elle est tombée enceinte, elle a prétendu que j'étais le père de son enfant.

— Elle a cherché à te piéger.

— Exactement, et ses mensonges ont bien failli mettre un terme à ma carrière. Heureusement, les avocats de mon père sont venus à mon secours.

— Je vois que tu as connu la trahison, toi aussi.

— J'étais naïf, à l'époque, mais cette histoire m'a servi de leçon. Jamais plus je n'ai fait confiance à une femme.

Ses confessions replongèrent Porscha dans un passé douloureux.

— J'ai l'impression d'avoir fait les frais de cette histoire, soupira-t-elle. Je comprends mieux pourquoi tu n'étais pas prêt à t'investir dans une nouvelle relation, quand on s'est rencontrés à Denver.

— Je suis désolé de t'avoir fait souffrir, et j'espère que tu m'as pardonné.

Elle posa une main sur la sienne.

— Je ne serais pas venue te trouver si ce n'était pas le cas. Je crois en toi, Xavier, et je veux prendre avec toi un nouveau départ. Je suis sûre que nous pouvons être très heureux, tous les deux.

Ces paroles agirent comme un baume sur le cœur indécis du jeune homme. Ainsi, il n'était pas seulement pour Porscha la bouée de sauvetage à laquelle elle venait s'accrocher quand son univers se disloquait. Elle semblait même se projeter dans l'avenir à ses côtés.

— J'en suis sûr, moi aussi.

15

Ayant annoncé à Diane qu'elle ne rentrerait pas à Los Angeles avant la reprise du tournage, Porscha passa plusieurs jours idylliques auprès de Xavier. Sa mère était absolument hors d'elle, mais elle s'en moquait. Elle ignorait ses messages et ne décrochait jamais son téléphone. Soumise à sa volonté pendant de trop longues années, elle entendait aujourd'hui prendre en main les rênes de son existence. Au paradis des îles Turques-et-Caïques, elle trouvait l'apaisement dont elle avait besoin. Grasses matinées, longues journées de farniente au bord de l'océan, promenades sur les sentiers côtiers, elle se libérait enfin de la tension insoutenable subie ces derniers mois. Installée à l'ombre d'un parasol, au bord de la piscine, elle lisait et composait de nouvelles chansons. Elle se régalait des cocktails et des plats créoles préparés par son compagnon. La nuit venue, ils se retiraient dans leur chambre et s'étreignaient avec passion. À l'entente sexuelle qui les avait toujours unis s'était ajoutée la complicité retrouvée de deux vieux amis.

Ce soir-là, ils avaient étendu une couverture sur la plage et s'étaient installés pour admirer le ciel étoilé. Au détour d'une conversation, Xavier découvrit son goût immodéré pour la musique country.

— La country ? Je ne pensais pas que tu appréciais ce genre de musique. Pourquoi n'as-tu pas essayé d'enregistrer une chanson ?

Elle soupira.

— D'après toi ? Ma mère et ma maison de disques pensent que le style ne correspond pas à mon image.

— C'est toi l'artiste. Tu devrais être libre de choisir ton répertoire.

— Je suis bien d'accord avec toi, mais c'est malheureusement loin d'être le cas.

Il roula sur le côté et lui caressa doucement le visage.

— Tu ne peux pas continuer ainsi, Porscha. Ces gens profitent de ton talent sans jamais se soucier de toi. Entre les concerts, les interviews et les tournages, tu n'as jamais une minute de répit.

— Tu as raison. Et je redoute le moment de rentrer à Los Angeles. Ma vie est une accumulation de contraintes. Je me sens tellement libre auprès de toi.

— Je ressens la même chose. Entre nous, ce n'est pas seulement une affaire de sexe.

— Ah bon ?

Elle lui adressa un sourire malicieux.

— Tu n'aimes pas faire l'amour avec moi ?

— J'adore faire l'amour avec toi. Mais il y a beaucoup plus. Tu es sans doute la personne qui me connaît le mieux. Nous sommes un peu dans la même situation, tous les deux, soumis à l'autorité de parents inflexibles. Ta mère régente tous les aspects de ta vie, et mon père me harcèle pour me convaincre de retrouver ma place parmi les Cougars.

— Qu'attend-il de toi, exactement ?

— Que je rejoigne l'équipe des entraîneurs.

— Mais tu as déjà ton poste à la télévision et ton travail pour la fondation.

— Je ne pourrais pas tout mener de front, c'est certain. Un entraîneur n'a pas le droit de s'accorder la moindre pause. Quand la saison est terminée, il faut préparer les joueurs pour l'année suivante. Je ne veux pas mettre notre relation sous pression à cause de mon emploi du temps.

Porscha secoua la tête.

— C'est à toi que tu dois penser en priorité. Tu dois t'investir dans une activité que tu aimes. Quoi que tu fasses, nous nous accommoderons de tes choix.

Il se pencha au-dessus d'elle et effleura tendrement ses lèvres.

— Merci, Porscha. La vie paraît si simple avec toi. J'avoue que j'ai du mal à me décider. Je pensais avoir trouvé ma voie avec la fondation et le mentorat, et voilà que la chaîne me propose une émission de grande écoute.

— C'est une chance. Tu pourrais profiter de la tribune qui t'est offerte pour faire la promotion de toutes tes œuvres de charité.

Il plongea son regard dans le sien, comme s'il cherchait à y trouver les réponses à ses questions. Jamais personne ne lui avait accordé une oreille aussi attentive. Il attrapa une mèche de ses cheveux qui volait dans la brise et la plaça derrière son oreille.

— Tu sais que tu es incroyable ?

— Moi ?

Elle haussa les épaules.

— Je suis une personne très ordinaire. Il ne faut pas croire ce que disent les médias.

— C'est insensé. Tu passes ton temps à te dénigrer. Pourquoi fais-tu ça ?

— Je ne sais pas.

Il savait qu'elle mentait.

— Je crois que tu le sais très bien, au contraire.

— Que veux-tu que je te dise ? La vérité, c'est que je suis une modeste chanteuse dont le talent est largement surévalué. Bientôt, tout le monde découvrira que je ne mérite pas d'occuper le devant de la scène et tout le monde me tournera le dos.

— Tu es géniale. Comment peux-tu en douter ?

— Géniale ? Je ne crois pas. Il y a toujours quelqu'un derrière moi pour me dire que je dois améliorer ceci ou cela. Répéter encore. Manger un peu moins. Soigner mon apparence, sourire aux journalistes. J'ai l'impression d'être une marionnette dont chacun s'amuse à tirer les fils.

— Qui sont tous ces gens qui te rendent la vie impossible ?

— Ma mère. Ma maison de disques. Le public. Mon ex-petit ami.

— Parle-moi un peu de lui ! Qui était-il ?

Porscha ferma les yeux. L'évocation de son passé lui était difficile. Comprenant son hésitation, Xavier tenta de l'encourager.

— Nous ne devons pas avoir de secrets l'un pour l'autre. Je ne suis pas fier de mon histoire avec Tyra. Et pourtant, je t'en ai parlé.

Elle se redressa sur la couverture et fixa le regard sur les vagues qui venaient se briser sur la plage.

— J'ai rencontré Gil à l'âge de vingt ans, à l'époque de l'enregistrement de mon premier album. Il était musicien. C'était un bel homme, bien plus âgé que moi. La figure paternelle que j'avais perdue, te dirait un psychiatre. Il me donnait des conseils et sa présence me rassurait. J'étais très amoureuse.

— Que s'est-il passé ?

— Mon disque a rencontré un succès inespéré. J'ai remporté des trophées prestigieux. J'étais partout dans les magazines, on ne voyait que moi à la radio et à la télévision. Il ne l'a pas supporté. Mon succès le rendait fou. Je crois qu'il le renvoyait à l'échec de sa propre carrière.

— Certains hommes ne supportent pas de vivre dans l'ombre de leur femme, observa Xavier.

Elle acquiesça tristement.

— C'est exactement ce qui s'est passé. Pour se venger, il a commencé à livrer à un tabloïd des aspects très intimes de ma vie privée. Il m'a même menacée de divulguer des photos bien peu flatteuses si je ne lui donnais pas une somme d'argent faramineuse.

— Qu'est-ce que tu as fait ?

— J'ai cédé à son chantage, soupira-t-elle. Je n'avais pas le choix.

Une larme roula sur sa joue. Elle l'essuya du revers de la main.

— Il cherchait à me discréditer auprès de mon public et de ma maison de disques. Il mettait ma carrière en péril. Je ne pouvais pas le laisser faire.

— Je suis désolé, murmura Xavier.

— C'est de l'histoire ancienne, répondit-elle. Le problème, c'est que...

Il lui prit la main et la porta à ses lèvres en attendant d'entendre la suite.

— Tu te souviens de ce patient qui nous avait surpris dans le parc de la clinique ?

Xavier hocha la tête en silence.

— Quand il t'a interrogé sur notre relation, tu lui as affirmé qu'elle était sans importance. Je t'ai entendu et j'ai pensé que j'étais devenue pour toi un objet encombrant. Comme je l'avais été pour Gil.

— J'essayais de te protéger, mais tu ne l'as pas compris... Tu as commencé à douter de moi.

Elle leva une main pour lui caresser la joue.

— Je ne doute plus de toi, Xavier, plus maintenant.

Comme pour lui prouver la sincérité de ses paroles, elle approcha son visage et leurs bouches s'unirent dans un baiser presque religieux, où s'exprimait toute la profondeur de leur complicité retrouvée. Bientôt, ils retombèrent sur la couverture et leurs silhouettes se mêlèrent dans une étreinte éperdue. Xavier la désirait comme il n'avait jamais désiré aucune autre femme. Elle l'habitait corps et âme. Il ne pouvait se passer de sa bouche, de la courbe arrondie de ses seins, de la douceur satinée de sa peau. Son odeur se répandait en lui et grisait tous ses sens.

Quand ses doigts effleurèrent le mamelon durci sous l'étoffe de son maillot de bain, elle se cambra pour mieux s'offrir à la délicatesse de son toucher. Le regard plongé dans ses yeux sombres, elle souleva son T-shirt, le passa au-dessus de sa tête et fit courir sa paume sur les muscles de son torse.

Le souffle de Xavier se fit haletant.

— Je veux te sentir nue contre moi, dit-il en passant la main derrière elle pour détacher son soutien-gorge.

Il prit les bouts de ses seins dans sa bouche et les mordilla doucement, faisant naître des vagues de plaisir entre ses cuisses. Puis, répondant à la prière éloquente qu'exprimaient les petits cris aigus jaillis de sa gorge, il glissa un doigt sous l'étoffe de son bikini, dans la chaleur humide de ses lèvres entrouvertes. Assaillie d'un sentiment d'urgence irrépressible, elle le débarrassa de son short et prit son sexe entre ses mains.

Très vite gagné par son impatience, Xavier la dénuda à son tour et la pénétra fiévreusement. Des larmes d'émotion emplissaient les yeux de Porscha. Elle n'offrait pas seulement son corps à son amant, elle ouvrait largement son cœur à l'homme qu'elle aimait.

Désireuse de le sentir au plus profond de son être, elle resserrait les jambes autour de son bassin et balançait les hanches au rythme effréné de ses pulsions. Très vite, elle atteignit l'orgasme et une myriade de sensations vertigineuses l'emporta au sommet du plaisir.

— Xavier !

Comme libéré par son cri, il accepta sa propre jouissance et ils restèrent un long moment serrés l'un contre l'autre, leurs deux corps ne faisant plus qu'un. Bercée par le murmure des vagues qui seul brisait le silence, Porscha reprit doucement contact avec la réalité. Une réalité douce, harmonieuse, qu'elle aurait voulue éternelle.

16

L'éternité fut de courte durée. Le lendemain matin, alors qu'elle sortait sur la terrasse pour profiter des premiers rayons du soleil, le crépitement trop familier des appareils photo mit brusquement un terme à la parenthèse enchantée. Comme elle refermait précipitamment son peignoir entrouvert, sa tasse de café lui glissa des mains. Désemparée, elle garda le regard fixé sur les morceaux de porcelaine, symboles d'une tranquillité brusquement réduite en miettes.

— Porscha ! Depuis combien de temps fréquentez-vous Xavier Lockett ?

— C'est à cause de lui que vous avez rompu avec Ryan Mills ?

Incapable d'esquisser le moindre geste, elle observait avec horreur les voitures de presse qui avaient envahi son petit coin de paradis. Alerté par le bruit, Xavier la rejoignit sur la terrasse et, mesurant en un clin d'œil l'ampleur du désastre, il la saisit par les épaules, l'entraîna à l'intérieur et referma la baie vitrée derrière eux.

— Tout va bien, je suis là.

La jeune femme tremblait de la tête aux pieds.

— Comment nous ont-ils trouvés ? demanda-t-elle en s'effondrant sur le canapé. Personne n'était au courant de notre séjour ici.

Hormis quelques balades sur les sentiers déserts du bord de mer, ils n'avaient jamais dépassé les limites de la propriété.

— Je ne sais pas, répondit Xavier.

Il commença à arpenter le salon de long en large. La seule

personne qui avait mis les pieds dans la maison était l'épicier du village.

— C'est le livreur, déclara la jeune femme dont les pensées avaient suivi le même cheminement. Il a dû me reconnaître et vendre l'information à la presse.

Elle abaissa les paupières et se prit la tête entre les mains.

— Qu'est-ce que nous allons faire, maintenant ?

— Rien de spécial, affirma-t-il plus sereinement. Nous n'avons rien fait de mal. En tout cas, rien dont nous pourrions avoir honte.

— Je crois que tu ne te rends pas compte. Je me suis montrée à moitié habillée, comme si je sortais du lit de mon amant après une nuit torride.

Il sourit avec bonheur au souvenir de leurs étreintes.

— C'est vrai que nous ne nous sommes pas ennuyés.

— Ce n'est pas drôle. Ils vont me crucifier, si ce n'est pas déjà fait.

Elle se leva d'un bond pour passer dans le vestibule. Comme il la rejoignait, il la vit sortir son portable de son sac à main. Elle ne l'avait pas consulté depuis des jours. À peine allumé, l'appareil résonna d'une multitude de notifications.

— Alors ? demanda-t-il.

— Les photos sont déjà sur les réseaux sociaux. Et les commentaires ne sont pas tendres. Ils ne me traitent pas de prostituée, mais c'est tout comme.

D'abord envahi de colère, Xavier se ressaisit. La jeune femme avait besoin de réconfort avant tout.

— Quoi qu'il arrive, nous ferons face ensemble, assura-t-il. Encore une fois, nous n'avons rien fait de mal. À mon avis, il serait maladroit de contredire les rumeurs. Nous avons tout intérêt à assumer notre liaison et à la rendre officielle. Ma belle-sœur Elyse travaille dans la communication. Elle a déjà sorti un des joueurs de l'équipe d'un mauvais pas. Je suis sûr qu'elle peut nous aider.

— Tu ne sais pas à quel genre de vautours nous avons affaire.

— J'ai subi les assauts de la presse, moi aussi. Un joueur de foot qui quitte le terrain sur une civière, tu penses bien qu'ils ne pouvaient pas manquer ça. Ils m'ont harcelé pendant des mois. Xavier Lockett remarchera-t-il un jour ? Le reverra-t-on à nouveau sur les stades ? Ils ont fait de mon accident et de ma convalescence un véritable feuilleton.

— Je suis désolée, murmura Porscha en se levant pour s'approcher de lui. C'est juste que je suis fatiguée de voir mon image dépréciée aux yeux du public. La trahison de Gil, celle de mon assistante, et maintenant notre relation étalée au grand jour...

— Tu parles comme si tu avais honte de moi.

Elle secoua énergiquement la tête.

— Tu sais bien que ce n'est pas vrai. Notre relation était notre jardin secret. Notre refuge. J'aurais aimé le préserver. Nous n'aurons plus un moment de tranquillité, à partir de maintenant. Je crois que je ferais mieux de rentrer à Los Angeles.

Il lui saisit l'avant-bras et l'obligea à lui faire face.

— Porscha, écoute-moi ! Nous devons résoudre ensemble la situation. En courant te réfugier chez toi, tu donnes raison à tous ceux qui font de ta vie privée un enfer.

— Il faut que j'appelle ma mère.

Sans un mot de plus, elle se précipita dans la chambre et referma la porte derrière elle.

— On dirait que tu es incapable de mesurer les conséquences de tes actes ? gronda aussitôt Diane à l'autre bout du fil.

— Je ne suis plus une enfant, maman. Arrête de me traiter comme une petite fille ! Les déclarations d'Erin à la presse m'ont profondément affectée. J'avais besoin de prendre le large pendant quelques jours.

— Erin a mal agi, j'en conviens. Mais ce n'était pas la peine d'en faire toute une histoire. Toutes les célébrités ont des hauts et des bas. Ton séjour en clinique après la mort de ton père, on aurait pu l'expliquer. Mais cette escapade avec Xavier Lockett, tu risques de la payer cher. Les journalistes te décrivent comme une tricheuse.

— Une tricheuse ? répéta Porscha, accablée. Parce que j'ose m'accorder quelques jours de répit ?

— Parce que tu as trahi Ryan Mills. Vos fans voyaient en vous le nouveau couple de Hollywood. Tu as brisé tous leurs rêves.

— Je ne suis pour rien dans cette mise en scène ridicule. Je n'aurais jamais dû t'écouter.

— Ne me rends pas responsable de ce gâchis ! rétorqua sa mère avec colère. Moi, je ne me montre pas à moitié nue dans la maison du premier venu.

— Xavier n'est pas le premier venu. C'est un ami de longue date et notre relation me fait du bien.

Un bref silence s'établit sur la ligne.

— Très bien, soupira enfin Diane. Et tu comptes faire quoi, maintenant ?

— Tu veux dire que j'ai voix au chapitre ?

L'avis de Porscha était rarement pris en compte. Son entourage lui dictait jour après jour sa conduite. On lui disait où aller, que faire, comment se présenter, quoi manger, et elle n'avait qu'à s'exécuter.

— Ne prends pas ce ton narquois avec moi et dis-moi ce que tu as décidé !

— Je vais rester ici avec Xavier. Quand nous serons prêts, nous ferons une déclaration commune à la presse.

— Tu penses vraiment que c'est sage ? Abandonner une star pour un illustre inconnu ? Quelle femme sensée agirait de la sorte ? Les journalistes ont commencé à émettre des doutes sur ta santé mentale. Cette fois, ils vont te présenter comme une folle. Ne mets pas de l'huile sur le feu ! Rentre à la maison ! Toute seule. Le plus tôt sera le mieux.

— Je ne sais pas.

Porscha hésitait à quitter Xavier en pareilles circonstances. Leur relation était encore fragile. Lui pardonnerait-il un éloignement dicté une fois de plus par les exigences de sa carrière ?

— Fais-moi confiance, Porscha ! N'ai-je pas toujours été de bon conseil ?

Sentant fléchir la détermination de sa fille, elle préféra la mettre devant le fait accompli.

— J'ai déjà réservé le jet. Ton chauffeur et ton garde du corps viendront te chercher dans une heure pour te ramener aux États-Unis. De toute façon, tu es attendue sur le tournage. Les auteurs ont modifié le scénario et les prises de vues vont reprendre.

— Très bien.

— Et s'il te plaît, apporte un peu de soin à ta toilette ! Sur les clichés diffusés sur Internet, tu n'es même pas maquillée.

Résignée, Porscha mit fin à l'appel. Son échappée était bel et bien terminée. Il lui restait à annoncer son départ à Xavier. En trouverait-elle le courage ?

Debout derrière la baie vitrée qui ouvrait sur l'océan, Xavier percevait la voix de la jeune femme, mais il ne saisissait pas le sens de ses paroles. Une fois l'appel terminé, il l'entendit passer dans la salle de bains. Une sourde inquiétude commençait à le gagner. Le sentiment qu'elle cherchait à l'éviter. Quand elle reparut dans le salon, un quart d'heure plus tard, elle portait une des robes fleuries qu'il lui avait commandées dans l'unique boutique de prêt-à-porter de l'île. Ses longs cheveux étaient relevés en un chignon très sage, ses lèvres étaient teintées de rouge et ses paupières bordées d'un trait noir. Il préférait de loin son visage sans fard. Elle n'avait pas besoin d'artifice pour être belle.

— Porscha ?

Elle leva sur lui des yeux brillants de larmes.

— Je dois partir, dit-elle.

— Tu le dois vraiment ? Je n'en suis pas sûr.

— Xavier, je t'en prie ! Ne me rends pas les choses plus difficiles ! Il y a urgence. Je dois élaborer une stratégie pour accompagner la sortie de mon film et protéger la carrière de chanteuse pour laquelle j'ai tant travaillé.

— Je comprends.

Il lui prit les deux mains et les porta à ses lèvres.

— Ce qui m'échappe, en revanche, c'est pourquoi tu veux le faire sans moi. Je pensais que nous étions prêts à affronter la situation ensemble. J'aurais aimé que tu reconnaisses publiquement notre relation et que tu acceptes de rentrer avec moi aux États-Unis.

Il avait besoin qu'elle lui montre par des actes ce qu'elle ressentait pour lui. Il exigeait qu'elle lui fasse une place dans sa vie.

— Je le ferai, Xavier, mais tu dois être patient. Pour l'instant, il est urgent de calmer les esprits. Tout le monde doit être furieux contre moi. Le producteur du film, et surtout Ryan. Cette histoire est un peu dure pour son ego. Il n'a pas l'habitude d'être ainsi maltraité par les femmes. Laisse-moi rentrer et, quand la tempête sera passée, nous nous montrerons tous les deux en public.

— Je vois que les sentiments de Ryan Mills t'importent plus que les miens.

— Bien sûr que non !

— Alors pourquoi toutes ces cachotteries ? Tu ne peux pas dire clairement aux médias que je suis l'homme que tu as choisi. Tu ne peux pas assumer de passer du temps avec moi ?

— C'est un peu prématuré. Il y a seulement une semaine, ils me croyaient en couple avec Ryan. Si je révèle maintenant notre relation, ma moralité sera sérieusement mise en doute. Je t'en prie, laisse-moi un peu de temps pour régler cette histoire à ma façon !

— On dirait que tout ce temps passé ensemble ne signifie rien pour toi. Je ne pèse rien à côté de ta carrière et de ton entourage. Un appel de ta mère aura suffi à te détourner de moi.

— Tu ne vois pas que j'essaye d'agir pour le bien de notre relation ?

— Notre relation ? Manifestement, ce n'est plus ta priorité.

Face à tant d'entêtement, Porscha était à court d'arguments.

— Xavier, nous avons passé ensemble une semaine merveilleuse. Jamais je ne...

Le carillon de la porte d'entrée l'interrompit. Son escorte était arrivée.

— Je dois partir, maintenant.

— Pars, si tu veux, mais sache que je ne t'attendrai plus !

— Qu'est-ce que tu veux dire ?

La sonnette retentit avec plus d'insistance.

— Je veux dire que c'est fini entre nous. J'en ai assez de donner et de ne jamais rien recevoir en retour.

Elle ouvrit la bouche pour lui répondre, mais il lui refusa le droit de s'exprimer.

— En dehors du sexe, je me demande ce qui nous rapproche. Il y a toujours eu un problème de confiance entre nous, et ça ne s'est pas arrangé avec le temps.

Dehors, le visiteur s'impatientait. N'obtenant pas de réponse, il frappait violemment à la porte.

— Je suis désolée que tu ressentes les choses ainsi, fit Porsha en commençant à s'éloigner. Je t'ai donné tout ce que je pouvais te donner. Je ne peux pas faire davantage pour l'instant.

Quelques secondes plus tard, la maison était plongée dans le silence et Xavier se retrouvait seul. Une sombre colère l'animait. Porscha l'avait abandonné, une fois de plus. Le scénario de la dispute qui avait mis fin à leur relation quatre ans auparavant se répétait. Refusant d'entendre ses explications, elle avait quitté la clinique de Denver, le laissant seul avec ses regrets. Sauf qu'aujourd'hui son départ l'affligeait un peu plus. Il était profondément amoureux, et la femme à laquelle il tenait plus que tout venait une fois de plus de le fuir.

17

— Puis-je vous offrir quelque chose, Miss Childs ?

Le personnel de bord était aux petits soins, mais rien ne pouvait dissiper la tristesse de Porscha.

— Non, je vous remercie.

Sa belle histoire était terminée. Xavier l'avait rejetée. Plus jamais elle ne verrait son beau visage, plus jamais elle ne se blottirait dans le refuge délicieux de ses bras. Dans quelques heures, elle replongerait dans la réalité exigeante de sa vie de star, bien loin du paradis partagé avec celui qu'elle aimait. Elle comprenait son impatience. Quel homme aurait supporté de vivre dans l'ombre d'une femme et de subir les aléas d'une carrière bien trop exposée aux médias ?

Devait-elle pour autant renoncer à lui ? Ces quelques jours passés loin du tumulte de Los Angeles l'avaient revigorée et elle rentrait avec la ferme intention de reprendre en main les rênes de son existence. Forte de son énergie retrouvée, elle achèverait le tournage de son film, ferait taire les rumeurs nauséabondes qui couraient sur sa vie privée et s'opposerait fermement aux diktats incessants de sa mère. Une fois ses affaires réglées et sa liberté d'action retrouvée, elle repartirait à la conquête de l'homme qu'elle aimait.

— Merci d'être là pour moi, Giana. C'est réconfortant de trouver un visage amical au milieu de tous ces vautours.

Xavier avait demandé à sa sœur de venir le chercher à l'aéroport d'Atlanta. Il n'avait pas supporté de rester seul après le départ de Porscha. Les lieux renfermaient tant de souvenirs et de regrets qu'il s'était promis de ne plus jamais y revenir. Son départ avait été un véritable chemin de croix. Dès l'instant où il était apparu sur le seuil de la villa, une horde de journalistes l'avait harcelé de questions et de commentaires indiscrets. Le scénario s'était répété à sa descente de l'avion.

— Je serai toujours là pour toi, Xavier. Quand tu m'as expliqué ce qui s'était passé, j'étais folle de rage. Et surtout malade d'inquiétude.

— Je suis un grand garçon, Gigi. Je peux prendre soin de moi tout seul.

— Oui, certainement, répondit la jeune femme en reportant les yeux sur la route. Mais tu resteras toujours mon petit frère. Je suis très en colère contre Porscha. Elle t'a fait du mal.

— Tout est ma faute. Je me suis bercé d'illusions. Sans doute l'influence des couples parfaits que vous formez autour de moi…

Giana éclata de rire.

— Tu es tombé amoureux, comme nous tous.

— Certainement pas.

Il cherchait à se protéger d'un sentiment qui lui faisait peur.

— Ne me raconte pas d'histoires ! Je sais ce que je vois. Un homme blessé par la femme qu'il aime.

— Tu ne sais pas de quoi tu parles.

— Je le sais parfaitement, au contraire. Je suis passée par là, moi aussi. Tu te rappelles quand je suis venue pleurer sur ton épaule parce que Wynn avait perdu confiance en moi ? C'était un terrible malentendu, mais j'étais persuadée que notre histoire était finie.

Xavier hocha la tête.

— Oui, je me rappelle.

— Et qui était là pour me réconforter ?

Il sourit à l'évocation de la solidarité familiale qui s'était exprimée à l'époque.

— Nous étions tous auprès de toi. Roman et Julian étaient même prêts à aller lui casser la figure.

— Eh bien, je te rends la pareille, aujourd'hui.

— Où m'emmènes-tu ? Je n'ai aucune envie de voir les parents. Maman va me harceler de questions.

— Je t'emmène chez moi. Tu seras plus tranquille.

— Giana, je ne veux pas te déranger. Je suis déprimant, en ce moment.

— Arrête de geindre, s'il te plaît ! Tes jérémiades marchaient peut-être avec moi quand tu avais huit ans, mais ce n'est plus le cas. Je n'ai pas l'intention de te laisser broyer du noir pendant des jours.

Xavier rit de bon cœur. Quand il était plus jeune, ses grands yeux tristes avaient toujours attiré la compassion de sa sœur. Il lui suffisait de verser une larme pour obtenir tout ce qu'il voulait. Les temps avaient changé, mais il était heureux de retrouver ses marques de tendresse et sa générosité.

Il s'installa chez Wynn et Giana avec gratitude. Incapable de se retrouver seul, il se laissa bercer par la présence réconfortante du couple à ses côtés. Il avait besoin de temps pour ravaler sa colère. Il s'en voulait d'avoir ouvert son cœur aux sirènes de l'amour et se reprochait sa naïveté. Comment avait-il pu imaginer un instant que Porscha tenait suffisamment à lui pour rester éloignée de son univers hollywoodien ? La vie simple qu'il lui avait offerte ne pouvait la satisfaire. Elle avait profité de lui pour s'extraire un moment du tumulte et, une fois reposée, elle l'avait abandonnée à la monotonie de son existence. Candide, il avait foncé tête la première dans une histoire impossible, pris le désir d'une femme pour de l'attachement, s'exposant à la plus cruelle désillusion.

Le jour, il pensait à Porscha. La nuit, il rêvait de Porscha. Il revivait inlassablement tous les moments partagés, depuis leur première rencontre à Denver jusqu'au matin de son départ. Parfois il se réveillait en sursaut, la respiration haletante, le corps enfiévré d'un désir douloureux. La gorge serrée, il se cachait la tête sous les oreillers en priant le ciel de lui accorder quelques heures d'un sommeil plus paisible.

— Regardez qui est là ! s'exclama Ryan en accueillant Porscha sur le plateau. Notre diva en personne ! Tu nous as tellement manqué, ma chérie ! Comment était cette petite escapade dans les Caraïbes ?

— Merveilleuse. Entre nous, tu devrais essayer. Rien de tel qu'un séjour dans les îles pour se requinquer. Loin des caméras, loin du bruit, et loin des journalistes, on se sent revivre.

Il la fixa un long moment et éclata de rire.

— Décidément, je t'aime bien. Quelle personnalité ! Tu as le caractère qu'il faut pour faire ta place à Hollywood.

— Je ne suis pas une débutante.

— Se faire un nom au cinéma est encore plus difficile que de percer dans le show-biz. Le talent ne suffit pas. Il faut savoir s'entourer des bonnes personnes.

Elle s'approcha de lui pour lui parler à voix basse.

— J'envisageais justement de procéder à quelques changements. Tu saurais me conseiller un nouveau manager ?

Ryan fronça les sourcils.

— Tu as l'intention de licencier ta mère ?

— J'y pense depuis quelque temps. Je suis assez grande pour faire les choses à ma façon.

L'acteur sortit de sa poche une carte de visite.

— Les coordonnées de mon agent, dit-il. Il représente les plus grandes stars. Je peux te recommander à lui, si tu veux.

— Merci, fit la jeune femme dans un sourire.

Loin de lui tenir rigueur du mépris qu'elle avait affiché à son égard, il lui offrait son aide.

— Tu iras loin, Porscha. Et je suis prêt à parier que l'Oscar de la meilleure actrice te reviendra bientôt. Je vois en toi la prochaine Jennifer Hudson, mais surtout ne le dis à personne !

Elle posa son index sur ses lèvres.

— Promis, je ne dirai rien !

Ryan organisa le soir même une rencontre avec son agent. Immédiatement séduit, le vieil homme accepta de la prendre sous son aile et ils scellèrent au champagne leur future collaboration. Quand elle rentra chez elle, quelques heures plus tard, elle était certaine d'avoir pris la bonne décision. Plus déterminée que jamais, elle sortit de ses dossiers le contrat qui la liait à sa mère depuis des années. Elle l'emmena dans sa chambre et passa une bonne partie de la nuit à l'étudier. La procédure de licenciement prévoyait une somme astronomique pour l'intéressée, et un pourcentage sur tous les engagements en cours, mais elle était prête au sacrifice. La séparation était inévitable. Les affaires et les sentiments ne faisaient pas bon ménage, et leur relation s'envenimait de jour en jour. C'était un mal pour un bien. En perdant son manager, Porscha espérait retrouver une mère.

Comme chaque matin, Diane fut la première à pénétrer dans sa chambre. Et, comme chaque matin, elle l'accabla de reproches.

— Je t'ai entendue rentrer au milieu de la nuit. Ce n'est pas raisonnable. La poursuite de ta carrière exige une hygiène de vie irréprochable.

— Quand cesseras-tu de me faire la morale ? soupira Porscha. Je n'ai pas besoin d'un ange gardien.

— Je suis ton manager et je sais ce qui est bon pour toi.

— Si tu savais comme je regrette d'être rentrée à Los Angeles ! J'étais tellement tranquille loin d'ici !

— Tu te comportes comme une enfant gâtée. Sais-tu combien de rendez-vous nous avons dû reporter à cause de tes caprices ?

— Je suis désolée. J'avais besoin de faire une pause.

— En prenant la fuite avec ce garçon ?

— Ce n'est pas un garçon. C'est un homme.

— C'est peut-être un homme, mais ce n'est pas celui qu'il te faut. Avec ton talent et ta réputation, tu peux trouver mieux qu'un ancien sportif sans avenir.

— Tu ne sais pas de quoi tu parles. Tu ne le connais pas. Auprès de lui, je me sens revivre.

Diane leva les yeux au ciel.

— Tu as toujours été un cœur tendre, Porscha. Quand tu

étais une petite fille, tu voulais recueillir tous les chats errants du quartier. Heureusement, je ne t'ai pas laissée faire.

Elle s'assit sur le bord de son lit.

— Franchement, ma chérie, c'est un homme comme Ryan que tu dois trouver. Quelqu'un de ton milieu.

Ses yeux brillaient d'excitation.

— Je suis sûre que nous pouvons arranger la situation. Mettre en scène une réconciliation. Tes fans seraient ravis de vous revoir ensemble.

— Je t'en supplie, arrête !

Porscha rejeta ses draps et bondit hors de son lit.

— Ne t'énerve pas, j'essaye juste de t'aider !

— Je n'ai pas besoin de ton aide. Je suis assez grande pour organiser ma vie comme je l'entends et prendre les décisions qui m'appartiennent. Nous ne pouvons pas continuer ainsi.

En pénétrant dans la chambre, Diane ne s'était pas attendue à ce vent de révolte.

— Que veux-tu dire, exactement ?

— Je veux dire qu'à partir d'aujourd'hui, tu n'es plus mon manager.

— Je te demande pardon ?

Elle la regardait sans comprendre.

— Tu m'as parfaitement bien entendue. Tu as cessé d'être mon manager.

Elle avait parlé avec plus de force et de conviction.

— Tu ne peux pas me faire ça. Je suis ta mère.

— Tu es ma mère quand ça t'arrange et mon manager quand il s'agit de me donner des ordres. Le mélange des genres a assez duré. Il faut que tu choisisses.

— Porscha !

— Toute ma vie, je me suis pliée à ta volonté. J'ai respecté docilement chacune de tes règles. Pour m'habiller, pour manger, pour chanter, pour danser. Eh bien c'est terminé ! Je ne serai plus ton jouet.

Diane la fixait avec une colère silencieuse.

— C'est lui, n'est-ce pas ? fit-elle après un temps. C'est ce Xavier Lockett qui t'a tourné la tête.

— Absolument pas. Xavier n'est pour rien dans ma décision. Il y a belle lurette que je ne supporte plus tes façons d'agir avec moi.

— Comment oses-tu me parler ainsi après tout ce que j'ai fait pour toi ? J'ai fait de toi une star. J'ai sacrifié ma vie à ta carrière.

Porscha laissa échapper un petit rire amer.

— Ne viens pas me parler de tes sacrifices ! Tes rêves de grandeur m'ont privée de mon enfance et de mon adolescence. Jamais je n'ai eu le droit de partager les jeux et les sorties des gens de mon âge. Les fêtes, les anniversaires, les bals de fin d'année, ce n'était pas pour moi. L'enfant prodige avait beaucoup mieux à faire. Cours de solfège, de chant, de danse, répétitions, concerts, tournées, tu t'es chargée d'organiser chaque minute de ma vie. Je suis fatiguée de me soumettre à toutes tes exigences.

Un long silence ponctua ses paroles.

— Je suis désolée, murmura enfin Diane en essuyant du revers de la main les larmes qui inondaient son visage. Je pensais agir pour ton bien. Je voulais seulement t'aider à réaliser ton rêve.

— Mon rêve ? répéta Porscha. N'était-ce pas plutôt le tien ?

Comme sa mère ouvrait la bouche pour lui répondre, elle leva une main pour l'arrêter.

— Tout ce que tu pourras dire ne changera rien à ma décision. Aujourd'hui, tu as le choix. Tu peux avoir l'élégance de te retirer discrètement de mes affaires, accepter de redevenir ma mère et rien d'autre. Ou bien tu peux exiger de conserver ton rôle de manager et faire de notre vie un enfer.

— Est-ce ainsi que tu vois l'avenir ?

— Je ne veux pas te perdre, maman, mais notre relation est arrivée dans une impasse. Xavier n'a pas influencé mon jugement, mais son attitude envers moi m'a ouvert les yeux. Ce qu'il aime en moi, ce n'est pas la star, mais la personne que je suis. Peux-tu en dire autant ?

Diane était dévastée.

— Tu es ma petite fille, Porscha. Je t'ai aimée dès l'instant où j'ai posé les yeux sur toi. Quand ton père nous a quittées, j'ai fait de mon mieux pour te le montrer. Maladroitement, sans doute. Je ne me suis pas rendu compte de la pression que j'exerçais sur toi. Je suis navrée de t'avoir mené la vie aussi dure. Je pensais agir pour ton bien. Une chose est sûre, je tiens à toi plus que tout au monde. Alors, si je dois choisir entre la mère et le manager, je choisis la mère sans hésitation.

Un profond soulagement envahit le cœur de la jeune femme, même si elle savait que leur relation ne serait pas simple à reconstruire. Comme si elle partageait ses craintes, Diane s'approcha pour la prendre timidement dans ses bras.

— Je te remercie de me donner encore une chance, ma chérie.

— Alors, tu veux bien être mon amie, maintenant ?

— C'est mon vœu le plus cher.

La révolte et la franchise de Porsha avaient aidé les deux femmes à franchir un cap décisif. Un même désir les animait. Retrouver le lien précieux qui unit une mère et sa fille, la tendresse et la complicité dont les aléas de la vie les avaient privées depuis trop longtemps.

18

— Je suis fier de toi, mon fils.

La déclaration de Josiah Lockett avait de quoi surprendre. Xavier venait tout juste d'opposer un refus catégorique au poste d'entraîneur qu'il lui proposait au sein de l'équipe des Cougars. Depuis le départ précipité de Porscha des îles Turques-et-Caïques, le jeune homme était entré dans une phase d'introspection. Après quelques jours d'une profonde déprime, il s'était brusquement ressaisi. Allait-il se laisser ballotter indéfiniment par des décisions qui ne lui appartenaient pas ? La femme qu'il aimait choisissait de privilégier sa carrière aux dépens de leur relation, c'était son droit. Il devait se tourner vers sa propre vie et se donner les moyens de l'organiser comme il l'entendait.

Il n'était plus l'adolescent désespéré que Porscha avait rencontré à l'époque où une méchante blessure l'avait éloigné des terrains de football. Les accidents du destin avaient forgé son caractère et lui avaient ouvert les yeux sur les injustices de la société. Venir en aide à ses congénères, tel était son nouveau mantra. La figure généreuse de l'homme investi dans des œuvres de bienfaisance avait pris la place du sportif ambitieux préoccupé de ses seules performances. L'adulte mature qu'il était devenu avait trouvé sa voie en choisissant de se consacrer à la fondation fondée par sa famille et à son rôle de mentor auprès des jeunes.

— Vraiment ? Tu aurais renoncé à faire de moi l'entraîneur en chef de l'équipe ?

— Absolument, répondit son père. Tu dois agir selon ton

cœur. J'ai trop longtemps abusé de mon autorité auprès de tes frères et sœur. Je n'ai fait que les braquer contre moi. Les années m'ont appris à respecter les choix des uns et des autres. Si ton travail à la fondation t'apporte satisfaction, alors je suis heureux pour toi.

— Merci, papa. En venant ici ce matin, je craignais encore que tu insistes pour me faire changer d'avis.

Josiah secoua la tête.

— Je n'essayerai pas de t'influencer, mais je voudrais te donner un conseil.

— À quel propos ?

— À propos d'une certaine Porscha Childs.

— Porscha ? Que sais-tu d'elle ? demanda Xavier en se raidissant soudain.

— Voyons, Xavier ! répondit son père dans un éclat de rire. Les réseaux sociaux sont inondés de photos de vous deux.

— Oui, et je n'en suis pas fier. Je déteste voir ma vie privée étalée aux yeux du public.

— Il n'y a rien de surprenant là-dedans. Cette jeune femme est une star et tu as eu toi aussi ton heure de gloire. Sans parler de la notoriété que tu as acquise grâce à tes reportages. J'ai d'ailleurs demandé à nos avocats de garder un œil sur la situation. Il ne faudrait pas que cette histoire nuise à l'image de marque des Cougars.

La réputation de l'équipe de football était la principale préoccupation de Josiah.

— Et alors ? Que veux-tu me dire au sujet de Porsha ?

— Eh bien, je me demande pourquoi tu ne nous l'as pas encore présentée.

— Tu plaisantes, j'espère ? Après l'accueil que tu as réservé à tes belles-filles et à Wynn, je préfère rester discret sur mes fréquentations.

— C'est du sérieux, n'est-ce pas ?

Xavier exhala un profond soupir.

— Pour moi, oui. Pour elle, c'est différent. J'ai l'impression qu'elle a honte de s'afficher avec moi. Ses fans semblent préférer la voir au bras de Ryan Mills.

— Tu n'as pourtant rien à lui envier, crois-moi ! Tu es un homme droit et généreux. Je suis extrêmement fier d'avoir un fils comme toi.

Un large sourire détendit les traits de Xavier.

— Waouh ! Tu ne m'as jamais fait autant de compliments.

Dans son esprit, il n'était pour son père qu'un objet de déception.

— Crois-moi, mon garçon ! Tu vaux bien mieux qu'un acteur de Hollywood. Et si Porscha ne le sait pas, eh bien je suis désolé pour elle, car elle passe à côté de la meilleure chose qui lui soit jamais arrivée.

— Je ne pensais pas recevoir des encouragements de ta part. Je les accepte avec plaisir.

— Et maintenant, approche ! Viens donc faire un câlin à ton père !

Xavier ne se fit pas prier. Le chef de famille avait parcouru un long chemin depuis les manières grossières dont il avait usé avec ses trois aînés. Le petit dernier acceptait avec bonheur les bienfaits de l'incroyable métamorphose.

— Qu'est-ce que tu fais encore ici ? Tu n'en as pas fait suffisamment pour aujourd'hui ?

Le tournage terminé, Porscha s'était attardée au studio pour mettre de l'ordre dans ses costumes de scène et ses accessoires. L'absence d'Erin se faisait cruellement ressentir, mais elle n'avait pas encore trouvé le temps de se mettre en quête d'une nouvelle assistante. Radicalement transformée, sa mère s'inquiétait de son bien-être.

— À ta place, je ne traînerais pas à Los Angeles. Tu dois penser à toi maintenant.

— Qu'est-ce que tu dis ? lança distraitement la jeune femme.

— Je me demande pourquoi tu n'as pas filé à Atlanta pour tenter de te réconcilier avec l'homme que tu aimes.

Au cours des derniers jours, mère et fille avaient longuement parlé et Porscha s'était confiée sans réserve sur la relation qu'elle entretenait avec Xavier.

— Pourquoi ne m'as-tu rien dit des sentiments que tu éprouvais pour lui ? s'était enquise Diane. Je pensais qu'il s'agissait d'une simple aventure.

— Les reconnaître à voix haute les aurait rendus trop réels. J'avais tellement peur de souffrir une nouvelle fois. J'avais tort, bien sûr. Xavier est différent, aujourd'hui. Il est devenu patient et très attentionné.

— Je suis désolée de l'avoir mal jugé.

— Et moi, je regrette de ne pas l'avoir écouté. Il me proposait son aide, mais j'étais tellement déterminée à reprendre le contrôle de ma vie que je lui ai tourné le dos.

Sa mère avait raison. Elle aurait dû se précipiter à Atlanta dès la fin du tournage. La peur de la réaction de Xavier l'en avait empêchée. Il était en droit de lui reprocher son départ des îles Turques-et-Caïques. Sa réticence à officialiser leur relation l'avait sans doute blessé. Le désir de le garder pour elle seule lui avait dicté la mauvaise décision. Elle avait voulu le protéger de l'univers de bruit et de fureur dans lequel son métier la contraignait à vivre. C'était une erreur. Aujourd'hui, elle avait envie de crier au monde entier que Xavier Lockett était l'homme de sa vie.

Mais comment faire ? Accepterait-il de l'écouter quand elle l'avait abandonné pour tant de mauvaises raisons ? Elle n'osait lui envoyer un message et encore moins décrocher son téléphone. Que pouvait-elle lui dire ? Que sa vie sans lui n'avait aucun sens ? Ces derniers jours lui avaient paru interminables. Ses compagnons de tournage l'avaient exaspérée. Que faisaient tous ces gens autour d'elle alors qu'elle ne voulait qu'une seule personne à ses côtés ? Le soir venu, la solitude de sa chambre l'accablait tout autant que l'effervescence de la journée.

Le silence de Xavier l'inquiétait. Elle avait beau consulter son portable cent fois par jour, jamais elle n'y trouvait le moindre message. L'avait-elle perdu pour toujours ? Incapable de se résoudre à cette idée, elle décida enfin d'aller le trouver. Elle était prête à se mettre à genoux pour qu'il accepte de la reprendre.

— Tu as raison, maman !

Sa décision prise, rien ne pouvait l'arrêter.

— Je vais à Atlanta pour reconquérir l'homme que j'aime.

— Maman, tu t'es encore surpassée, fit Xavier en reposant sa serviette près de son assiette. Ce repas était divin.

— Je suis entièrement d'accord, renchérit son père depuis l'extrémité de la table.

Comme chaque dimanche, toute la famille était réunie autour d'un bon dîner. Angélique avait régalé ses invités avec un colombo de crevettes au curry. Tous avaient apprécié le mets savamment épicé. Tous s'étaient resservis.

— Vous voulez dire que vous n'avez plus assez de place pour le dessert ? demanda-t-elle en fronçant les sourcils. Vous n'allez tout de même pas bouder mon pudding au whisky ? J'ai passé mon après-midi à le préparer.

— Nous savons tous apprécier tes talents culinaires, souligna Julian. Mais il n'y a ici qu'une seule personne capable de les apprécier pour deux.

Il regarda avec adoration le ventre arrondi de sa femme, tandis que des rires amusés fusaient autour de la table.

— Je les apprécie énormément, approuva Elyse. Mais je puis vous assurer que votre petite fille est aussi rassasiée que moi.

— Pareil pour moi, glissa Giana. Et je ne voudrais pas ressembler à une baleine le jour de mon mariage.

— Aucun risque, déclara Wynn. Tu as une ligne de mannequin.

Le cœur de Xavier se serra. La femme qu'il aimait ne voulait pas de lui. Comme il était douloureux pour un homme seul de voir tant de bonheur conjugal autour de lui !

— Et si on passait au salon ? suggéra la maîtresse de maison.

Au même instant, le carillon de la porte d'entrée retentit.

— Qui cela peut-il être ? s'étonna-t-elle. Nous n'attendons plus personne, vous êtes tous déjà là.

Comme il se levait lentement de table, Xavier fut intrigué par le cliquetis familier des talons qui se rapprochait de la salle à manger. Reconnaissant la silhouette de Porscha sur le seuil de la pièce, il faillit retomber sur sa chaise. Avait-il abusé du vin servi par son père ? La présence de la jeune femme dans la résidence familiale dépassait l'imagination.

— J'espérais qu'il restait une petite place pour moi ici, déclara-t-elle en avançant lentement jusqu'à lui.

— Mais qui êtes-vous ? demanda Angélique.

Croisant la désapprobation sur le visage de ses enfants, elle n'insista pas. Tous les yeux étaient rivés sur Xavier, mais il restait plus immobile qu'une statue de marbre. Était-ce bien Porscha qui se tenait devant lui ? La femme qu'il aimait et qu'il avait crue perdue à jamais ? Elle était presque méconnaissable dans son tailleur prune très classique. Ses cheveux étaient rassemblés en une simple queue-de-cheval et un trait noir discret bordait ses paupières.

— Je suis désolée de troubler votre réunion de famille, monsieur et madame Lockett. Je m'appelle Porscha Childs et je fréquente Xavier depuis près d'un an. En vérité, nous nous connaissons depuis des années.

— Je l'ignorais, murmura Angélique avant de tourner vers son fils un regard chargé de questions.

Revenu de sa surprise, l'intéressé retrouva enfin sa voix.

— Porscha...

Il avala sa salive avec difficulté.

— Je ne m'attendais pas à te voir ici ce soir...

Comprenant sa stupéfaction et son embarras, la jeune femme reprit la parole pour justifier sa présence.

— Xavier et moi nous sommes quittés sur un malentendu, expliqua-t-elle. Je suis venue pour clarifier la situation et présenter des excuses.

— Rien ne prouve que votre démarche est sincère, intervint Giana, toujours prompte à protéger son petit frère.

— Elle l'est pourtant. Il faut me croire.

La fille de la maison s'apprêtait à lui répondre, mais l'expression furieuse de Xavier l'en dissuada. Bien décidée à se faire entendre, Porscha reprit posément ses explications.

— Mon attitude a pu lui laisser croire que j'avais honte de notre relation. C'est absolument faux.

Elle plongea son regard limpide dans les yeux de l'intéressé.

— Jamais un homme n'a été plus digne de moi. Je t'aime, Xavier. Et je suis prête à renoncer à ma carrière et à ma célébrité si tu n'es pas à mes côtés. S'il te plaît, accepte de me donner une autre chance !

Josiah Lockett toussota bruyamment pour inviter l'assemblée à s'éclipser. Quelques secondes plus tard, les deux amants se retrouvaient face à face. Xavier n'osait croire aux paroles qu'il venait d'entendre. Il en avait rêvé sans jamais oser les espérer.

— S'il te plaît, dis-moi qu'il n'est pas trop tard ! murmura la jeune femme. Que je ne t'ai pas perdu pour de bon.

Même si son cœur n'était pas exempt de ressentiment, il n'hésita pas un instant à répondre.

— Tu ne m'as pas perdu, Porscha. Parce que je t'aime aussi.

— Vraiment ?

L'émerveillement et le soulagement se mêlaient dans sa voix.

— Tu en doutes ? demanda Xavier. Cette histoire avec Ryan m'a rendu fou de jalousie. Je voulais que tu sois fière de te montrer à mes côtés pour crier au monde entier que nous étions faits l'un pour l'autre.

Elle se précipita dans ses bras et l'embrassa passionnément.

— Jamais je n'aurais cru possible d'aimer un homme comme je t'aime, fit-elle en prenant son visage entre ses mains. Je t'aime de tout mon cœur, de tout mon corps et de toute mon âme. Il m'a fallu du temps pour l'admettre, et j'ai failli tout gâcher parce que j'avais peur. Aujourd'hui, je sais qu'il y a entre nous quelque chose de très spécial et de très précieux. Un sentiment que je n'ai jamais éprouvé.

— Je crois que je le ressentais déjà quand nous étions ensemble à Denver, confessa-t-il en lui caressant tendrement les cheveux. Mais sa force me terrifiait. En voulant me protéger, je t'ai blessée.

— J'étais bien trop fragile à l'époque pour le comprendre. Et trop influencée par mon entourage. Un monde d'adultes qui me tenait sous sa coupe et refusait de me laisser faire mes propres choix. Ma mère t'a toujours détesté. Je l'ai trop longtemps écoutée, mais c'est terminé, maintenant. Je l'ai privée de son rôle de manager.

— Vraiment ?

Porscha hocha la tête.

— Je regrette même de ne pas l'avoir fait plus tôt. Nous avons retrouvé depuis une relation beaucoup plus équilibrée. Son jugement ne me fait plus peur. Ce séjour avec toi dans les Caraïbes m'a ouvert les yeux sur la personne que j'étais. Il m'a donné la force de me révolter et je me sens revivre.

Xavier appuya son front contre le sien.

— Tu ne peux pas savoir comme je suis heureux de l'entendre. Ces dernières semaines ont été pour moi un enfer. Je me sentais responsable de ton départ. Je me suis reproché de t'avoir placée devant des choix impossibles. Jamais je ne te demanderai de renoncer à quoi que ce soit pour moi. Je veux juste être à tes côtés, t'aimer et être aimé de toi.

Un éclair malicieux scintilla dans le regard de Porscha.

— Une décision s'impose, monsieur Lockett.

Il la regarda sans comprendre.

— Que veux-tu dire ?

— Il n'y a pas trente-six solutions. Si tu veux me garder toujours près de toi, tu dois m'épouser.

— T'épouser ? Et comment !

Il lui prit la main et l'entraîna dans le couloir pour le plus grand plaisir du reste de la famille qui n'avait pas perdu une miette de la conversation. Retirés dans le pavillon érigé en bordure du parc, ils retrouvèrent enfin l'intimité dont ils avaient été privés pendant des jours.

— Tu es mon amour, répétait Xavier au comble du bonheur. Pour toujours.

Épilogue

Une clameur sans fin accompagnait la progression de Porscha et de Xavier sur le tapis rouge.

— Vous les avez reconnus, disait le présentateur devant les caméras de télévision. Porscha Childs, accompagnée de son mari, Xavier Lockett. Robe de soirée Dior pour Madame, smoking Saint Laurent pour Monsieur. Espérons qu'ils voudront bien nous accorder quelques mots !

Micro à la main, il avança jusqu'aux marches du palais des festivals.

— Félicitations, Porscha ! Un Oscar d'interprétation pour votre premier film et un Grammy pour la bande originale. Des récompenses tellement méritées !

— Merci, merci infiniment !

La jeune femme rayonnait.

— Le tournage du film a été une merveilleuse aventure. Je ne remercierai jamais assez Ryan Mills pour sa gentillesse et ses précieux conseils. Merci aussi à toute l'équipe. Producteurs, techniciens, ils ont tous été formidables.

— Un bonheur n'arrive jamais seul, reprit le journaliste. Il paraît que vous avez une autre nouvelle à nous annoncer…

Elle se tourna un instant vers Xavier dont le sourire immensément fier l'accompagnait depuis des heures.

— En effet, répondit-elle en tapotant son ventre légèrement arrondi. Mon mari et moi attendons un enfant. Pour notre plus grand bonheur.

Des cris de joie accueillirent sa déclaration. Ému jusqu'aux larmes, le couple s'engouffra dans la limousine qui les attendait au bas des marches.

— J'ai l'impression d'être dans un rêve, confia Porscha en admirant la statuette dorée qui reposait entre ses mains. Tant de bonheurs à la fois, mon petit cœur ne va pas résister.

— Et ce n'est rien à côté de la joie que t'apportera cet enfant, murmura Xavier en lui prenant la main pour la porter à ses lèvres.

— Tu as raison. Et ce cadeau magique, c'est à toi que je le dois.

Porscha n'était jamais aussi heureuse que dans l'intimité partagée avec son époux. Loin des paillettes, loin de l'univers éreintant du show-biz. Au grand dam de la famille Lockett, ils avaient célébré leur mariage dans la plus grande discrétion. L'union scellée devant le cercle restreint de la famille et des amis les plus proches comptait parmi ses plus beaux souvenirs.

— À quoi penses-tu ? demanda Xavier en lui caressant la joue.

— À mon plus grand bonheur, répondit-elle. Celui de devenir bientôt la mère de notre bébé.

Il scella ses lèvres d'un tendre baiser.

— Merci, Porscha.

— Merci de quoi ?

— De faire de moi le plus heureux des hommes.